L'ÉQUILIBRE EST UN COURAGE

Du même auteur :

Servir, Fayard, 2017 ; Pluriel, 2018.
Qu'est-ce qu'un chef ?, Fayard, 2018 ; Pluriel, 2019.

Général d'armée
Pierre de Villiers

L'équilibre est un courage

Fayard

Couverture : Le Petit Atelier
Photo : Élodie Grégoire

ISBN : 978-2-213-71784-5
Dépôt légal : octobre 2020

© Librairie Arthème Fayard, 2020.

À Sabine, à nos enfants, nos petits-enfants.

À toutes les Françaises et tous les Français que j'ai eu le plaisir de rencontrer ces dernières années, en remerciement de ce qu'ils m'ont apporté ; pour qu'ils conservent la petite flamme au fond des yeux et l'espérance au cœur.

« *Aujourd'hui, on dit : "c'est un homme équilibré", avec une nuance de dédain. En fait l'équilibre est un effort et un courage de tous les instants. La société qui aura ce courage est la vraie société de l'avenir.* »

Albert CAMUS

Halte au feu !

5 décembre 2018. Alors que je viens de terminer une de mes premières conférences après la parution de mon livre *Qu'est-ce qu'un chef ?*, je m'installe à la table qui m'a été préparée pour une séance de dédicaces. La salle bondée et enthousiaste se réorganise et se met en colonne « avec une discipline et un calme peu habituels dans notre pays », aux dires des organisateurs. Nous sommes au cœur de la France, à l'abbaye de l'Épau, un joyau de l'architecture cistercienne magnifiquement restauré près du Mans. Nous sommes aussi en pleine vague des Gilets jaunes. Une femme d'une cinquantaine d'années se présente, visiblement émue, et me dit qu'elle a peur. « Peur pour samedi prochain. » Son mari, Gilet jaune convaincu, prévoit d'aller manifester à Paris. Or l'unité de CRS à laquelle appartient son fils a été désignée pour y assurer le maintien de l'ordre. Ne vont-ils pas se retrouver face à face ? Cette pensée la hante, comment ne pas la comprendre ?

L'équilibre est un courage

Je la rassure, trop rapidement comme toujours, mais comment faire plus compte tenu de la longueur de la file qui attend ? Comment ne pas être frappé, mais aussi révolté par la situation dramatique d'un père et d'un fils qu'une situation inédite oppose dans la violence sur notre propre territoire et, en l'occurrence, au cœur de la capitale ? À cet instant, en ce lieu séculaire d'histoire et de culture françaises, j'ai ressenti profondément le déchirement qui s'opère dans notre nation, l'impérieuse nécessité d'une véritable réconciliation nationale, une réconciliation qui ne nie pas nos divisions, mais qui les transcende au service du bien commun. Cette idée ne m'a plus quitté et je n'ai cessé d'y réfléchir.

Depuis ce déplacement au Mans, j'ai rencontré, écouté et entendu de nombreuses personnes. J'espère avoir compris leurs messages : le temps de la réconciliation a sonné. J'ai appris de mon expérience d'officier que seule la force fait reculer la violence. Mais je sais aussi que la guerre est un état transitoire qui doit nous amener à la paix, le seul état durable, dont nous ne réalisons peut-être pas assez le prix quand nous en jouissons. L'habitude n'est pas toujours bonne conseillère.

Dans mon premier livre, *Servir*, j'ai essayé de montrer combien le bonheur se trouve pour et par les autres. Dans *Qu'est-ce qu'un chef ?*, j'ai modestement tenté, à partir de mon expérience, de tracer les grandes lignes de ce que devrait être, selon moi, un dirigeant. J'ai parcouru la France en donnant de nombreuses conférences sur le thème « servir en tant que chef ». Naturellement et quasi mécaniquement, ces deux termes conduisent à l'unité et à la réconciliation entre ceux qui dirigent et ceux qui exécutent.

Voilà pourquoi le temps est venu d'écrire à nouveau. L'agenda se commande et ne se subit pas. Je le dis à temps et à contretemps dans mes conférences. L'accueil réservé à mes deux premiers livres m'y encourage. À ma grande surprise, dans chacun de mes déplacements – un à deux par semaine en moyenne –, je bénéficie d'un accueil enthousiaste et attentif dans des salles toujours pleines. Peut-être que ma voix singulière, indépendante et je l'espère authentique, au-dessus de la mêlée, résonne dans le vide actuel. Peut-être aussi qu'un équilibre entre fermeté et humanité, qui absorbe l'inquiétude et diffuse la confiance, fait l'objet d'une immense attente. Le contexte national et international l'exige, tant il est anxiogène, en particulier pour ceux qui sont au bout de la chaîne. Notre pays semble à certains égards se disloquer sous nos yeux.

Il se peut également que dans une époque parfois bien superficielle, dans le tourbillon des activités, nous ayons besoin de réflexions qui, dépassant l'apparence des choses, plongent aux racines des problèmes pour élaborer des solutions durables. Peut-être, enfin, avons-nous besoin d'asseoir cette réflexion sur une vision stratégique, bien au-delà de la ligne de crête, loin de l'écume des événements instantanés, loin des deux maux de notre époque, tels que les décrit judicieusement le général Bentégeat : « l'émotion et l'impatience ». Face au tragique de l'Histoire qui se rappelle à nous, nous manquons sans doute de points cardinaux fiables et d'une boussole stabilisée.

Notre monde est fracturé, notre pays fissuré. On évoque la fracture sociale depuis des décennies, mais nous ne l'avons jamais ressentie aussi cruellement. La confiance dans les dirigeants s'effrite chaque jour en Europe et en France. La crise sanitaire a accru ce phénomène. Notre nation se déchire comme un tissu qui s'est trop longtemps effiloché.

Avec les nouvelles technologies qui se superposent, nous connaissons une déshumanisation accélérée. L'économie mondialisée nous propulse dans des sphères de complexité et d'interdépendances quasi immaîtrisables pour l'esprit humain. La nature se dégrade et les dérèglements climatiques n'en sont qu'une manifestation parmi d'autres. Les générations se succèdent de plus en plus vite, tant les modes de vie évoluent, et la solidarité intergénérationnelle se délite, alors même que la longévité s'accroît. Le monde est en fusion, en confusion, et l'intensité de la violence augmente sous le double effet du terrorisme islamiste radical et du retour des États-puissance.

Halte au feu !

Dans la rue, à pied ou au volant, les insultes pleuvent et la nervosité grandit. Beaucoup sont à bout de souffle, à bout de nerfs, sans espoir et souvent agressifs. D'autres sont généreux et cherchent à se rendre utiles. La plupart, quoique solidaires, se retrouvent souvent très solitaires. L'individualisme et son cortège idéologique répandent une forme de sinistrose et de frustration collectives, car une personne, quand elle est seule, accède au mieux au bien-être, au pire à la déprime, mais jamais au vrai bonheur, qui passe par la rencontre et l'échange avec les autres. Il y a ceux qui cassent, ceux qui souffrent en silence, et ceux qui réparent.

La France croit même devoir faire repentance en permanence sur sa culture, son histoire, sa langue, son savoir-être, cherchant ailleurs le trésor qu'elle a en elle. L'herbe lui semble toujours plus verte à côté, dans cette mondialisation supposée heureuse des modes de vie qui devient un piège mortel pour les cultures authentiques. À l'étranger, elle est admirée, respectée, souvent adulée, et, pourtant, il lui faudrait en permanence battre sa coulpe et s'unir au cortège du désespoir. On préfère parfois commémorer Trafalgar plutôt qu'Austerlitz.

La crise du coronavirus est venue utilement nous remettre à notre place, dans notre humanité et notre vulnérabilité. Elle a mis en lumière la fragilité de notre monde et les dysfonctionnements internationaux et nationaux. Elle a provoqué une secousse planétaire amplifiée et accélérée par la globalisation. Elle doit nous faire réfléchir à cette mondialisation qu'il faut maîtriser au service des peuples et de l'humanité tout entière et pas au seul bénéfice de quelques gagnants déjà bien pourvus, voire repus. Elle doit nous remettre devant nos responsabilités nationales, car on a vu à quel point l'idée de nation est réapparue avec force face à l'imminence du péril. La nation, que certains avaient remisée au musée, est la protectrice familiale et familière du peuple, uni autour de son drapeau et de ses valeurs communes, loin de tout repli nationaliste évidemment. Cette crise porte le coup de grâce à l'image bienfaitrice d'un monde oublieux des patries, uniformisé par les marchés, nourri par un libre-échangisme sans frontières.

Le coronavirus est aussi un rappel à l'ordre de l'histoire, qui remet l'homme à sa place avec ses forces et ses faiblesses, au moment où certains commençaient à se croire immortels, à se prendre pour des dieux, à imaginer qu'un homme augmenté par les progrès fulgurants de la science accéderait au bonheur parfait. Quel retour de l'histoire ! L'homme avait oublié la place de l'imprévu. La nature reprend ses droits, renvoyant l'homme moderne à la recherche de sa propre résilience face à l'adversité.

Le parallèle avec *L'Étrange Défaite*, livre écrit par l'historien Marc Bloch immédiatement après la débâcle de 1940, est éclairant. La France de l'époque, convaincue d'avoir la meilleure armée du monde, évoque la France

Halte au feu !

de 2020, persuadée de disposer d'un système de santé élu meilleur du monde en 2000. Dans les deux cas, la défaite a été cuisante. Reste à en tirer des leçons.

La crise du conoravirus a révélé la grande fragilité de nos sociétés, qui se croyaient invulnérables et ont découvert brutalement leur finitude potentielle. Elles fondaient leur superbe sur les progrès de la médecine et se trouvèrent fort dépourvues face à un virus auquel elles ne pouvaient opposer ni médicament ni vaccin. Réduites à l'impuissance, elles durent, comme nos ancêtres, chercher dans l'organisation sociale la parade à la maladie. La mort qu'on avait chassée de notre quotidien, reléguée dans des replis discrets, est revenue planer au-dessus de nos têtes, le plus souvent vides de toute dimension spirituelle. L'individualisme a montré ses limites et la vraie fraternité de proximité est réapparue, remettant au grand jour des pépites d'espérance, comme chaque fois que la France, au cours de son histoire, s'est sentie menacée.

D'aucuns vont jusqu'à penser que ce n'est pas notre seul mode de vie, mais bien notre civilisation qui se trouve remise en cause. « Le jour d'après [...] ne sera pas un retour au jour d'avant », a déclaré le président de la République en pleine crise. L'heure est donc à la réflexion et aux propositions pour réparer la France. L'insouciance n'a que trop duré. Tout ne peut pas reprendre comme avant ; rien ne serait pire que la procrastination.

L'équilibre est un courage

Cette réflexion de fond est une des ambitions de ce livre, pour que nous tirions collectivement les leçons de cette crise sur cette fragilité mondiale, européenne et nationale, bien au-delà des seuls aspects sanitaires, financiers et économiques. De tout mal peut naître un bien, de toute difficulté peut naître une opportunité. Mais les Français ne se contenteront plus de belles formules et de longs discours.

Mon expérience militaire est plus précieuse que je ne le pensais lorsque j'étais en activité. L'armée n'est évidemment pas un modèle transposable. Sa spécificité en fait une institution particulière. Mais l'armée est un bon laboratoire, qui montre que de nombreuses choses sont possibles. C'est possible d'unir les femmes et les hommes de notre pays. Il faut juste leur donner du sens, du bon sens, de l'envie, une raison d'être. C'est possible de réunir des jeunes Français de tous milieux, de toutes confessions, de toutes origines et de tous talents. Il faut juste leur donner un horizon commun qui les rassemble : pour les militaires, c'est la mission au service du succès des armes de la France. Oui, il est possible de surmonter toutes les fractures que j'évoquais précédemment. Il faut juste que l'escalier social serve de ciment et que les valeurs forment la colonne vertébrale du corps social : la fraternité, l'exemplarité, la sincérité, la détermination, le courage, l'humilité, l'enthousiasme, la discipline. On ne rassemble pas sans une vision du bien commun, ce

Halte au feu !

patrimoine matériel ou immatériel, sans un creuset national adopté et enrichi par chacun.

Pour résumer mon analyse et mes propositions, volontairement générales pour ne pas tomber dans la technique, je serais tenté de reprendre un commandement essentiel dans les armées, au pas de tir ou au combat : « Halte au feu ! » La France est belle quand elle se grandit par son génie, pas quand elle se fracture autour de ses mauvais penchants : la division, la violence, la plainte, la grogne, la jalousie, la manifestation, la critique.

« Halte au feu ! » dans l'armée est un commandement sacré qui requiert l'obéissance individuelle immédiate, car un événement, une situation collective l'exige. Des unités amies peuvent arriver dans le gabarit et il faut éviter les tirs fratricides. La manœuvre globale peut aussi avoir à être urgemment modifiée, parce qu'elle ne produit pas l'effet escompté ou tout simplement parce que l'échelon supérieur le commande. Il peut aussi s'agir d'une gestion économe des munitions pour pouvoir durer. Quand on entend ce commandement, tout s'arrête. La situation change et les dispositions ad hoc sont prises. Une nouvelle phase s'en suivra forcément et la patience du soldat fera le reste. Le silence revient instantanément et ne subsistent que l'odeur de la poudre et les fumées.

Pour être en mesure de réparer la France, ce commandement « Halte au feu ! », préalable à tout changement de stratégie, pourrait s'appliquer à notre pays aujourd'hui et même bien au-delà, face à l'endurcissement des cœurs. Avant qu'il ne soit trop tard et que les relations humaines ne deviennent suffisamment nécrosées pour ne plus être guérissables. La haine se diffuse plus vite que la bienveillance. Et de toutes les passions, la peur est celle qui altère le plus le jugement.

Il est temps de privilégier l'unité, la justice, l'autorité, la fraternité vraie. « Quand on ne sait pas où l'on va, tous les chemins mènent à nulle part », disait Henry Kissinger. L'objectif est clair. Notre nation se doit d'être un tout ; elle ne se compartimente pas. Plutôt que ce qui nous divise, cherchons ce qui nous réunit, au service de ce qui nous dépasse : la France, la paix, les valeurs. La crise des Gilets jaunes, les mois de conflit social autour de la réforme des retraites et le choc du coronavirus se sont succédé depuis deux ans, suscitant une morosité, une colère sourde et une inquiétude palpable dans le pays. Il y a urgence à nous réconcilier. Urgence à réparer la France. La situation l'exige et les Français le souhaitent au fond d'eux-mêmes dans leur entreprise, leur service, leur association, leur village, leur ville, leur pays. Souvenons-nous de la disparition du président Jacques Chirac et de l'élan d'unité nationale qui en est résulté pendant quelques jours, comme si la mort réconciliait à jamais les vanités humaines. Combien de belles histoires fourmillent en France aujourd'hui ! Et n'allons pas croire pour autant que nous devons renoncer à nos divergences

Halte au feu !

pour retrouver l'unité. La France est riche de sa diversité, elle s'appauvrirait dans l'uniformité. Arrêtons les contre-modèles et prônons les modèles de rassemblement.

Dans l'armée, le commandement « Rassemblement ! » exige une exécution immédiate. Où que l'on soit, quelle que soit son activité du moment, on abandonne tout et on rejoint le lieu fixé, sans hésitation ni murmure. Chacun prend sa place sur les rangs, dans l'ordre et le silence. Tous pour un ; un pour tous. Comme chez les pompiers, la mission prime, au service des autres. L'individualisme est une impasse lorsqu'il est incapable de ce dépassement. Seul le collectif construit de grands projets. Il ne suffit pas, mais il sera indispensable pour réparer la France. Le premier pas devra être celui qui restaure la confiance. La pire défaite est le découragement. Penser la France de demain nécessite de la panser au quotidien.

Cela signifie évidemment que nous admettions, chacun à sa place, que cette appartenance à la France nous dépasse, que ce tissu de valeurs nous oblige. Au-dessus de nous, notre patrimoine commun crée des devoirs en échange des droits. L'ancien militaire que je demeure tient à le rappeler par ces lignes, loin de toute velléité politicienne comme de toute partie de billard à quatre bandes, en toute authenticité.

Première partie

Les trois France

Pardonnez ma déformation professionnelle ; mais, avant de partir dans tous les sens, je préfère appliquer le raisonnement du maréchal Foch, qui consiste à se poser une question : « De quoi s'agit-il ? » Après avoir cheminé ces dernières années dans les territoires de notre République et rencontré les Françaises et les Français dans leur diversité, et avant de parler de réconciliation et d'unité, je préfère donc analyser quels sont les facteurs de division et poser le bon diagnostic sur l'état de notre pays. C'est le préalable avant de se projeter ensemble dans un avenir commun, qui garantisse la protection et le contrat social de manière plus juste.

Jean Castex lui-même, dans sa déclaration de politique générale, faisait ce constat : « Il y a beaucoup de France qui se sentent loin et laissées pour compte, France des banlieues, France rurale, France des vallées, France des Outremers, France dites périphériques, France de ceux, y compris au cœur de nos villes, qui n'ont pas droit à la parole. »

L'équilibre est un courage

En réalité, si l'on veut synthétiser, trois France au moins se côtoient, dans une ignorance mutuelle, parfois assumée, plus souvent inconsciente, mais réelle.

En réfléchissant sur le laboratoire que constitue la carrière militaire, qui amène (heureusement rarement) nos jeunes Français à aller parfois jusqu'au sacrifice suprême, je me dis que ceux que j'ai eu l'honneur de commander provenaient de trois mondes différents : la ville, la campagne, la banlieue. Bien sûr, cette approche est un peu réductrice, car les choses sont probablement plus mélangées pour certains. Des traits d'union demeurent entre ces trois France. Des échanges ont lieu et les interactions sont souvent bénéfiques. Mais l'expérience de mes trois dernières années dans le monde civil me confirme qu'il n'y a rien de commun, dans la vie quotidienne, entre celle ou celui qui habite par exemple en Seine-Saint-Denis, en Creuse ou à Paris. Tout est différent : l'habitat, les ressources économiques et sociales, le travail, la vie en société ou en confinement, les avantages et les inconvénients, le niveau de pollution, etc. Et surtout le sentiment d'appartenance à une même nation, à un même pays, à une même culture, ce qui est encore plus important. D'autant qu'aucun anticorps commun ne semble fonctionner face à cette division, contrairement aux armées, qui trouvent dans le service de la France le ciment d'une vraie fraternité qui dépasse les différences.

Chapitre 1

La France oubliée
et les souffrances des Gilets jaunes

La révolte des Gilets jaunes n'est pas un simple mouvement social, comme la France en a connu beaucoup dans son histoire, y compris récente. C'est une vraie crise sociétale, aux racines profondes, dont l'ampleur doit être analysée à sa juste gravité et, désormais, avec le recul du temps. C'est la crise des institutions démocratiques, des partis, des syndicats, des mouvements de pensée, des Églises, qui explique ce phénomène. Elle résulte d'échecs d'abord successifs, puis devenus simultanés.

À l'origine factuelle de cette révolte, il y a eu le catalyseur des mesures touchant l'automobile : réforme du contrôle technique rendant notamment le certificat plus difficile à obtenir pour les véhicules anciens, augmentation du prix du carburant, pénalisant les automobilistes, limitation de la vitesse à 80 km/h, accroissant de facto les temps de trajet et le nombre de contraventions. Illustration parfaite du décalage entre la technostructure qui administre, persuadée de faire le bien, et le peuple, qui subit en silence une accumulation de contraintes sans consultation préalable. Illustration aussi de l'empilement de mesures prises par des responsables à des niveaux ou à des époques différents, sans concertation, et sans imaginer que les mesures en question s'accumulent sur les mêmes, dont l'outil de travail est la voiture. Illustration enfin du monde urbain d'où émanent ces décisions, et qui ignore la vie à la campagne et la nécessité de se déplacer pour aller au travail ou faire ses courses. C'est indéniable : au fond de la Corrèze, il y a moins de métros ou de bus qu'à Paris ! Beaucoup de responsables dans la capitale n'ont plus de voiture personnelle. Ils en louent pour les vacances ou bénéficient de véhicules de service comme avantage en nature, dans le privé comme dans le public.

L'Autorité de la qualité de service dans les transports (AQST) a réalisé en 2019 une étude sur dix trajets courts en zone rurale en Espagne, en Allemagne et en France. Il y apparaît que, dans nos campagnes, en moyenne, « les temps de transfert sur les trajets sont de 80 minutes et sont près de deux fois plus longs qu'en Allemagne et près de 30 minutes plus longs qu'en Espagne ». La durée moyenne des trajets est de 198 minutes dans notre pays contre 130 en Espagne et 126 en Allemagne. En zone rurale, la faiblesse de l'offre de transport en commun aboutit à un état de dépendance à l'automobile quasiment total.

Ma vie se partage aujourd'hui entre la Vendée et Paris, et je mesure ce fossé entre mes voisins avec qui je suis allé

La France oubliée...

à l'école et les personnes que je rencontre dans le cadre de mes activités dans les grandes villes, singulièrement à Paris ou en région Île-de-France. Par exemple, un de mes anciens camarades d'école me racontait récemment que sa voiture en bon état et qui compte plus de 300 000 km lui sert à faire tous ses petits trajets de « cabotage rural ». Elle lui permet notamment de tracter sa remorque pour aller à la déchetterie et se conformer ainsi aux usages écologiques réglementaires. « J'ai subi de plein fouet le durcissement des règles pour le contrôle technique tous les deux ans. Quelle galère ! Visite, contre-visite. Travaux entre les deux ! Facture à l'issue évidemment. Tout ça pour ça. Alors que j'essaie d'être un honnête citoyen responsable, qui se conforme à la réglementation en vigueur, de plus en plus tatillonne », m'a-t-il confié. Simultanément, les contrôles routiers se durcissent, y compris dans les hameaux les plus reculés, traquant les excès de vitesse, alors que, dans certains quartiers de la République où plus personne n'ose mettre un pied, les véhicules brûlent en toute impunité. Cette injustice est saisissante et est évoquée à chacun de mes déplacements dans les territoires. D'un côté, toujours plus de lois et de taxes et, de l'autre, toujours plus de laxisme et de démagogie. Ce grand écart a nourri la rancune, terreau de la colère.

Au-delà des mesures sur l'automobile, je crois que le mal est plus profond. En réalité, à bien des égards, l'État est devenu la finalité ultime et la nation le codicille. Le Droit s'est imposé comme une nouvelle religion, au lieu

L'équilibre est un courage

de rester un simple moyen. Je reste convaincu que l'art de la politique – au sens du gouvernement de la Cité – consiste à ordonner (c'est-à-dire à mettre en ordre) la vie de la nation, cette communauté de femmes et d'hommes qui acceptent de vivre ensemble sur un territoire (la terre des pères : la patrie), à partir d'un creuset de valeurs communes. Pour cela, l'État est l'outil qui organise et fixe les règles communément admises, notamment pour les fonctions régaliennes que sont la défense, la sécurité et la justice. En nommant Jean Foyer garde des Sceaux en 1962, le général de Gaulle lui avait donné cette feuille de route : « Souvenez-vous de ceci : il y a d'abord la France, ensuite l'État, enfin, autant que les intérêts majeurs des deux sont sauvegardés, le Droit. »

Quand, dans nos démocraties, le peuple ne se sent plus représenté par ses élus et que l'État, jugé arrogant, est en décalage par rapport aux attentes des citoyens, le fossé se creuse jusqu'à l'incompréhension, puis jusqu'à l'inquiétude, au doute et à la colère. Les « experts » appellent cela le populisme, par facilité ou par ignorance : il s'agit tout simplement du fossé entre l'État, devenu l'alpha et l'oméga, et ceux qui le subissent, ne se sentant plus représentés ni compris. L'État serviteur est devenu le maître. Le droit et la finance font fonction de politique. On n'est plus dans le « quoi ? » ni le « pourquoi ? », mais dans le « comment ? ». Le moyen est devenu la fin. Les citoyens n'ont qu'à bien se tenir. Ils ne sont que des clients bénéficiaires de prestations, dont on peut mesurer l'efficacité

La France oubliée...

avec des indicateurs inspirés du modèle concurrentiel. L'intelligence des responsables veille et décide. Là se situe en réalité la raison profonde de ce décalage.

Ce découplage entre l'État et les citoyens est d'autant plus pervers qu'il fonctionne à double sens. D'une part, l'État réduit le citoyen au rôle de client dont il exige certains comportements sans recueillir son avis. Mais, d'autre part, le citoyen peut entrer dans ce jeu dès lors qu'il cesse d'accepter ses devoirs et de respecter la discipline collective pour ne plus être qu'un client attendant des prestations sans aucune participation en retour. C'est alors que l'État se réduit à une compagnie d'assurances tous risques, bien incapable de mobiliser la nation autour de grands projets communs.

Si l'on pousse plus loin le raisonnement, ce fossé sépare également les élites branchées sur le monde et les peuples empêtrés dans leurs difficultés quotidiennes, un phénomène qui perturbe la plupart des démocraties occidentales et singulièrement européennes. J'ai eu la chance de passer une dizaine d'années au cœur de l'appareil d'État – deux années à Matignon, quatre années en tant que major général, donc numéro 2 des armées, et trois ans et demi comme chef d'état-major des armées. Le tout sans jamais me couper de la réalité de la vie de nos concitoyens, à travers mes responsabilités militaires de terrain et l'équilibre entre ma vie personnelle et ma vie professionnelle, que j'ai toujours essayé et plutôt réussi

L'équilibre est un courage

(je l'espère) à maintenir. J'ai vu croître cette ignorance, qui s'est peu à peu muée en rancœur entre le peuple et ses dirigeants. Au plus fort de la révolte des Gilets jaunes, interviewé sur le porte-avions *Charles de Gaulle*, le président de la République avait justement déclaré : « Je n'ai pas réussi à réconcilier le peuple français avec ses dirigeants. » Parfaitement vrai. Et la France n'a pas le monopole de ce constat en Europe. Le sujet ne date pas d'aujourd'hui ! Le début de cette incompréhension remonte à l'explosion de Mai 68, il y a plus d'un demi-siècle. Depuis, on n'a cessé de dégrader la qualité du lien de subordination entre dirigeants et citoyens dans notre pays, dans notre société, dans nos entreprises, partout. Les gouvernants tremblent à l'idée de provoquer une explosion sociale par la moindre décision, et l'ensemble des Français est toujours prompt à réclamer des réformes pour mieux les contester dès qu'on les met en œuvre.

Alors, quel est ce décalage ? « La connerie est uniformément répartie. » Cette phrase militaire un peu abrupte me semble pertinente, d'autant que chacun porte en lui sa propre dose d'imperfection ; moi le premier, sûrement ! Évidemment, au sommet ou à la base, les personnes sont globalement de bonne volonté. Les responsables politiques, les surdiplômés, les hauts fonctionnaires sont pour l'essentiel, à de rares exceptions près, de gros travailleurs qui cherchent à donner le meilleur d'eux-mêmes, animés par un sens notable du service de la France. Je peux l'attester. À l'autre bout de la chaîne, nos concitoyens sont de bonne composition et aiment leur pays, manifestant cette fierté française qui fait notre génie en Europe. Ce qui ne colle plus entre le sommet et la base est bien une forme d'ignorance mutuelle. Nos concitoyens n'imaginent pas la complexité des sujets à traiter par nos dirigeants, qui eux-mêmes n'imaginent pas la complexité des situations dans lesquelles se trouvent leurs compatriotes. Ainsi ne peuvent-ils plus recentrer leur énergie autour des conséquences concrètes de leurs décisions sur les hommes et les femmes qui les mettront en œuvre. Là est le problème de confiance. Il est donc urgent de remettre la personne au centre des préoccupations de tous les dirigeants, pas simplement politiques, mais aussi économiques, sociaux, culturels, sportifs, associatifs.

Finalement, les ronds-points occupés par les Gilets jaunes étaient aussi l'expression de cette déshumanisation de notre société. Ces rassemblements témoignaient du besoin de proximité nécessaire à toutes et à tous, proximité qui a disparu de l'État français, trop souvent aux mains de technocrates parlant normes comptables ou juridiques. Ce dialogue de sourds entre les élites, victimes d'une certaine cécité, et une partie du peuple qui se sent oubliée de la République s'est manifesté sur les ronds-points, qui en sont devenus le symbole géographique et sociologique.

Cette France périphérique des territoires se sent en réalité abandonnée. La vraie pauvreté se développe. Pour s'en convaincre, il suffit d'observer où de nombreuses

L'équilibre est un courage

familles rurales viennent faire leurs achats. De Auchan, elles sont passées chez Lidl, pour terminer chez Emmaüs ou aux Restaurants du cœur. Là est la réalité de cette nouvelle pauvreté, qui parfois va jusqu'à la misère.

Le 20 novembre 2019, Jérôme Fourquet, directeur du département opinion et stratégies d'entreprises de l'IFOP, Salomé Berlioux, présidente fondatrice de Chemins d'avenirs, et Jérémie Peltier, directeur du secteur Études à la Fondation Jean-Jaurès, ont publié les résultats d'une enquête sur la fracture territoriale qui divise la jeunesse des métropoles et celle des zones rurales. Intitulée « Jeunes des villes, jeunes des champs, la lutte des classes n'est pas finie », elle souligne à quel point les 17-23 ans de la « France périphérique » sont freinés dans leur ascension sociale et leur difficulté à évoluer dans une société de plus en plus mobile et mondialisée. « Il y a effectivement une jeunesse qui peut aller partout, qui en a les moyens et les ambitions, les codes aussi, pour se sentir à l'aise au sein de la mondialisation, et une autre qui est assignée à résidence », déclarait Jérémie Peltier. L'écart est très significatif quand il s'agit de l'accès à l'information ou de la pratique d'activités extrascolaires, souligne cette enquête. Il en est de même pour le carnet d'adresses, à l'origine de tant d'inégalités et d'injustices. À niveau scolaire identique, seuls 48 % des jeunes des villes de moins de 20 000 habitants indiquent qu'ils ont ou vont faire des études supérieures « ambitieuses », contre 67 % des jeunes de l'agglomération parisienne. On a cru que le déploiement du numérique atténuerait cette fracture. En

La France oubliée...

réalité, il n'en est rien. « Le fantasme d'un pouvoir égalisateur du numérique est de l'ordre de la fiction », insiste Salomé Berlioux. Tout cela crée une frustration chez une partie de la jeunesse de notre pays, qui se sent un peu assignée à résidence, loin des centres de décision, des dynamiques économiques et des projecteurs médiatiques.

Loin des grandes villes, les gens attendent le car au bord des routes ou le klaxon du poissonnier qui ravitaille le village. La micheline est un souvenir des plus anciens et il y a bien longtemps que la gare a été vendue. Les rames de TGV traversent à toute allure les campagnes sans s'arrêter. Les technologies sont pour les métropoles, toujours plus gloutonnes. La France des champs attend encore la 3G quand on parle de la 5G pour les urbains. La vie devient pénible et les fins de mois difficiles à boucler. Souvent, la famille explose, laissant au bord des routes des pancartes « maison à vendre ». La vie est enclavée au sens propre autant que figuré : la mobilité est un vrai sujet et le désespoir est synonyme d'enfermement. Le paradis des verts pâturages, la pureté de l'air, la beauté de la faune et de la flore, le silence majestueux des vallées isolées n'ont plus de charme pour ceux qui y habitent. Seuls les touristes, qui viennent quelques jours se désintoxiquer de la ville, les apprécient comme des Indiens dans la campagne. Ils sont nombreux à s'y être réfugiés en urgence pour s'y confiner plus agréablement que dans un appartement exigu.

L'équilibre est un courage

Il faut dire que tout est compliqué en zone rurale. Le cabinet d'un médecin spécialiste se situe en moyenne à plus de cinquante kilomètres. Il faut environ compter trois mois et deux jours pour obtenir un rendez-vous chez un ophtalmologiste, deux mois et trois jours chez un dermatologue, un mois et vingt-trois jours chez un gynécologue. Les urgences hospitalières sont saturées, quand elles ne sont pas en grève (hors période de coronavirus). Il y a bien longtemps que la poste a disparu, le guichet SNCF aussi. Tout se fait par Internet, sachant que bien souvent le débit est insuffisant, faute de connexions efficaces. Les services de l'État sont loin et anonymes. Si, par une chance inouïe, on parvient à joindre quelqu'un pour obtenir un conseil ou signaler un problème administratif, ce ne sera jamais le même interlocuteur qui suivra votre dossier. La plupart du temps, on tourne en rond avec un répondeur téléphonique. En conséquence, beaucoup se sentent ignorés, méprisés, et les conversations de comptoir – dans l'armée, on appelle ça les « propos de popote » – se font de plus en plus violentes vis-à-vis de « ceux qui nous gouvernent, qui sont à côté de la plaque, dans leur tour d'ivoire ». Jean Viard, ce grand sociologue, l'exprime à sa façon : « Aujourd'hui, la France compte davantage de ruraux que d'urbains, qui ne représentent que 40 % des Français ; et malgré cela, l'espace rural et périurbain n'est toujours pas pensé politiquement. »

Ce phénomène s'est accru depuis la réforme illisible localement des collectivités territoriales. Le maire d'une petite commune fusionnée, qui est encore un élu respecté, a perdu beaucoup d'attributions. Il lui reste l'état civil et les mariages, de moins en moins nombreux d'ailleurs. Les fusions de communes, les collectivités de communes, les syndicats à vocations multiples, en particulier pour les déchets, le conseil départemental, le conseil régional, la préfecture : je vous mets au défi de savoir qui est en droit de régler votre problème. Un écheveau de responsables – non coupables – se renvoie la balle. « L'administration est là pour rendre les gens heureux. » Cette phrase a du plomb dans l'aile. Sonia Mabrouk décrit tout cela très bien dans son livre *Douce France, où est (passé) ton bon sens ?* (Plon, 2019). Pourquoi faire simple quand on peut faire compliqué !

Heureusement, la solidarité et la fraternité de voisinage rendent les choses plus supportables. Dans les villages de France subsistent encore les restes des battages, des kermesses paroissiales, de cette culture de fêtes simples et amicales. Les cloches sonnent encore le glas quand un voisin décède. Les agriculteurs, rassemblés en communautés d'utilisation de matériels agricoles (CUMA) ou en groupements agricoles d'exploitation en commun (GAEC), passent encore de temps en temps une journée ensemble à discuter, boire, chanter, jouer aux boules et aux palets. La culture est restée, figée mais encore réelle, remisée dans le grenier à souvenirs. La France périphérique est en souffrance. Elle a gardé son bon sens. Elle a perdu l'espérance. Elle n'a pas le monopole : celle des banlieues est en survie. Et elle ne la connaît pas.

Chapitre 2

La France exclue et le séparatisme des cités

Avec le recul, je mesure chaque jour un peu plus la chance que l'armée m'a offerte en me permettant de rencontrer pendant quarante-trois années la jeunesse dans sa diversité et sa richesse. Jamais nous ne nous posions la question de savoir si tel ou tel avait plus de valeur que tel autre. Nous prenions le jeune du Nord, du Sud, de l'Ouest ou de l'Est et essayions au plus vite d'en faire un soldat au service de la France, quels que soient son origine, son milieu social ou ses qualifications. Depuis les années 70, évidemment, j'ai vu notre recrutement évoluer, d'abord par l'accroissement des exemptions et des dispenses pour le service militaire ; ensuite, par la suppression des appelés et l'unique réservoir des engagés ; enfin, par l'arrivée de plus en plus nombreuse de jeunes issus de l'immigration, au rythme et à due proportion de leur nombre dans la nation. La pédagogie militaire s'est adaptée, mais n'a pas profondément changé, même en 1996, avec l'arrivée de l'armée de métier. Comment expliquer ce succès ?

L'équilibre est un courage

Au bilan, les motivations de celles et ceux qui s'engagent sont restées les mêmes : le désir de collectif, le goût de l'effort partagé, la quête de sens, la recherche d'un cadre rassurant, le besoin d'action, le sentiment d'être respecté. Tout le contraire de ce que l'on trouve dans une certaine France des banlieues aujourd'hui. Plutôt que le terme banlieue, j'utiliserai d'ailleurs le mot cité. Dans la banlieue, on trouve la mairie, le supermarché, la pharmacie ; la cité est parfois plus le royaume des dealers, qui sont les vrais leaders d'une économie souterraine prépondérante.

Ayant eu la chance de commander de nombreux jeunes issus de ces quartiers, j'ai eu l'occasion à de multiples reprises d'apprécier leur courage et même leur héroïsme. Je me souviens d'une prise d'armes, un matin d'hiver de 2015, dans la cour glaciale des Invalides, pendant laquelle je décorais, en tant que chef d'état-major des armées, des militaires revenus d'opérations extérieures. Je remets la croix de la Valeur militaire à un jeune caporal issu d'un quartier difficile. Les faits pour lesquels il a mérité cette décoration sont rappelés au micro : il est allé chercher un camarade blessé sous le feu de l'ennemi, lui sauvant la vie en risquant la sienne. Au moment d'accrocher la croix sur sa poitrine, je lui dis : « J'ai vu vos états de service, vous êtes un héros. » Il me répond avec un regard où se mêlaient l'obéissance formelle et le désaccord : « Non, mon général, je n'ai fait que mon devoir, je l'ai fait pour

La France exclue...

la France, pour lui rendre ce qu'elle avait donné à mon grand-père : l'accueil. »

Après avoir vécu aux côtés de ces jeunes dans l'armée, j'ai vu qu'il est possible de faire des femmes ou hommes debout à partir de jeunes désœuvrés, inactifs, sans espoir ni travail, sans père et avec beaucoup de reproches, souvent seuls, autant de proies faciles pour les petits caïds. Fort de ce constat, j'ai souhaité profiter de ma nouvelle vie civile pour comprendre, pour aller voir sur place, dans ces territoires qui se sentent oubliés et qu'on dit perdus pour la République, afin d'essayer modestement d'esquisser quelques solutions nouvelles. Car nous sommes collectivement plantés et nier les problèmes ne fait qu'accroître la rancœur de ceux qui les affrontent et creuse davantage le fossé entre les Français qui connaissent la réalité et les dirigeants qui en sont portés responsables. Il ne fait pas bon vivre aujourd'hui dans certains quartiers de France et plus personne n'y entre ou presque, hormis quelques associations généreuses ou certains élus courageux qui s'y aventurent uniquement dans la journée. C'est grâce à l'un de ces responsables d'association que je me suis rendu pour la première fois, au début de l'année 2018, aux Mureaux. Cet homme qu'on m'avait recommandé et que je ne connaissais pas m'a emmené en voiture dans le local de l'association, au rez-de-chaussée d'un immeuble bas et gris dans la cité. Là m'attendaient une quinzaine de jeunes hommes, entre 20 et 30 ans, pour l'essentiel d'origine africaine, qui s'étaient portés volontaires pour

L'équilibre est un courage

déjeuner avec moi, sans trop savoir, comme moi, à quoi s'attendre. Au fond de la pièce, quelques mamans préparaient un couscous sur une gazinière de fortune, posée sur des tréteaux, dans une ambiance chaleureuse à l'africaine à laquelle j'étais habitué par mon passé militaire.

La conversation s'engage vite, notamment avec mon voisin de table, un grand Sénégalais de près de deux mètres, qui me raconte son quotidien parsemé d'embûches, ses difficultés pour trouver un travail, son envie de s'en sortir, son engagement associatif et sa passion du sport. Il se propose de m'accompagner lors de la visite de la cité qui doit suivre le repas. Je le désigne en plaisantant comme mon garde du corps. Le contact est établi. Pendant l'après-midi, je chemine à pied dans cette cité rénovée depuis les événements de 2005, accompagné par les membres des associations, habités par une forme d'héroïsme discret et quotidien ; je comprends peu à peu l'ampleur de la fracture entre ceux qui se donnent et ceux qui reçoivent. Je perçois la nécessité d'une réconciliation entre l'État et ces quartiers. Au moment de partir en fin d'après-midi, mon jeune « garde du corps » se plante devant moi et me dit : « Je pars avec vous à Paris. » Je lui demande pourquoi. Sa réponse résonne encore en moi aujourd'hui. « Je veux vous servir, vous êtes le premier Blanc extérieur à la cité qui s'intéresse à moi. » Je le convaincs de rester et lui promets assistance. Depuis, nous sommes restés en contact et j'ai une réelle amitié pour lui. Cette première visite aux Mureaux a été suivie de nombreux déplacements dans ce quartier, mais aussi

La France exclue...

à Saint-Dizier, à Montfermeil, à Noisy-le-Grand, pour ne citer que ceux-là.

La loi républicaine ne s'applique pas de la même manière au centre de Paris et dans ces quartiers. Une expérience simple confirme cette réalité : garez-vous moins de 30 minutes sur une place de stationnement interdite au centre de Paris. Votre voiture sera rapidement verbalisée, voire enlevée, surtout d'ailleurs dans les quartiers plus favorisés. En banlieue, la République se montre moins courageuse et les carcasses de voitures brûlées trônent au bas des immeubles en toute impunité. Personne ne peut nier qu'il y a aujourd'hui dans notre République deux poids deux mesures. Ceux qui le nient feraient bien de sortir de leur cercle de quiétude et de certitude. En quelques décennies, le métier de policier ou de gendarme est devenu beaucoup plus risqué. La peur a changé de camp dans certains quartiers, où le risque est partout. Le nombre de blessés dans les forces de sécurité sur notre sol ne cesse de croître, et bien souvent dans les mêmes zones. Là est la vérité. J'ai recueilli énormément de témoignages précis de situations brutales, où le rapport de force s'inverse : en quelques minutes, des dizaines de jeunes se rassemblent, décidés à en découdre, face à quelques policiers ou gendarmes repliés dans leur voiture. Combien d'images terrifiantes circulent sur Internet de quartiers aux mains des caïds, faisant régner leur propre autorité, leur propre loi ?

L'équilibre est un courage

Cette violence dans les cités, que l'on ne peut ni banaliser ni ignorer, trouve principalement son origine dans la pauvreté et le désespoir. Quand on a douze ans, aux Mureaux par exemple, et qu'on est issu d'une famille de huit enfants, arrivée en France il y a trois ou quatre générations, comment faire ? L'appartement de 70 mètres carrés a du mal à loger tout le monde et le père bien souvent a disparu. La mère fait face avec courage en travaillant à Paris, multiplie les allers-retours tôt le matin et tard le soir afin de nourrir sa nombreuse famille. Souvent d'ailleurs, un des jeunes pousse la porte d'un centre de recrutement des armées. Il s'en sort généralement. Souvent aussi, les autres sont les proies faciles des trafiquants qui les embauchent dès l'adolescence comme guetteurs. En classe de cinquième, guetteur est le métier le plus envié, parce que le plus lucratif. Tout cela, au cours des trois dernières années, je l'ai entendu, je l'ai vu, je l'ai vécu.

Comment convaincre tous ces jeunes entraînés dans cette économie parallèle de travailler à la régulière pour gagner le SMIC, quand ils obtiennent cinq fois plus avec la drogue et nourrissent toute leur famille, y compris dans leur pays d'origine ? La réponse passera par d'autres solutions que celles qui sont utilisées depuis 50 ans – ou alors, on ne pourra pas dire que l'on ne savait pas. D'ailleurs, les acteurs politiques locaux ou nationaux portent une part de responsabilité, quand, bien souvent, ils achètent la paix sociale par une forme de lâcheté en fermant les yeux sur la propagande idéologique islamiste des salafistes et des

La France exclue...

Frères musulmans ou sur les trafics de drogue. Car ces jeunes surarmés, qui haïssent la France et ses valeurs et qui attaquent nos forces de l'ordre, parviennent à faire régner ce climat détestable sans être nullement majoritaires. On les voit dans de superbes voitures, quand les autres survivent dans la difficulté. Là aussi, la réconciliation est urgente entre ces cités et la nation. C'est une question de survie.

Ce qui me semble le plus grave est le lien de plus en plus prégnant entre les salafistes et les caïds. Les premiers se réunissent chaque jour dans des salles de prière, plus ou moins connues. Les seconds habitent à l'extérieur de la cité pour mieux organiser leurs activités, souvent dans de belles villas acquises au prix fort. Les uns possèdent la crédibilité spirituelle, les autres la puissance financière. Tous ont en commun de détester la France et de chercher à étendre leur influence et leur contrôle sur les populations des cités. Leurs réseaux diffèrent : les salafistes sont financés pour l'essentiel par l'étranger, les caïds par les revenus de leurs trafics et parfois même par le proxénétisme. Ils voisinent en bonne intelligence, sans se gêner mutuellement. La discrétion les réunit. Depuis quelque temps, les contacts sont par endroits de plus en plus étroits entre eux et cela me semble très préoccupant pour l'avenir. Sans stigmatisation de ma part, mais sans naïveté non plus. La situation est explosive : si caïds et salafistes fusionnent, les uns auront plus de moyens financiers et les autres plus de leviers pour se débarrasser de tout ce qui peut les entraver, et au premier rang la République. Le

L'équilibre est un courage

3 octobre 2018, le jour de son départ, le ministre de l'Intérieur Gérard Collomb allait jusqu'à parler de certains quartiers où l'on vit « côte à côte », ajoutant : « Je crains que demain on ne vive face à face. » D'autant qu'une enquête IFOP parue un an après que cette phrase a été prononcée, en octobre 2019, confirme qu'un quart de la population musulmane en France adhère à la charia et pense qu'elle doit passer avant les lois de la République.

Un autre élément me frappe à chacune de mes visites : le communautarisme. Chaque cité est divisée en quartiers, en fonction des pays d'origine des habitants. Comment constituer une nation dans ces conditions ? Comment parvenir à unir, réunir ces personnes aux cultures si différentes et aux motivations si diverses ? D'autant que les demandeurs d'asile continuent d'arriver (7 % de hausse en 2019 par rapport à l'année déjà historique de 2018) et sans prendre en compte les clandestins, dont on voit aussi qu'ils sont de plus en plus nombreux (de l'ordre de 100 000 par an, avec seulement 15 000 reconduites effectives). Jérôme Fourquet va jusqu'à écrire : « Il y a plusieurs peuples sur le même sol, séparés par des fossés, dont tout laisse à croire qu'ils iront en grandissant. »

J'ai rencontré, au cours de mes visites en banlieue, un Algérien qui vivait depuis quarante-trois ans en France sans parler un mot de français. J'ai assisté dans une banlieue de la région parisienne à un cours de langue française organisé par la mairie pour les mamans volontaires. J'ai

La France exclue...

pu discuter avec elles et constater leur désir de s'intégrer, en commençant par apprendre la langue française. L'intégration passe d'abord par la culture. J'ai vu ces femmes courageuses, au caractère affirmé, qui portent à bout de bras l'éducation de leurs enfants. Elles étaient une cinquantaine autour de la table, représentant une trentaine de pays différents, pour l'essentiel d'origine africaine ou européenne. Elles voulaient qu'on les aide à aimer la France. Elles ne souhaitaient pas l'assistance, mais le respect, la dignité et l'amitié.

En rentrant à Paris, je me suis demandé comment faire pour que ces personnes de bonne volonté, qui souhaitent s'en sortir, puissent réussir. Comment leur faire aimer la France sans renier leur pays d'origine ? Comment leur faire épouser notre culture sans écraser la leur ? Les cohésions ne s'opposent pas ; elles s'additionnent. Quelle énergie positive il y a dans ces quartiers dits défavorisés, que l'on pourrait mettre au service de belles causes, au service du génie français ! Pourquoi ce que l'on fait avec nos jeunes dans l'armée ne pourrait pas être reproduit ailleurs ? Pourquoi ce laxisme, là où il faudrait de la fermeté ; pourquoi cette méfiance, là où il faudrait de la confiance ; pourquoi cette froideur, là où l'humanité est nécessaire ? Pourquoi perdons-nous la partie dans cette lutte d'influence entre les caïds et l'État, ce qui conduit beaucoup de jeunes à replonger en prison, ce qui les mène souvent à une islamisation accélérée ?

L'équilibre est un courage

Et puis, que de belles initiatives partout dans ces quartiers ! Des élus de terrain engagés et courageux, bravant la violence et faisant autorité. Des associations exceptionnelles qui, quelles que soient les déceptions, continuent à diffuser la charité et la fraternité. Aux Mureaux, j'ai rencontré les membres de l'association Le Rocher, dont la devise est « Oser la rencontre, choisir l'espérance ». Des jeunes, tous volontaires, de tous milieux, s'engagent et viennent passer quelques semaines, quelques mois, parfois quelques années, au service de la population locale, au service des enfants et des mamans, des autres jeunes. Un étudiant à l'Essec avait ainsi choisi de s'installer pendant quelques semaines au cœur de la cité pour consacrer du temps aux jeunes qui n'avaient pas reçu les chances que sa naissance lui avait données. Il organisait des jeux, du sport, des activités culturelles pour les enfants ; il allait discuter dans les cages d'escalier avec les adolescents, créait un contact sincère et authentique. La France des élites diplômées devrait concrètement se rapprocher, selon lui, de cette France délaissée. Magnifique signal d'espérance, qui illustre cette phrase que je ne cesse de répéter : « La vraie richesse est chez les autres. »

« Ne pas subir. » Cette belle devise du maréchal de Lattre résume ce que j'ai ressenti lors de ma première venue aux Mureaux. J'ai vu au premier regard ces hommes et femmes de conviction s'engager dans un projet audacieux, « Vivre les Mureaux », au service du bien, du beau, du vrai. Des gens originaires d'une centaine de nationalités différentes cohabitent dans cette ville, et cette

La France exclue...

association veut valoriser cette richesse. On peut aller, par exemple, comme au restaurant, partager un repas dans une famille, en choisissant les spécialités culinaires du pays que l'on souhaite. En novembre 2019, j'ai parrainé un grand concert du *Requiem* de Mozart, mais aussi de rap et de chants arabes, organisé par cette association et donné par un orchestre mélangeant professionnels et jeunes des Mureaux. Je me tenais aux côtés de l'imam, du rabbin et du curé, sur l'estrade, puis dans la salle, entouré de 700 spectateurs attentifs et passionnés.

J'ai ressenti le côté précurseur de cette initiative, qui va bien au-delà de tous les plans étatiques de ces vingt dernières années et qui s'adresse au cœur des personnes, en particulier des jeunes. En réalité, par toutes ces actions de cohésion et de fraternité, les habitants des Mureaux retrouvent une forme d'appartenance collective et même de fierté, qui avait disparu depuis longtemps. Un équilibre entre l'exigence et la bienveillance, entre l'humanité et la fermeté, entre les droits et les devoirs, réapparaît progressivement, réduisant les divisions et apportant une nouvelle lumière dans cette vie trop souvent sans espoir. La diversité devient source de richesse et non plus d'antagonisme et d'incompréhension. Les communautés vivent ensemble au service de projets communs et non plus dans l'ignorance ou l'agressivité. Dans notre France si fracturée, ce projet montre que cela est possible, loin des découragements ou des cris d'alarme, loin d'une logique de fatalité ou d'assistance, loin aussi d'une simple approche de communication.

L'équilibre est un courage

J'ai rencontré de nombreuses pépites d'espoir dans d'autres cités. Je me souviens de cette discussion à Saint-Dizier avec ces animateurs sportifs du club de boxe, aux côtés de leurs jeunes, dont le comportement avait spectaculairement changé en quelques mois, non pas par l'assistance et la facilité, mais par l'exigence de ce sport. On a parlé discipline, rigueur, travail, effort, amour, respect.

J'ai aussi eu la chance de visiter l'association ATD Quart Monde à Noisy-le-Grand, lieu d'installation de son siège depuis sa création en 1957 par le Père Joseph Wresinski et des habitants d'un bidonville local. Leur objectif est de soulager la misère et de ne laisser personne de côté. J'ai discuté avec des volontaires permanents ou bénévoles, dévoués et engagés au service des autres et particulièrement des plus pauvres. J'ai vu des « surdiplômés » ayant tout abandonné (salaire et carrière) pour se mettre au service des plus jeunes en difficulté et les sortir de leur misère. Magnifique témoignage d'amitié et signe que le sens du service existe dans notre pays.

Je me revois aussi dans une école du réseau « Espérance Banlieue » avec ces enfants issus de tous pays, chantant *La Marseillaise* autour du mât des couleurs pour accompagner la montée de notre drapeau national. J'y voyais l'espérance française surmontant nos difficultés. J'y voyais l'engagement de ces jeunes institutrices, fraîchement diplômées et voulant donner un sens à leur vie en enseignant à ces jeunes attachants et parfois en grande difficulté familiale. Quelle

La France exclue...

bouffée d'oxygène ! Une goutte d'eau dans un océan de problèmes ? Peut-être, mais le signe que cela est possible. Si cette goutte d'eau n'était pas là, elle manquerait.

Rendre ces exemples contagieux, les faire se répandre dans des réseaux d'assistance mutuelle est devenu un impératif. Nous savons que l'action publique ne peut pas corriger tous les défauts de notre société. L'initiative privée, l'action des bénévoles est indispensable et se révèle bien souvent la plus efficace. L'État doit agir comme un catalyseur pour que ce soit le meilleur et pas le pire qui se propage dans le pays. L'essentiel est de faire en sorte que nous nous retrouvions dans l'action. Car l'action rassemble, quand la parole parfois divise. Quand chacun se renferme dans son égoïsme, les ferments de la discorde prospèrent. En réalité, là comme ailleurs, il faut trouver un équilibre entre la nécessaire charité élémentaire destinée à sauver toute personne humaine en difficulté et l'indispensable respect de la loi, qui préserve l'unité de la nation et contraint à renoncer à accueillir « toute la misère du monde ».

À chaque retour chez moi après ces discussions en banlieue, je me dis : quel décalage par rapport aux problématiques des territoires ruraux ! Quelle ignorance mutuelle ! Finalement, je vois un point commun entre ces deux France. Elles manquent d'un équilibre entre la fermeté qui vainc les difficultés et l'humanité qui convainc les esprits. Et qu'en est-il de la troisième France, celle des métropoles ?

Chapitre 3

La France aveuglée et l'omniprésence des cols blancs

Les Mureaux se situent à moins de 40 minutes en voiture du centre de Paris. Et pourtant, à certains égards, on change d'univers. La vie urbaine est bien différente des deux autres France, rurale et banlieusarde. On peut le regretter, mais pas le nier. J'aime la sagesse de Jean-Claude Guillebaud quand il déclare : « La vie urbaine nous presse. On fait, on court, on agit. Lorsque je rentre à Bunzac en Charente, je vis "pour de vrai", comme disent les enfants. Cette proximité avec la nature est une providence toujours renouvelée. » (*Sauver la beauté du monde*, L'Iconoclaste, 2019.)

J'ai fait le tour de France de la plupart de nos grandes agglomérations. Leur style de vie est très proche et, comme pour les territoires ou les cités, les grandes lignes sont communes à toutes ces conurbations. Dans le discours actuel, on pourrait facilement entendre qu'il y aurait le monde rural et celui des cités, qui vont mal, et le monde des métropoles, où tout va bien. Cette vision manichéenne est fausse. Elle ne peut que dresser les habitants les uns contre les autres.

Le premier facteur qui frappe quand on essaie d'analyser sociologiquement la vie urbaine actuelle est l'accélération foudroyante du temps, bien plus nette qu'ailleurs encore. Dans les rues, tout le monde court. On saute de tramway en métro, de bus en taxi. On marche vite. Tout s'accélère. On court après le temps. Les embarras de Paris décrits par Nicolas Boileau en 1666 n'ont pas pris une ride. « Tout conspire à la fois à troubler mon repos. » On respire plus du gaz carbonique que de la sérénité.

Par voie de conséquence, on n'a plus le temps de se parler. L'individualisme règne de plus en plus dans les cages d'escalier. On ne connaît même plus ses voisins et chercher à entrer en contact est parfois jugé comme une agression. On a créé la fête des Voisins, ce qui est une bonne chose, mais cela montre combien notre société urbaine est malade. Une civilisation dans laquelle les citoyens ne se parlent plus naturellement court à sa propre disparition.

Depuis mon départ de l'institution militaire, je prends le métro chaque jour comme une majorité de Parisiens (sauf quand il est en grève et hors période de confinement !). Au hasard de ces trajets, je fais des rencontres formidables, toujours pleines d'encouragements et de soutien. J'observe l'ambiance dans les rames. Quelle

La France aveuglée...

tristesse ! Chacun se préoccupe de prendre sa place assise. Tant pis pour celles ou ceux qui arrivent après, restant debout accrochés à la barre, au rythme des secousses et des arrêts. Peu importent les femmes enceintes, les personnes âgées ou handicapées. Peu importe la canicule. « Chacun sa m... Chacun son problème. » Voilà ce que disent trop souvent les gens. Mais quelle société veut-on ? Qu'apprend-on aux plus jeunes ? Je pense souvent à cette belle phrase de la Bible pleine de vérité : « Il y a plus de bonheur à donner qu'à recevoir. » Beaucoup plus fort qu'en banlieue ou que dans les territoires, cet individualisme imprègne notre société urbaine. Comment peut-on imaginer qu'une collection d'individus enfermés chacun dans sa bulle puisse former société ? Vous pourrez bien superposer tous les réseaux sociaux, vous n'obtiendrez jamais que des connexions de solitudes.

Les nouvelles technologies encouragent en effet ce phénomène, car, ici encore plus qu'ailleurs, on suit la mode des nouveaux iPhone, des nouvelles « applis », de toutes les nouveautés technologiques. On capte tout et tout de suite. Le tissu social est d'abord sur la Toile. On communique par écran interposé et de moins en moins les yeux dans les yeux. Comme tout fonctionne globalement bien, on gagne du temps et c'est plus facile.

On suit la mode comme on se suit sur les trottoirs. L'habillement, les couleurs, le style, même les idées et le prêt-à-penser : tout change de plus en plus vite et l'urbain a du mal à suivre. Regardez dans les rues. Une forme de clonage physique s'opère. Ce n'est pas nouveau, mais cela s'accélère. J'aime cette phrase de Charles Péguy : « Il y a quelque chose de pire que d'avoir une mauvaise pensée. C'est d'avoir une pensée toute faite. »

Et pourtant, on aurait tellement avantage à lever les yeux des écrans pour admirer la beauté des centres-villes historiques, souvent magnifiquement restaurés et que des touristes viennent contempler par millions. Les métropoles proposent une offre culturelle d'une richesse inouïe, concentrent les théâtres, les opéras, les cinémas, les musées, les festivals comme les animations les plus variées, le jour comme la nuit. L'offre de services publics, notamment médicaux, y est foisonnante. Quelle énergie et quelle créativité dans ces villes où se concentre une qualité intellectuelle et artistique inégalée ! Ce n'est pas nouveau, mais cela reste le cas encore aujourd'hui.

Et parallèlement, le matérialisme, fruit du libéralisme outrancier, y est à l'œuvre. La grande richesse côtoie l'extrême pauvreté. L'objectif de campagne du président de la République de supprimer tous les SDF de nos villes est loin d'être atteint. Aux mendiants habituels viennent désormais s'ajouter dans chaque grande agglomération française des centaines ou des milliers de migrants. Cela pose un vrai problème pour la sécurité de nos concitoyens, mais aussi de ces sans-logis récents ou plus anciens.

Jusqu'à quand va-t-on tolérer ce phénomène et quand va-t-on s'attaquer à la racine de ces difficultés : migrations incontrôlées, politique de développement des pays concernés non coordonnée en interministériel et au plan international, lutte contre la grande pauvreté, etc. ?

La sécurité dans nos villes est un vrai sujet, quelles que soient les statistiques qui nous sont données. Depuis quarante ans, les gouvernants nous expliquent, courbes à l'appui, que ces chiffres s'améliorent quand, les Français le savent bien, la situation ne cesse malheureusement de se dégrader. Les cambriolages, les attaques à main armée, les viols sont le quotidien de nos forces de sécurité, trop souvent accusées de brutalité, dans ce contexte de violence permanente. Du coup, les gens dans la rue et dans les magasins sont agressifs, prêts à se défendre face à tout « acte d'incivilité », euphémisme désormais consacré. La menace d'attentats terroristes a encore aggravé ce climat d'insécurité depuis début 2015 dans les villes.

La pollution augmente tristement. Le bruit d'abord accroît cette pression qui pèse sur les habitants des villes. « Le bruit ne fait pas de bien et le bien ne fait pas de bruit », disait saint François de Sales. Certains jours sans vent, la pollution atmosphérique enveloppe la tour Eiffel d'un brouillard d'ouate, qui n'est pas un simple phénomène météo. Là encore, on peut le regretter, pas le contester. Il suffit pour s'en convaincre de faire des footings réguliers. La gorge gratte et le souffle est plus court.

L'équilibre est un courage

C'est physiologiquement perceptible, sans attendre pour cela les jours de canicule, qui aggravent le phénomène. La circulation automobile devient d'ailleurs très compliquée dans les grandes villes, en travaux partout, et qui ne disposent pas encore de moyens de transport collectifs à la hauteur des besoins. Paris est sur ce plan un bon exemple. « Les villes devraient être construites à la campagne. L'air y est tellement plus pur », écrivait avec humour Alphonse Allais à la fin du XIXᵉ siècle. C'est probablement ce que se sont dit de nombreux Français « encagés » dans leur appartement, à l'étroit et sans chlorophylle, pendant les longues semaines du récent confinement.

Les centres urbains se vident, tant les loyers sont dissuasifs. Les ouvriers habitent les périphéries, les cités étant souvent inaccessibles et les villes inabordables. La mixité de la population est un leurre en l'occurrence ; beaucoup de ghettos vivent encore en vase clos. Le pouvoir d'achat est globalement 25 % plus élevé au cœur de nos villes que dans les territoires. Comment peut-on vivre durablement en centre-ville avec des revenus modestes ?

L'hyperconcentration urbaine et la standardisation des sièges sociaux et des logements ont montré leurs limites avec le Covid-19. Comment gérer le retour au travail normal dans une tour de la Défense où 20 000 personnes sont entassées dans des « open spaces » sans attribution personnalisée ? Cette mode du gigantisme est mise à mal par le virus. Il faudra remettre la personne au centre de

La France aveuglée...

l'architecture et au cœur de l'urbanisme. Le Grand Paris, la course aux projets immobiliers toujours plus hauts et spectaculaires réjouissent les architectes et on les comprend. Pourtant cette mode de la fin du XXe siècle touche à sa fin. On le voit avec le retour des magasins de proximité et la nécessaire adaptation de la grande distribution. Les centres commerciaux géants ne sont plus à la page. Un exode urbain s'est amorcé et le récent confinement a amplifié ce mouvement. Ceux qui ont pu le vivre à la campagne rêvent désormais de s'installer définitivement au vert, bercés qu'ils ont été pendant plusieurs semaines par le chant des oiseaux et l'éveil de la nature. Une forme de rééquilibrage pourrait combler la fameuse « diagonale du vide », cette longue bande du territoire français où la population est la moins dense, et dégonfler la métropolisation incontrôlée. Les villes petites et moyennes (50 000 à 200 000 habitants) vont probablement attirer des entreprises supplémentaires, soucieuses de réaliser des économies, et des particuliers désireux d'améliorer leurs conditions de vie. L'administration pourrait utilement suivre ce mouvement et accentuer les transferts d'unité de Paris vers la province. Les armées me semblent sur ce plan en avance. En 2010, la décision a été prise de transférer de Paris à Tours la totalité des états-majors d'armée en charge de la gestion des ressources humaines, soit plusieurs centaines de militaires et de civils qui, après quelques années, ne voudraient à aucun prix renoncer à la qualité de vie qu'ils y ont retrouvée.

L'équilibre est un courage

Il y aura de nouveau un avenir là où les logements et les bureaux seront moins chers, où il sera possible de circuler et de faire ses courses à pied, en voiture, en bus, à vélo ; où il sera facile de disposer des principaux services pour une vie quotidienne agréable (éducation, santé, sécurité, culture, économie), et à proximité immédiate de la campagne.

Beaucoup de belles initiatives existent dans nos villes. Une grande solidarité traverse les associations les plus diverses, cultuelles, culturelles ou sportives. Comme en banlieue, quelle générosité dans les associations pour lutter contre la pauvreté, pour visiter les malades, pour aider les plus petits et les handicapés. Je garde un souvenir très fort, par exemple, des volontaires dont les camionnettes sont garées derrière l'École militaire (où je travaillais) et qui, dans le cadre de l'association « À bras ouverts », accompagnent des enfants handicapés tous les week-ends de l'année.

Néanmoins, la majorité des centres-villes deviennent peuplés de gens plutôt aisés, plutôt diplômés et plutôt « cols blancs ». Cette population parfois un peu « bobo » et stéréotypée se sent loin du peuple des campagnes ou des jeunes des cités. Il n'en reste pas moins que c'est au cœur des villes, et des capitales en particulier, que se prennent les décisions, loin de leurs lieux d'application. La France, naturellement jacobine, est truffée d'exemples anciens ou récents de décisions décalées issues de cet éloignement et ayant entraîné des troubles. La Révolution en est un. Les mesures récentes sur l'automobile aussi, à moindre échelle.

Parfois, face à un jeune plein de certitudes, il m'arrive encore de m'étonner : « Mais qui est-il, celui-là, pour prétendre tout savoir à 30 ans, sans rien connaître en réalité, sauf la ville dans laquelle il a été diplômé et la masse de connaissances théoriques qu'il a ingurgitées ? » Ce fossé apparaît nettement ces dernières années, marquées par une volonté légitime de rajeunissement des postes de décision, mais parfois excessive dans sa mise en œuvre. Les cabinets ministériels regorgent à Paris de jeunes remarquablement agiles d'esprit – et à qui on l'a d'ailleurs peut-être trop répété depuis de nombreuses années. Le costume ajusté, mais sans cravate désormais, ne suffit pas toujours à compenser l'absence d'expérience, de bon sens et de tripes. Le jeunisme a ses limites, s'il n'est pas compensé par le bon sens paysan. À la campagne, le respect des anciens existe encore. Je me rappelle cette phrase pleine d'optimisme : « La jeunesse est le temps d'étudier la sagesse ; la vieillesse, le temps de la pratiquer. » La liberté est aussi une forme de cadeau de l'âge.

Chapitre 4

Trois France qui s'ignorent, se jalousent et se critiquent

Selon que vous habitez au cœur d'une grande ville, au centre d'une cité ou au milieu d'un territoire rural, votre vie aujourd'hui est radicalement différente. D'ailleurs, les vacanciers transhument entre ces univers (moins vers les cités), pour voir autre chose, les vaches ou les musées. Cela a toujours été le cas, mais cela s'amplifie. La Fontaine parlait déjà du « rat des villes » et du « rat des champs ». Et puis, notre régionalisme est bien connu. Une juxtaposition de petites patries pourrait aussi menacer notre nation, comme c'est déjà le cas en Espagne avec la Catalogne. Ce besoin d'identification et de proximité réapparaît ces dernières années.

Ce découpage en trois France distinctes est bien sûr schématique, il peut arriver de changer de France géographiquement ou culturellement, mais, par souci de méthode, il m'a semblé intéressant de partir de ce constat. La France, j'allais écrire la Gaule, est plurielle. Son génie est une marqueterie historique, géographique, sociologique, culturelle. Un des grands bienfaits du service national, par ailleurs à l'époque très controversé, était de réaliser un brassage des populations les plus diverses, constituant le creuset national. Depuis sa suspension par le président Chirac en 1996, cette institution a disparu et n'a pas été remplacée. Depuis, ces trois France se sont progressivement séparées. Elles ne voient pas les mêmes choses, parfois ne parlent plus la même langue, ne suivent pas les mêmes objectifs. Le phénomène s'est accentué avec l'accélération des migrations et l'apparition de communautés autres que françaises. L'intégration que facilitait le service national a disparu. Aujourd'hui, on se réjouit de l'avènement d'une France multiethnique, sans se demander comment conserver les fiertés d'origine et épouser celle du pays où l'on vit. Il ne m'est jamais venu à l'esprit d'opposer ma fierté vendéenne et mon appartenance à la France. Hélas, la nation et la patrie sont parfois devenues des notions jugées non comestibles dans l'empire du « politiquement correct », parce que revendiquées par les « populistes ».

Le livre de Jérôme Fourquet, *L'Archipel français* (Le Seuil, 2019), me semble marquer un tournant, car son propos est fort, solidement étayé par des faits et difficilement contestable. Ce livre n'a d'ailleurs donné naissance à aucune polémique. Il décrit notre pays comme un archipel d'îles s'ignorant les unes les autres, sans références culturelles communes. Avec les trois France et en partant de ma propre expérience, j'aboutis à un constat similaire :

le danger de fragmentation. Et pourtant, chacune de ces trois France incarne notre pays et constitue une pièce du puzzle.

Il n'y a effectivement pas grand-chose de commun entre le jeune de 20 ans vivant en cité et le même jeune vivant au fond de la campagne. Aucun ne peut imaginer la vie de l'autre. Ils partagent cependant une chose : aucun des deux n'aime l'État, qui ne leur offre plus ni perspectives, ni emploi, ni espérance. Rien de commun non plus entre le surdiplômé urbain plein de projets et d'ambitions, loin de toutes ces difficultés, et ces jeunes sous-scolarisés et se sentant sous-considérés. Ils partagent cependant une ignorance mutuelle qui peut dégénérer rapidement en mépris ou en jalousie. Rien de commun enfin entre le pauvre des villes et celui des territoires. Ils partagent cependant la solitude et le désespoir. Leur caractéristique : l'absence totale de références partagées.

Je rejoins l'analyse de Simon Olivennes dans une tribune de septembre 2019 : « Les quatre angoisses qui dessinent l'horizon politique de notre temps » (*Le Figaro*). La première peur est celle du grand déclassement, celle notamment des Gilets jaunes. La deuxième est celle du grand remplacement, la peur du communautarisme. La troisième, celle du grand réchauffement, face à l'urgence climatique. La quatrième est celle du grand renversement, celle du chaos politique ou social. Ces quatre peurs épousent les trois France que je dessine au travers des classes moyennes, des couches populaires, des jeunes plutôt urbains et des élites mondialisées.

En réalité, on ne construit rien de durable sur une cohésion nationale reposant sur une parité de peurs. La France manque de cohésion, parce qu'elle manque de stratégie dans le temps long. Elle souffre de l'absence de projets, car elle manque d'ambition et de hauteur. Elle parle moyens, là où il faudrait une fin. Elle parle élections, là où elle devrait penser mission. Elle parle symptômes de la maladie, là où il faut traiter les causes. On ne recrée pas un creuset national en cinq ans. La crise est profonde. Elle touche à l'exercice de notre démocratie dans le temps long et appelle une réponse nécessairement désintéressée. Elle réclame notre cohésion nationale, notre capacité à la réconciliation, à la bienveillance et à l'apaisement. D'autant que le monde autour de nous est en ébullition et que nous devons faire face à de multiples déséquilibres.

Deuxième partie

Les cinq déséquilibres

Le monde semble nous échapper et l'homme subit de nombreux déséquilibres simultanés, parfois proches de la rupture : géostratégiques, technologiques, économiques, politiques, sociétaux. Pas étonnant que beaucoup m'interrogent : « Mon général, où va-t-on ? », espérant un miracle ou un homme providentiel, qui sortirait du chapeau une pilule de bonheur anti-complexité. Méfions-nous de ce piège : « la solution ». Trop souvent la seconde question qui jaillit à la fin de mon exposé est en effet : « Mais quelle est la solution ? », et je sais que mon interlocuteur espère un remède miracle qui ferait disparaître sans douleur tous les maux dont nous souffrons. Mais cette solution instantanée n'existe pas. Hélas, elle fait florès dans la vie politique, où des politiciens se font fort de réparer la France avec quelques formules toutes faites. Mais qui peut croire qu'un simple abracadabra rendra à notre pays son bonheur et sa prospérité sans efforts immédiatement et de manière durable ?

L'équilibre est un courage

Je partage le constat du président de la République lorsqu'il déclarait : « Trop de fractures : c'est le principal constat du grand débat national. Fracture territoriale, fracture numérique, fracture sociale, fracture identitaire et culturelle. Comme si la France n'était plus "une". »

Chapitre 1

Le monde instable

Ce monde est dangereux. Ce n'est pas nouveau. Mais il est surtout beaucoup plus instable. Ces trente dernières années ont été marquées par deux changements stratégiques majeurs : la chute du mur de Berlin en 1989, entraînant la fin du monde bipolaire, et l'apparition du terrorisme de masse en 2001 avec l'attaque des deux tours au cœur de New York.

Tous les continents sont touchés par les attaques terroristes islamistes radicales. Les mouvements se multiplient dans leurs ramifications et leur mobilité. L'idéologie prône la barbarie, non pas comme moyen, mais comme fin. On pille, on viole, on égorge, à quelques heures d'avion de Paris et parfois même sur notre propre territoire. Ce terrorisme va durer. Le califat est mort en Irak et en Syrie, mais pas l'État islamique.

La victoire contre le djihadisme dépendra de la volonté de l'Occident de se défendre. De défaite en défaite,

L'équilibre est un courage

l'islamisme progresse néanmoins globalement en Somalie, en Afrique sahélienne, en Afghanistan, en Irak, en Libye. Les Occidentaux, quelles que soient leurs intentions généreuses et sincères, n'ont pas compris que les peuples de culture musulmane n'accepteront pas de se faire imposer un bonheur qu'ils ne souhaitent pas. La mise en scène de la neutralisation de Abou Bakr al-Baghdadi par le président Trump le 27 octobre 2019, mimant celle de son prédécesseur Obama lors de la mort d'Oussama Ben Laden, ne suffira pas à régler le problème, en partie dû d'ailleurs à la politique américaine.

Dans le même temps, les zones de tensions internationales entre les États-puissance se multiplient, que ce soit en mer de Chine, au Proche et Moyen-Orient, en mer Rouge, dans le nord de l'Afrique ou même dans l'est de l'Europe. Ces États forts ont tous une stratégie de long terme : cinquante ans pour la Chine avec les routes de la soie, trente ans pour la Turquie avec l'éradication des Kurdes et le retour de l'Empire ottoman, vingt ans pour la Russie avec le réveil de la Grande Russie orthodoxe, vingt ans pour l'Inde et sa masse démographique, dix ans pour les États-Unis avec « America First », l'éternité pour l'Iran chiite et l'Arabie saoudite sunnite, etc. Beaucoup de ces pays se réarment depuis une dizaine d'années, à hauteur d'une augmentation de 5 à 10 % par an de leur budget de défense, quand nos démocraties européennes se désarment depuis trente ans, savourant les délices des dividendes de la paix. « Cette course aux armements a même un parfum de guerre froide », titrait en février 2019 Jean-Dominique Merchet, spécialiste des questions de défense (*L'Opinion*). Il faisait allusion à la dénonciation du traité INF par Washington et Moscou, signé pendant les années 80 dans le contexte de la guerre froide et qui assurait un équilibre entre les deux parties sur les missiles nucléaires à portée intermédiaire.

L'Occident n'a plus de stratégie depuis que la politique extérieure américaine, sous Donald Trump, s'est repliée sur la défense de ses intérêts vitaux. On a vu ces derniers mois les conséquences des désengagements américains d'Afghanistan et de Syrie. C'est d'ailleurs pour cela que les pays occidentaux n'ont pas d'autre choix raisonnable que de réinvestir massivement sur leur propre sécurité, tout en agissant de manière plus autonome. Dans le cas contraire, la fin de la prééminence stratégique occidentale serait inévitable.

« L'absence de refondation d'un ordre mondial a laissé le monde multipolaire sans régulation, encourageant la renaissance des passions nationalistes, religieuses, protectionnistes, sur les ruines des idéologies du XXe siècle », écrivait Nicolas Baverez, en juillet 2019 (*Le Figaro*). L'ordre international n'a bien souvent plus d'existence que dans les termes qui le désignent. Sa consistance s'est amollie avec le temps depuis les années 90, depuis que les États ont nié progressivement l'incarnation des nations et

L'équilibre est un courage

ont remis une partie de leur souveraineté à des organisations internationales incapables de l'assumer.

La « communauté internationale » a montré ses limites lors de la crise du coronavirus, incapable de faire face collectivement à une pandémie mondiale. L'ONU attend toujours une réforme dont on parle depuis vingt ans. Plutôt que de s'alléger et s'assouplir, elle ne cesse de grossir et de se technocratiser. L'OTAN vient de construire un siège magnifique à Bruxelles pour son état-major central, au lieu d'amaigrir ses agences. Cette organisation, dont je crois qu'elle est encore utile aujourd'hui, peine à adapter ses structures, empêtrée dans ses procédures et ses lourdeurs. Elle se devrait aussi de clarifier la position de certains pays, en particulier la Turquie. Le principal intérêt des réunions à l'OTAN réside souvent dans les rencontres bilatérales que l'on peut y organiser. En quelque sorte, les messes basses y valent mieux que les grandes messes.

Quant à l'Union européenne, elle se sépare lentement des peuples qui la composent, sans autre stratégie que la finance et les normes, ayant perdu le fil de son origine. Comment définir une stratégie conjointe, sans socle de valeurs communes ? Pourquoi une défense européenne et contre qui ? Quelle serait la souveraineté européenne susceptible de faire que des soldats aillent jusqu'à mourir pour elle ? Ces questions pourtant essentielles sont restées à ce jour sans réponse. Le train de l'Histoire passe et les technocrates trépassent. La tentation protectionniste revient en force, remettant en première ligne la nécessité du contrôle des frontières. La crise du coronavirus a illustré une fois de plus les limites de l'efficacité de l'Union européenne, engoncée dans son magma technocratique. Le rêve de l'Europe qui protège risque de se terminer en cauchemar, mais tout se passe comme s'il fallait continuer à pédaler, de peur de tomber du vélo.

Le mot « frontières » a été banni, à tel point qu'au printemps 2020 la France a été la dernière à fermer les siennes parmi les grands pays européens. La libre circulation et les accords de Schengen sont devenus le symbole absolu de l'Europe. Toute frontière est contraire au dogme de la nouvelle religion : un monde généreux, ouvert, loin des « replis nationalistes ». Comble de l'incohérence : pendant le confinement, on ne pouvait pas sortir de chez soi, mais simultanément le rétablissement des frontières nationales demeurait un gros mot. Il n'y a pourtant pas de contradiction en soi entre la nécessaire protection de la personne qui fait partie de la réalité humaine et la légitime ouverture aux autres.

C'est d'autant plus déplorable que nous avons besoin d'Europe, celle qui apporterait plus de bonheur et de protection, par une vraie coopération entre les peuples. L'Europe est plus indispensable que jamais et pourtant l'Union n'a jamais été aussi évanescente. Le Brexit aurait pu constituer un signal, une opportunité de se réformer, de regarder en face les lourds problèmes que nos sociétés

L'équilibre est un courage

affrontent et de chercher à éviter d'autres « exits ». « Il ne faut jamais gaspiller une bonne crise », disait Churchill. Dommage !

D'autant que l'élargissement de l'espace conjugué au raccourcissement du temps rend la mondialisation incontrôlée, sans limite et déshumanisée. Les grands sujets ne sont plus maîtrisés : c'est le cas du dérèglement climatique, qui est une réalité objective, comme des migrations incontrôlées, issues des conflits ou de la pauvreté. Cette problématique démographique, en particulier au sud de la Méditerranée, est un des enjeux majeurs pour l'avenir de notre pays et de notre Europe. Le sujet des migrations massives est intrinsèquement sensible au regard de l'évolution de la composition de la population française. Le risque d'une crise majeure brutale en la matière ne peut être écarté, d'autant que la situation en Libye est particulièrement préoccupante avec le retour en force de la Turquie et de la Russie, vieux classique de l'histoire entre la Cyrénaïque et la Tripolitaine.

Les interconnections entre les domaines économique, social, militaire, écologique et politique sont multiples. Le monde est en guerre et les peuples, pleins de bon sens, le perçoivent. L'inquiétude est générale et parfois la peur apparaît. On sent bien que tout peut basculer à tout moment et que nous sommes probablement parvenus à un déséquilibre proche du point de rupture. L'illusion d'un vivre-ensemble planétaire a vécu. La crise du coronavirus

Le monde instable

a souligné cette vulnérabilité et cette fragilité. La mise en place d'un pont aérien pour acheminer en France, sous contrainte sanitaire, des masques depuis la Chine dans des avions gros-porteurs russes « Antonov » dépasse le simple symbole de nos incapacités nationales.

La tension entre la Chine et les États-Unis n'est pas qu'un jeu diplomatique, et la course aux armements à laquelle nous assistons depuis dix ans est incontestable, dopée par des progrès technologiques qui semblent sans limite. Les tendances lourdes qui structurent ces relations sino-américaines ne changeront pas avec le résultat de l'élection présidentielle outre-Atlantique. La politique de puissance de ces deux pays est durable et nous vivons probablement le début de ce qui pourrait être une nouvelle forme de guerre froide. Comme toujours – l'Histoire est riche d'exemples –, il est à craindre qu'une étincelle ne mette le feu, même si le pire n'est jamais certain.

Gramsci disait : « Le vieux monde se meurt, le nouveau monde tarde à apparaître. » L'Histoire bégaie et se construit souvent par les ruptures. Elle est tissée d'imprévus. Elle semble s'accélérer et les surprises se succèdent. Qui aurait pu imaginer que l'irruption d'un coronavirus en 2020 aboutisse au confinement de la moitié de l'humanité et à la mise à l'arrêt délibérée de l'économie d'une grande partie du monde ? François de Rose, à la fin des années 80, disait déjà : « Il faut penser l'impensable. » Il avait raison, et gouverner dans cette instabilité mondiale, c'est

L'équilibre est un courage

d'abord anticiper l'imprévisible, accroître la résilience et la capacité d'adaptation, privilégier l'État-stratège à l'État-tacticien, frappé de myopie gestionnaire. Pour réparer, il faut commencer par préparer. Edgar Morin résume cela très justement : « On a beau savoir que tout ce qui s'est passé d'important dans l'histoire mondiale ou dans notre vie était totalement inattendu, on continue à agir comme si rien d'inattendu ne devait désormais arriver. » (*Introduction à la pensée complexe*, Le Seuil, 2005.)

Chapitre 2

La révolution technologique

« Mon général, jusqu'où va-t-on aller au plan technologique ? » On me pose souvent cette question à l'issue de mes conférences. Ma génération a vu l'installation massive de la télévision dans les foyers et s'y est adaptée. La suivante a inventé Internet et les ordinateurs individuels. L'actuelle est celle de l'intelligence artificielle, de la robotisation et du cyber. Franky Zapata, l'inventeur français du flyboard, a repoussé les limites du possible en parvenant à traverser la Manche. Les véhicules autonomes avec leur pilotage automatique seront bientôt prêts pour être commercialisés. La médecine permet à l'Homme de vivre de plus en plus longtemps, grâce aux progrès techniques.

À chacune de mes visites aux blessés, à l'hôpital militaire de Percy ou sur le terrain, auprès des antennes médicales, j'ai toujours été frappé par les qualités à la fois professionnelles mais aussi humaines de nos praticiens et de l'ensemble des personnels médicaux. Que de miracles réalisés dans des conditions parfois très rustiques et des délais de plus en plus réduits ! Que de fantastiques progrès de la science au service de l'Homme.

La clef est bien là. La science doit être mise au service du bonheur de l'Homme. Elle n'est pas la vérité, mais un moyen pour chercher la vérité. Et c'est probablement la première fois dans l'histoire du monde que l'humanité se trouve contrainte à refuser certaines de ses propres inventions, parce qu'elles ne vont pas dans le sens du vrai bonheur. Le livre de Nicolas Bouzou et Luc Ferry, *Sagesse et folie du monde qui vient* (XO, 2019), décrit tout l'apport des progrès scientifiques avec raison, contredisant une certaine forme de nostalgie excessive chez ceux qui refusent ces nouveautés et s'accrochent à l'ordre ancien. On vit incontestablement mieux aujourd'hui qu'il y a trente ans. Et cette course technologique nécessite que l'Europe et la France ne se fassent pas distancer par la Chine et les États-Unis, sans oublier les GAFAM (Google, Apple, Facebook, Amazon, Microsoft).

Mais « science sans conscience n'est que ruine de l'âme », écrivait déjà Rabelais. La nouveauté n'est pas toujours synonyme de progrès pour l'homme, et une forme de déshumanisation peut même en résulter. Ce que j'ai trouvé formidable dans toutes mes rencontres à l'hôpital, c'est cette alliance entre l'extrême technicité des moyens et la grande humanité des personnels de santé, complètement au service de leurs patients. Je me réjouis de voir qu'enfin, grâce à la crise du coronavirus, leur traitement est revalorisé. J'espère qu'il le sera à la hauteur de ce qu'ils méritent depuis longtemps. Ils sont l'honneur de la France, dévoués au service des autres, dans la discrétion et l'efficacité.

L'intelligence artificielle ne remplacera jamais la finesse de l'homme, sa psychologie, sa capacité à se mobiliser en groupe au service d'un projet. Au risque de faire peur. Au risque de supprimer des emplois, sans finalité véritablement productive pour l'Homme. Au risque de privilégier les gains financiers de court terme. Au risque de remettre notre destinée à des algorithmes. L'Homme ne doit pas organiser lui-même sa propre éviction.

On le voit avec les moyens modernes de communication et la pression qui en résulte. Chacun s'accorde à reconnaître que le smartphone est une superbe plus-value pour le travail de l'homme. Mais il peut aussi à certains égards devenir une forme d'esclavage. Regardez les passants dans les rues, le portable à la main, incapables parfois de communiquer autrement que par écran interposé. Et puis, regardez aussi tous les débats qui résultent de ces « progrès » techniques, qui mettent en cause la vie et la mort, dans une marchandisation inquiétante. La rupture technologique, provoquée par l'irruption du numérique, est telle qu'elle en devient quasi anthropologique, et bouleverse nos manières de sentir, de penser et d'agir. Nous devons garder le bon, le beau, le vrai et maîtriser les dangers qui en découlent. Ne pas diluer notre bon sens dans l'ivresse de l'innovation et maintenir le bon cap, celui qui donne du sens et qui parle aux sens.

Chapitre 3

Les limites
d'une mondialisation heureuse

La rupture du modèle est également économique. La mondialisation n'est pas mauvaise en soi. Au cours de son histoire, l'homme a cherché à élargir son champ d'action. La France a toujours voulu être un pays d'entrepreneurs à la conquête du monde et cela fait partie de son génie. La mondialisation est dangereuse quand elle impose des règles commerciales que les organisations internationales peinent à coordonner, pour le plus grand profit des lobbys et de la finance internationale, au détriment du bonheur des personnes et de la répartition des richesses. L'embargo commercial imposé à l'Iran par les États-Unis en est un bon exemple. Du jour au lendemain, en vertu des accords entre la France et les USA, des entreprises françaises ont dû se retirer d'Iran, quels que soient les investissements consentis. Les mesures de rétorsion américaines auraient été tellement violentes à l'endroit des acteurs économiques français qu'aucune autre solution n'était envisageable. C'est la loi du plus fort, celle des marchés, qui constituent un monde en soi,

L'équilibre est un courage

avec ses propres codes. Jusqu'où ce système va-t-il nous entraîner, avec les conséquences dévastatrices en termes d'emplois ? Comment mieux l'encadrer ?

Les limites de cette mondialisation sont clairement apparues à l'occasion de la crise du coronavirus. L'économie mondiale a subi une forte perturbation et un net ralentissement du fait de la dépendance de nos économies nationales par rapport à la Chine. Nous avions cru trop longtemps pouvoir nier l'espace, par la délocalisation généralisée et la recherche de produits à bas coût de main d'œuvre, et le temps, par l'accélération sans frein et sans fin.

On a mesuré à cette occasion le danger de la délocalisation de nos industries et le risque lié à l'abandon de notre souveraineté. Une fois de plus, la réalité a rattrapé l'utopie. Le réel l'emporte toujours sur l'idéologie, d'une manière ou d'une autre. Nos élites, souvent mondialisées, rêvent d'engager l'humanité dans un processus d'unification salvateur pour en globaliser la gestion, quitte à abandonner la quasi-totalité de la fabrication d'antibiotiques ou de paracétamol à la Chine. Il a fallu la crise du coronavirus pour que la France, ébahie, prenne conscience qu'elle avait perdu la main sur les molécules élémentaires qui permettent de fabriquer ces médicaments. Alors que de nombreuses voix réclamaient depuis longtemps une relocalisation de nos industries souveraines, les groupes transnationaux allaient au moins cher et au plus rapide,

Les limites d'une mondialisation heureuse

abandonnant ce qu'ils considéraient appartenir au passé : ces notions démodées de nation. Heureusement la mode, c'est ce qui se démode.

Nous avons assisté dans cette crise au retour des États-nations, chacun se retournant vers sa culture nationale, issue de son histoire, de sa géographie, de sa langue, de sa diversité. Nos pays ont retrouvé leurs racines et leur mémoire et ont chacun géré la crise à leur façon. Les mythes finissent toujours par mourir, même lorsqu'ils sont portés par les plus belles intelligences. Le bon sens est plus fort que le contresens.

Peut-être va-t-on pouvoir réfléchir désormais à une forme de démondialisation, sans être taxé de tous les maux. Peut-être aussi va-t-on pouvoir enfin assister à un sursaut de souveraineté, à tout le moins d'indépendance, pour ne plus dépendre de personne pour ce qui concerne les produits de première nécessité et les domaines touchant à l'intérêt national, notamment la santé, la sécurité, l'alimentation et les nouvelles technologies sensibles, comme l'espace ou l'informatique quantique. Sur ce plan, la meilleure protection face à la délocalisation restera toujours la compétitivité de notre dispositif d'accueil et d'encouragement à l'égard des entreprises françaises pour qu'elles innovent et investissent sur notre sol, plutôt que d'aller en Chine ou ailleurs.

L'équilibre est un courage

On a mesuré aussi les conséquences sur la transmission de l'épidémie de notre mode de vie sans limites ni entraves, en mobilité permanente dans le monde entier. En 2017, 4 milliards de personnes ont pris l'avion. Ce chiffre devrait doubler en 2035, à moins que la crise du coronavirus ne provoque une nécessaire « décarbonation », en mettant fin notamment à cette mode frénétique de la bougeotte.

La prolifération d'acteurs non étatiques a changé la donne, notamment les ONG, les fonds de pension, les organisations internationales transverses. Les GAFAM sont devenus plus puissants que la plupart des États et viennent percuter le modèle traditionnel des échanges commerciaux, en se reposant en outre sur une forme de virtualité géographique et sur les progrès technologiques. Amazon est un empire et tue les unes derrière les autres les professions à visage humain. Par exemple, le monde de l'édition est particulièrement touché, la menace planant sur beaucoup de librairies de quartier, qui participent de la cohésion sociale et de la culture française.

Le capitalisme est en crise de finalité. Il est à bout de souffle. À quoi sert de produire, s'il n'y a pas de redistribution de la richesse à ceux qui la créent ? Pourquoi continuer à promouvoir ce modèle, si la liberté amène à plus de pauvreté ? Comment retrouver le sens d'un capitalisme au service du plus grand nombre et non plus de quelques-uns ? Comment encourager l'initiative, la

Les limites d'une mondialisation heureuse

prise de responsabilité et la récompense auprès de ceux qui s'engagent pour le bien commun, sans pénaliser les autres ? Notre modèle français est sur ce plan non compétitif, avec plus de 50 % de prélèvements obligatoires par l'État à payer par les entreprises.

Comment créer des emplois dans ces conditions ? Comment faire croître l'entreprise en voyant le fruit de ses efforts partir en fumée dans une redistribution étatique contestable ? Ce n'est pas être anticapitaliste que de remettre en cause les dérives de l'ultralibéralisme, marqué par l'accroissement sans fin des inégalités, la déstructuration des sociétés, la marchandisation du monde. C'est tout au contraire vouloir sauver l'économie de marché, indispensable à une société libre, mais menacée par ses contradictions internes. Il faut la sauver d'elle-même afin de la remettre à sa place.

Et puis se pose la question de l'équilibre entre la productivité et le respect des normes environnementales. Dans un sondage Ipsos de septembre 2019, 51 % des Français déclarent qu'il faut faire face à l'urgence environnementale, même au prix de sacrifices financiers. Les déchets industriels, la pollution agricole de l'air, de l'eau et des sols inquiètent légitimement nos concitoyens. Où va notre monde ? Nos campagnes défigurées au titre du rendement, les haies arrachées pour faciliter le passage des gros engins, la destruction des écosystèmes et de l'équilibre entre la faune et la flore, qui laisse libre cours aux tempêtes, aux sécheresses et aux inondations, l'omniprésence du goudron dans nos univers urbanisés : autant de catastrophes dont on commence à payer les conséquences. « De conquérant, le progrès devient incontrôlable. Tout fonctionne et, en même temps, tout se dérègle. Tout dépend de l'homme, même la météo, et rien ne va comme il veut », écrivait Alain Finkielkraut en août 2019. La priorité au court terme fait croire à l'homme que son bonheur est d'abord individuel et matériel, qu'il est synonyme d'aisance financière, alors que ce n'est qu'un bien-être passager. Le vrai bonheur se trouve dans la relation gratuite avec les autres.

Ces réflexions et ces interrogations autour de la mondialisation, de ses conséquences positives et négatives, restent aujourd'hui souvent sans réponse et participent de la division des Français. Elles entretiennent une nouvelle lutte des classes et un fossé entre ceux qui dirigent et ceux qui exécutent. Trois phénomènes nouveaux et non maîtrisés encouragent cette mondialisation : Internet, les migrations massives et la finance internationale. Pour réconcilier les Français, il y a urgence à réinventer notre modèle économique capitaliste et mondialiste. Il y a urgence à dépasser l'opposition stérile entre libéralisme et antilibéralisme, et à penser l'économie autrement. Il y a urgence à ne plus faire de la maximisation des profits la seule finalité de l'économie.

Chapitre 4

Les démocraties occidentales en péril

Ce fossé entre les dirigeants et les citoyens se traduit par une crise politique du régime démocratique en Occident. D'un côté, les élites, de moins en moins nombreuses, concentrent de plus en plus de pouvoir, de richesse, et font de plus en plus entendre leur voix. De l'autre, des gens de plus en plus nombreux, de mieux en mieux informés, sont victimes de la pauvreté et de l'insuffisance. La frustration s'accroît et la tension augmente. Les démocraties sont mortelles et se dévitalisent. L'autorité d'en haut et la confiance d'en bas ne se rencontrent plus.

Le 14 juillet 2019 a été une démonstration de cette « archipellisation ». Le matin, nous avons assisté au traditionnel défilé militaire, entrecoupé de sifflets contre le président de la République, symbolisant ce malaise. L'après-midi, au même endroit sur les Champs-Élysées, ce furent les black blocs qui ont pris position, causant des violences malheureusement habituelles. Le soir, des manifestations bruyantes de Franco-Algériens fêtant la

L'équilibre est un courage

victoire de l'équipe d'Algérie à la Coupe d'Afrique des nations de football ont clôturé cette journée censée être une fête nationale et devenue dans les faits une journée de la désunion nationale.

En juin 2020, suite à la vague d'émeutes raciales aux États-Unis, dans certains pays en Europe, la violence est allée jusqu'à déboulonner ou décapiter les statues, devenues symboles publics d'une histoire jugée inacceptable. On a même eu peur en France pour Colbert au pied de l'Assemblée nationale, accusé d'avoir favorisé l'esclavagisme. La statue du maréchal Lyautey a été souillée, au centre de Paris, entre l'École militaire et les Invalides, lui qui a tant fait pour la France et écrit ce chef-d'œuvre, *Le Rôle social de l'officier*, mon livre de chevet depuis ma sortie de Saint-Cyr. Là encore, pourquoi ne peut-on pas trouver un point d'équilibre entre la nécessaire lutte contre le racisme et contre toutes les discriminations et la fierté d'une histoire séculaire, riche et complexe, qui a forgé notre nation ? Chacun a pu mesurer au printemps 2020 combien la réconciliation, une fois de plus, était urgente.

Le phénomène se retrouve dans différents pays européens : la montée des partis dits « populistes » à droite, faisant campagne sur la souveraineté menacée, la résurgence d'une gauche radicale prospérant sur la dénonciation de la « dictature de la finance internationale », la baisse régulière des partis traditionnels, dits « sociaux-démocrates »,

Les démocraties occidentales en péril

l'abstention devenue le premier parti. Élection après élection, déception après déception, les citoyens s'éloignent de la politique. La défiance s'installe. Lors des dernières municipales, qui d'ordinaire intéressent les Français, le maire étant le dernier élu encore respecté dans notre pays, le taux d'abstention au deuxième tour a presque atteint les 60 %. La phrase de Bernanos n'a pas perdu sa pertinence : « Il faut, coûte que coûte, que les démocraties se purgent de l'optimisme prétentieux, basé sur les chiffres fournis par les experts et les comptabilités des banques, qui les ont moralement désarmées devant l'ennemi. » Le pouvoir semble se réduire à mesure que l'exigence de résultats se renforce. On observe un sentiment d'impuissance publique qui décrédibilise les dirigeants vis-à-vis du peuple et favorise ce phénomène de fragmentation de l'électorat. La poussée écologiste lors de ces mêmes élections municipales témoigne en partie de cette forme de dégagisme qui avait elle-même abouti à la victoire d'Emmanuel Macron à la présidentielle. Les électeurs cherchent autre chose qu'ils ne trouvent plus dans la politique aujourd'hui.

En 2018, la Fondation Jean-Jaurès, dans une étude intitulée « Fractures françaises » réalisée par Ipsos, Sopra Steria et Sciences Po, a fait ressortir qu'il n'y aurait plus que 64 % de Français à estimer que « le régime démocratique est irremplaçable » et que « c'est le meilleur système possible », soit une dégringolade de 12 points depuis 2014. Les moins de 35 ans seraient les plus défiants

L'équilibre est un courage

envers la démocratie libérale, qui n'est soutenue que par 54 % dans cette tranche d'âge.

L'exemplarité de nos personnalités politiques a été mise à mal ces dernières années par de multiples affaires. Elle est pourtant la première condition nécessaire à l'exercice de l'autorité. On ne prêche que d'exemple. La transparence à l'extrême imposée par l'omniprésence et la concurrence débridée des médias et des réseaux sociaux a rendu cette exemplarité d'autant plus indispensable. Bien sûr, seule une infime minorité de nos responsables commet des malversations, des simulations, des dissimulations, mais cela rejaillit dans l'esprit public sur l'ensemble de la classe politique. La confiance entre les représentants de la nation et le peuple a été altérée et une crise de l'autorité en résulte. Crise de conscience, crise de confiance. En réalité, il s'agit bien d'une crise de la politique, qui ressemble de plus en plus à un jeu de massacre.

Connaissant de nombreux élus de tous bords et de tous niveaux, cette défiance généralisée me semble injuste à l'égard d'une majorité d'entre eux, qui assument leurs responsabilités avec un grand sens du service et ne méritent pas ce statut de bouc émissaire. Ce n'est toutefois pas totalement injustifié quand on voit depuis cinquante ans le chapelet d'affaires en tous genres qui ont terni grandement l'exercice du pouvoir. On parle d'ailleurs désormais de manière péjorative des politiciens. On se croirait revenu au temps du « bréviaire des politiciens » du cardinal Mazarin, où il explique le cynisme répandu chez tout homme de pouvoir qui veut réussir. Nous sommes entrés dans une opposition entre « le bloc élitaire » et « le bloc populaire », selon Jérôme Sainte-Marie, le fondateur de l'institut PollingVox (*Bloc contre bloc : La dynamique du macronisme*, Le Cerf, 2019). Les jeux de pouvoir passionnent les politiciens et certains journalistes spécialisés, mais ils détruisent notre pays et divisent les Français. Ils donnent l'impression d'une classe politique hors sol et d'une sorte de paralysie de notre système de représentation. Et le pouvoir use principalement celui qui le convoite.

Cette crise de la politique est aussi une crise de la démocratie. Environ la moitié des maires ne se sont pas représentés lors des dernières élections municipales. Il faut dire que la charge est lourde et les critiques acerbes. Les permanences des députés de la majorité actuelle sont attaquées. Les ministres ne peuvent plus aller partout, car ils sont souvent attendus par des Français en colère. J'ai été frappé à l'automne 2019 par la violence des affrontements au cœur de la capitale opposant des policiers et des pompiers, manifestant contre la réforme des retraites. Comment en est-on arrivé à ce qu'ils s'opposent aussi durement, alors qu'ils remplissent les uns et les autres une mission de service public, qui plus est au sein du même ministère ?

Par son caractère radical et sa durée, la grève de la fin d'année 2019 et du début 2020, protestant contre la

L'équilibre est un courage

réforme du système de retraite, a illustré cette rupture du modèle politique. Les trois mots qui incarnent notre République ont perdu leur sens. Premier terme de notre devise, la liberté se dégrade, à la fois dans la pensée et dans l'action. Les minorités veillent sur la liberté d'expression à l'aide du politiquement correct et les syndicats sur la liberté de circulation à l'aide d'un droit de grève mal régulé. L'égalité aussi est mise à rude épreuve sous les coups de la défense des avantages acquis, des retraites-chapeaux et de l'égocentrisme. Les passions catégorielles fragilisent la démocratie et la notion de fraternité. Chacun se replie sur sa communauté, qu'elle soit géographique, ethnique ou professionnelle. Les rassemblements des Gilets jaunes sur les ronds-points témoignaient de ce besoin de se retrouver ensemble, mais n'ont pas suffi à recréer une fraternisation durable. De façon plus générale, on assiste souvent au basculement du communautaire, ciment d'une nation, dans le communautarisme, antichambre du séparatisme. Le jusqu'au-boutisme de certains les amène jusqu'à envisager, voire souhaiter la guerre civile. « Pauvres ignorants qui ne savent pas ce que la guerre engendre ! », leur répondent certains autres.

La véracité de la parole publique conditionne le niveau de confiance, qui est le carburant de l'autorité. Comment croire nos gouvernants quand, pour justifier l'absence de tests et de masques, ils affirment qu'ils ne sont pas pertinents, avant d'asséner, quelques semaines plus tard, avec la même sincérité de façade, ce qu'ils appellent un « changement de doctrine », à savoir la nécessité de porter le masque et le dépistage indispensable ?

Notre pays et nos voisins européens sont malades de la politique et ne parviennent pas à conjuguer la coopération et la souveraineté nationale. Pourtant, l'identité est la condition de l'ouverture. La haine est contagieuse, en particulier sur les réseaux sociaux. La Toile ne fait que libérer de manière abrupte ce qui bruit dans les relations. Contagieuse, envahissante et se diffusant instantanément, elle est difficile à neutraliser, chez les autres et… en soi. Là est le danger. Il suffit de lire les commentaires de certains articles ou certains tweets pour s'en convaincre. Le livre *La Haine* de Gérard Davet et Fabrice Lhomme (Fayard, 2019) illustre cette violence en politique, où il faut « gagner, tuer, survivre ».

La confiance a disparu et, quelles que soient les révisions constitutionnelles, le fond du problème demeure. Les vagues du baromètre annuel de confiance Cevipof-Opinion Way se succèdent depuis dix ans et les chiffres concernant les partis politiques en France baissent régulièrement. Fin 2018, on en était à 9 %, quand les hôpitaux, les PME, l'armée et la police comptabilisaient entre 70 et 80 % d'opinions favorables. Ce n'est pas par la technique que l'on pourra la refonder, mais par l'exigence et l'exemplarité.

L'équilibre est un courage

Il y a quelques années, en jouant au football, je me suis fracturé la malléole, petit os de la cheville indispensable à sa mobilité et qui est mal vascularisé. Pour ressouder cet os, il m'a fallu trois mois d'immobilisation, avec une plaque et des vis, que j'ai gardées ensuite pendant un an. Plus l'os est fragile, plus il nécessite d'être broché pour se ressouder définitivement. Il en est de même pour nos fractures politico-sociétales. Plus elles sont profondes et sur un terrain fragile, plus elles nécessitent des délais pour se résorber et des aides pour se ressouder. Ce n'est qu'ainsi que nous parviendrons à réparer notre pays, et la comparaison avec notre organisme me semble judicieuse, car notre société est un organisme vivant.

Dans ce contexte, seules comptent les preuves d'amour entre les dirigeants et les peuples. Un mot me semble clef pour lutter contre la défiance : la proximité. Depuis quelques mois, on reparle enfin des corps intermédiaires. Là est le sujet : remettre de la proximité entre les décisions prises et ceux qui en subissent les conséquences. Les responsables de la mise en œuvre doivent être au plus près du terrain, dans les trois France que j'ai évoquées. La France est un pays mal décentralisé qui a gardé un vieux fond de culture centralisatrice, que l'on qualifie de jacobine, mais qui est en réalité héritée pour partie de Louis XIV. Dans la crise sanitaire, l'Allemagne, les pays de l'Europe du Nord, de l'Asie du Sud-Est, se sont révélés plus agiles, plus souples, plus aptes à s'adapter, notamment grâce aux nouvelles technologies, ici employées à bon escient. Nous avons payé des décennies d'immobilisme et de lenteur à moderniser notre État, quelle que soit la qualité de nos fonctionnaires, bien souvent découragés par tant de lourdeurs. L'exigence d'efficacité est indispensable pour que les citoyens acceptent un taux de prélèvements obligatoires si élevé.

Ce n'est pas par le droit ou la finance seulement que l'on parviendra à recréer cette confiance, mais bien plus par le bon sens du terrain. Dans *Le Déclin du courage,* discours prononcé devant l'université de Harvard en 1978, Alexandre Soljenitsyne déclarait de manière quasi prophétique : « Le droit est trop froid et trop formel pour exercer sur la société une influence bénéfique. Lorsque toute la vie est pénétrée de rapports juridiques, il se crée une atmosphère de médiocrité morale qui asphyxie les meilleurs élans de l'homme. » La plupart des clefs du vrai pouvoir sont tombées entre les mains des gestionnaires. La machine folle de l'inflation législative cantonne le Parlement à un rôle trop administratif et juridique, éloigné du terrain. Le sentiment d'impuissance de l'État se répand, car les paroles ne sont pas suivies d'effets. Les rapports des corps de contrôle, les audits fabriqués en série, les batteries d'indicateurs et de référentiels de compétence s'accumulent dans les placards, mais les problèmes demeurent sans solution dans la vie quotidienne.

Le courage est en déclin, en effet, dans nos démocraties occidentales. Pourtant, il est une vertu essentielle

L'équilibre est un courage

pour diriger : le courage de penser, de vouloir, de décider, d'agir, d'évaluer. Le courage se forge par l'habitude, l'éducation, le cœur et l'intelligence. Par les temps qui courent et qui viennent, l'exercice du courage vaut mieux que le seul exercice du pouvoir.

Aujourd'hui, il n'y a plus de politique, mais des « process » ; plus de gouvernement, mais une gouvernance ; plus de direction, mais du management. On rationalise, et ce qui compte, ce sont d'abord les gains de productivité, quelles que soient les conséquences. Les décisions politiques sont avant tout des chantiers administratifs. En 1970, Michel Crozier publiait déjà *La Société bloquée*. Il est effectivement grand temps de se réinventer, pour faire sauter tous les verrous français. Toute proposition ou question bute sur une norme, une doctrine, une loi, un protocole, une procédure, une coutume. Un mélange de Kafka, d'Ubu et de Courteline. La subsidiarité, dont on parle tant, n'est pas mise en œuvre. Nous sommes dans une sorte de défausse généralisée : « Ce n'est pas nous, c'est l'Europe ; ce n'est pas l'Europe, c'est le monde. »

Dans les armées, la subsidiarité est mise en œuvre au quotidien, car elle est en réalité la conséquence de la fraternité. Regardez le niveau de délégation de l'ouverture du feu en opération. En 2016, le caporal stratégique, posté au Carrousel du Louvre dans le cadre de l'opération Sentinelle, a fait feu de sa propre initiative face au terroriste arrivant brutalement pour poignarder la file d'attente des visiteurs. Il en avait la responsabilité et il en a fait usage. La notion de responsabilité est essentielle. L'exemple de la pénurie de masques l'a tristement illustré : ni responsable, ni coupable.

La confiance d'ailleurs ne se décrète pas. Elle n'est pas qu'un problème de modèle économique. Elle est un état d'esprit. Elle a disparu de la société française. Nous sommes dans une société de défiance. Je me souviens de mon enfance : il ne nous venait pas à l'idée de verrouiller la porte de la maison lorsque l'on partait faire une course au village. La confiance était là. Aujourd'hui, on verrouille les portes et, si vous sonnez de manière imprévue chez votre voisin après 21 heures, il y a de fortes chances qu'il ne vous ouvre pas, craignant une quelconque intrusion malveillante.

La confiance ne s'obtient que si le sentiment d'appartenance à des valeurs qui nous dépassent est réel, bien au-delà du vivre-ensemble ou de la mondialisation heureuse. La nation doit retrouver la place que le peuple attend pour elle, susceptible de fédérer les actions et les cœurs ; elle n'est pas seulement une somme de libertés individuelles et le simple respect de l'état de droit. L'État doit prendre sa juste place au service du peuple. Le mal-être politique de nos démocraties ne se dissipera que lorsque nous aurons compris que l'Homme a besoin de racines pour vivre heureux et qu'il ne trouvera pas le bonheur en venant de nulle part. Le respect des cultures nationales, des modes de vie, ne doit pas s'opposer à l'enrichissement multiculturel, mais le rêve d'un monde sans frontières ne doit pas étouffer la nécessité de ce creuset national. Une réconciliation s'impose entre ces deux conceptions de la nation. Elle me semble plus urgente que jamais. Le sujet de l'immigration, notamment, l'impose.

Il est temps de retrouver le souffle démocratique et que la politique parle au peuple français dans son ensemble. Il est urgent de gouverner les hommes, avant de les administrer. Il est à craindre autrement que les pays qui vont réussir dans les années qui viennent soient ceux qui déploient une vraie stratégie de puissance, bien au-delà du temps court de la réélection à venir, et au détriment, parfois, de la liberté de leurs concitoyens. Nous devons impérativement sortir de cet univers balzacien, où les éléments de langage et les phases de communication font fonction de conviction, où la communication l'emporte sur le fond, où la tyrannie de l'urgence favorise la compétition des opportunistes. Les gens ont trop souvent l'impression d'être dans une société du spectacle, où les déclarations priment sur les actions, où l'arrogance et la « chienlit » s'entremêlent. « Une France morcelée perd l'estime d'elle-même à travers le spectacle désolant de la décomposition d'une partie de ses élites », résume le sociologue Jean-Pierre Le Goff (*La France morcelée*, Gallimard, « Folio », 2008). Pour cela, peut-être faudrait-il transformer la pensée complexe en ligne claire. L'art de la politique devrait être de simplifier la complexité.

Chapitre 5

La crise sociétale

Notre société relativiste est en crise et croit atteindre le bonheur par le seul progrès, oubliant que le souci de l'autre est aussi la source du vrai bonheur. Notre monde déshumanisé est trop centré sur lui-même. L'individualisme, poussé jusqu'à l'idéologie, est un piège. « La recherche du bonheur personnel ne peut suffire à justifier une existence », écrivait, en avril 2019, Jacques Attali. Cette recherche de la satisfaction matérielle de nos désirs reste inassouvie et insatisfaisante. Il est temps de retrouver le sens de l'autre, de remettre la personne au centre de nos préoccupations. Pour recevoir, il faut d'abord donner. Notre société manque d'amour reçu et ressenti comme tel. Face à la crise actuelle, il est temps de recentrer notre organisation de la cité autour des valeurs qui ont toujours fait la force de notre pays lors des périodes heureuses, au centre desquelles la fraternité rayonne. La réconciliation et la paix des cœurs seront à ce prix.

L'équilibre est un courage

Aujourd'hui, l'individu cherche d'abord la solution par lui-même, là où elle ne peut être que collective. Retrouver le sens du collectif aidera à traverser toutes ces ruptures et à renouer le fil perdu de la cohésion nationale. Je me rappelle le bonheur de cette union ressuscitée après la victoire des Bleus lors de la Coupe du monde de football à l'été 2018, vingt ans après leurs devanciers. La société avait immédiatement retrouvé sa fierté dans cette victoire du collectif. Individuellement, la majorité des Français est plutôt heureuse et collectivement totalement désespérée, rongée par l'envie et une forme d'égalitarisme.

Nous avons voulu croire que l'avancement des sciences et la croissance économique apporteraient le bonheur dans la société. Ce progrès-là révèle aujourd'hui ses limites. Il n'apporte qu'un bien-être réduit au bien-avoir et n'offre que le plaisir fugace de l'instant. L'intelligence et la raison sont utiles ; mais le cœur et la passion apportent le souffle, l'énergie, l'âme. Toute société repose sur sa capacité à inventer, mais aussi à mettre en harmonie. On juge la qualité d'une civilisation à la richesse de sa création artistique en peinture, en musique, en architecture, bien au-delà de la seule technologie. Athènes au Ve siècle, Rome à son apogée, la Renaissance française sont trois époques où l'équilibre entre l'art et la science a permis de marcher sur ses deux pieds. Les sciences de l'ingénieur ne doivent pas occulter la littérature et l'histoire, sans oublier notre langue française elle-même, héritière du latin et du grec. En réalité, le vrai bonheur consiste à désirer ce que l'on a déjà. Comment oublier que notre économie se fonde sur l'*Homo œconomicus*, un personnage égoïste et jouisseur qui entretient la croissance par la soif de posséder toujours davantage ? Il nous faut combiner la soif des biens matériels, sur laquelle repose notre économie, avec le goût de l'échange et du partage, sur lequel doit reposer notre société.

Au fond, notre société connaît une crise de son modèle anthropologique, une sorte de crise morale, une anesthésie du cœur, qui touche en profondeur notre corps social. On peut tout faire aujourd'hui et à tout moment. Le silence nous échappe et la suractivité nous guette. Il serait bon de revenir à l'ordre naturel, pour redonner de la densité à notre vie. C'est vrai pour les principes élémentaires de la morale, le bien, le mal, le vrai, le faux, mais aussi pour le respect de l'homme et de la nature dans laquelle il vit. C'est vrai aussi pour la liberté de culte et le respect de la dimension transcendantale. C'est vrai enfin pour la famille, qui a perdu le sens de la fidélité, mais reste, de loin, la valeur sacrée dans la débâcle générale de nos croyances.

La crise du coronavirus a d'ailleurs remis en première ligne la famille, l'unité sociale de base, le lieu du confinement. À l'heure où tout s'est arrêté, chacun s'est réfugié avec ses proches pour se prémunir et attendre des jours meilleurs. Cette crise a aussi mis au grand jour une division du monde du travail entre le « front office » – les

L'équilibre est un courage

fonctions habituellement les plus valorisées et visibles – et « le back office » – ceux qui font tourner concrètement la machine dans des emplois plutôt d'exécution. D'un côté, les cols blancs en télétravail, bien à l'abri du virus ; de l'autre, les cols bleus au boulot, en première ligne sur le terrain, face à l'éventuelle contamination, la boule au ventre. « Ils ont des droits sur nous », disait Clemenceau en parlant des combattants à la fin de la Première Guerre mondiale. Cette coupure et cette inversion entre les « combattants de l'avant » et ceux de l'arrière est ainsi analysée par tous ceux et celles qui ont continué à travailler pendant le confinement, au péril de leur vie.

L'incendie de la cathédrale Notre-Dame de Paris a aussi révélé ce vide sociétal, sortant de sa torpeur notre peuple et nos élites, à la recherche de notre propre culture commune, dans la concorde et non la discorde, comme « au point zéro des routes de France », selon l'expression de Régis Debray. Comme si l'Europe avait retrouvé soudainement le cœur de son patrimoine, l'âme de sa civilisation – mais en flammes. Comme si la France se souvenait brutalement qu'elle était chrétienne. Cette cathédrale signifiait aussi le soutien aux miséreux, aux misérables. Cet édifice incarnait la continuité de la nation française. Notre-Dame de Paris, c'était la France. Et elle ne peut pas mourir.

Notre société de l'instant est parfois à la recherche de ses racines perdues. L'attention du moment doit revenir

La crise sociétale

sur l'intention initiale. Nous basculons d'instant en instant, oubliant à chaque fois ce qui a précédé, pour être tout entier avalé, à nouveau et pour un instant, par l'instant qui vient. Une des forces de nos armées est le respect pour nos anciens, qui nous ont légué ce que nous avons de plus précieux : notre liberté. Les cérémonies sont toujours l'occasion de retrouvailles émouvantes et affectueuses entre les jeunes et les anciens combattants. L'armée ne vient pas de nulle part : elle est héritière de notre histoire et au service de la République ; c'est pourquoi elle tient cette place centrale dans notre pays. La vie est d'abord un héritage transmis par nos parents, que l'on fait fructifier du mieux possible et que l'on transmet à ses enfants. Il est temps là aussi de retrouver le fil de l'intergénérationnel et le principe de continuité pour soigner cette crise sociétale. Redonner le temps à nos vies. Redevenir maître de ses horloges conduira à respecter les autres.

Notre société a aussi une relation difficile avec le travail. Le culte du loisir et du week-end a remplacé le sens de l'effort et la patience. La culture du bâtisseur de cathédrale, qui sait que la génération suivante achèvera l'œuvre commencée, a disparu depuis longtemps. La loi du moindre effort – qui, ne l'oublions pas, trouve sa valorisation moderne dans la notion de productivité – semble parfois l'objectif, et le mal-être au travail est tellement fréquent qu'il étouffe la légitime satisfaction du travail accompli. « S'élever par l'effort » est une devise oubliée

L'équilibre est un courage

face à l'impatience des vacances. Or, le travail est nécessaire, pas simplement pour gagner sa vie et avoir une vie heureuse, mais aussi pour se sentir utile sur cette terre. La valeur Travail est même contestée, souvent assimilée à l'exploitation de l'homme par l'homme. On préfère l'État-providence et l'assistance pour subvenir à ses besoins. La culture de l'arrêt de travail et des RTT l'emporte trop souvent sur celle du sens du devoir et de l'exigence.

Troisième partie

Toute réconciliation passera par notre jeunesse

Ce monde en déséquilibre attaque à la racine une France déjà largement fracturée et désormais fragilisée par la crise sanitaire. Qu'ils soient sidérants (l'incendie de Notre-Dame de Paris), joyeux (la victoire de la Coupe du monde de football), tristes (la mort de Johnny Hallyday), tragiques (les attentats), les moments de communion nationale sont rares et éphémères. Pour les multiplier et les faire durer, il faut recoudre les plaies au plus vite en commençant par le début, c'est-à-dire par la jeunesse. Elle le souhaite et l'attend. Je l'ai constaté dans l'armée et encore plus depuis quelques années dans notre société civile. La maison est à reconstruire par les fondations. Bernanos avait raison : « C'est la fièvre de la jeunesse qui maintient le reste du monde à la température normale. Quand la jeunesse se refroidit, le reste du monde claque des dents. » Plus récemment, Haïm Korsia, grand rabbin de France, dans son livre *Réinventer les aurores* (Fayard, 2020), écrivait : « En France, regagner les cœurs signifierait que l'État doive regagner

L'équilibre est un courage

confiance dans l'ensemble de ses activités. Cela commence par l'école, qui est au centre de tout. Elle doit élever partout, où qu'elle soit, zone défavorisée ou pas. »

Chapitre 1
Aimer la France

Nous avons fêté les 50 ans de Mai 68 ; il est temps de tourner la page et d'apprendre de nouveau à aimer la France à nos écoliers, à nos enfants et à nos étudiants. Je repense souvent à cette phrase de Victor Hugo : « Ah ! Je voudrais, je voudrais n'être pas français pour pouvoir dire que je te choisis, France... » Le service national universel (SNU), décidé par le président de la République et en cours d'expérimentation, contribuera, je l'espère, à cet objectif. Je l'espère, car c'est une initiative courageuse pour recréer le creuset national, largement mis à mal depuis la suppression du service national en 1996. Je l'espère, car je n'y vois pas encore très clair dans les modalités d'application.

Quoi qu'il en soit, le SNU ne pourra jouer pleinement son rôle que s'il est le maillon d'une chaîne d'éducation commencée en famille et poursuivie ensemble par l'Éducation nationale et les divers services socio-éducatifs. Sinon, il risque d'être un coup d'épée dans l'eau. Il faudra

L'équilibre est un courage

réapprendre à notre jeunesse à obéir en famille, et aux parents à ne pas fuir leurs responsabilités. L'autorité, au sens étymologique du terme, « élever vers », aura besoin d'être confortée en aidant nos professeurs à se faire respecter. Nos services étatiques devront quitter une certaine logique de l'assistanat pour rejoindre la notion de mérite. Les droits et les devoirs devront revenir à parité.

Une première étape consisterait à sortir enfin la France de ses complexes permanents ; de son obsession pour ses propres faiblesses et du déclinisme de tant d'observateurs. Pour cela, l'économie et la finance doivent être remises à la place qu'elles n'auraient jamais dû quitter : des serviteurs et non des maîtres. La France n'est pas un pays banal et on ne doit pas le présenter à l'aune de son seul PIB et de ses flux économiques.

La France peut retrouver sa fierté et sa place dans le monde. N'est-elle pas admirée et respectée sur tous les continents ? Notre pays est au carrefour historique de l'Orient et de l'Occident, du Nord et du Sud. La francophonie n'est pas un objectif, mais un état d'esprit. Notre culture, notre art de vivre et notre savoir-faire ne sont pas un mythe, mais une réalité. Notre armée en a hérité et sait s'adapter à la population locale partout où elle est déployée. Je n'ai jamais eu le sentiment d'avoir été un chef d'état-major des armées d'un pays classique, mais d'une nation respectée bien au-delà de son simple poids économique. À ce titre, j'étais le seul parmi mes homologues européens à pouvoir parler pratiquement avec tous les chefs militaires dans le monde entier. Nos jeunes doivent le savoir et en être fiers : la France a une vocation mondiale, y compris et surtout aujourd'hui dans ce monde en déséquilibre.

Dans cette perspective, la langue française doit évidemment être défendue. La loi Toubon a été votée en ce sens il y a vingt-cinq ans. Aujourd'hui ses objectifs semblent s'éloigner, sous les coups de boutoir de la mondialisation, de l'effet de mode du parler « franglais », de l'abdication de nos gouvernants, de la révolution numérique. On tient même des réunions entre Français, qui se passent en anglais ! Et les participants ne semblent pas choqués. On voyage en « Ouigo », on regarde « The Voice », on organise un « brunch », on fait ses courses au « drive ». On « like » ses « followers ». On inaugure « Lorraine airport ». On imagine « out of the box ». On fait du « nation building », moins ringard que le patriotisme. À telle enseigne que je deviens comme ce personnage des *Misérables* : « Je ne sais point si c'est moi qui n'entends plus le français, ou si c'est vous qui ne le parlez plus, mais le fait est que je ne comprends pas. »

Cessons de laisser à d'autres le monopole du patriotisme et du respect du drapeau français. La majorité des jeunes attend cela. Je l'ai bien vu et senti dans l'armée. Le retour de la nation est un fait et il faut arrêter de faire peur en confondant l'attachement à la nation et le nationalisme. Nos jeunes soldats le savent et le vivent. La singularité et la coopération ne s'opposent pas. Elles sont complémentaires. C'est le meilleur moyen de prévenir la radicalisation des jeunes, qui ont soif d'absolu et vont le chercher là où ils le trouvent.

Notre pays doit aussi retrouver l'épaisseur historique qui est la sienne depuis le baptême de Clovis, le siècle de Saint Louis, l'épopée de Jeanne d'Arc, la Renaissance, la philosophie des Lumières, Valmy et la nation en armes, l'épopée napoléonienne, la victoire des Poilus de 14, l'esprit de résistance face au nazisme, l'esprit d'indépendance du général de Gaulle, souvent évoqué en cette année d'anniversaires multiples. On ne choisit pas le patrimoine des souvenirs que l'on reçoit. On le célèbre pour mieux éclairer la route. « On est de son enfance comme on est d'un pays », écrivait Saint-Exupéry. La France est une histoire d'héroïsme et le héros ne meurt jamais. Il incarne pour toujours la grandeur et le sacrifice. Notre jeunesse doit réapprendre qu'il y a dans l'héroïsme un cri de souffrance, un don d'amour et un message d'espérance pour être « français de préférence », disait Aragon.

L'enseignement de l'Histoire et des humanités est le ciment de la nation. Les programmes de l'Éducation nationale, qui ont progressivement gommé notre histoire nationale au profit d'une histoire mondiale, mériteraient d'être remis à plat en y réinstaurant une chronologie compréhensible par les élèves et incarnée à travers les grandes

Aimer la France

figures qui ont fait la France. Comment, sans ces fondamentaux, comprendre à l'adolescence la complexité de l'histoire du monde ? Nous devons soigner une certaine forme d'Alzheimer mémorielle.

Il s'agit aussi de retenir notre jeunesse avant qu'elle ne parte s'installer à l'étranger, une fois le diplôme en poche. Il est urgent de réagir. Dans le domaine du digital, par exemple, deux tiers des talents du numérique, pour l'essentiel des jeunes, sont prêts à déménager dans un autre pays pour les besoins de leur carrière. Je suis également frappé par le nombre de jeunes talents qui, faute de facilités en France ou d'attachement à leur pays, vont créer leur start-up à l'étranger, ayant soif de liberté et de grands espaces. Les stages qu'ils y font dans le cadre de leur scolarité les y incitent et ils ne rêvent que d'une chose : « quitter notre pays où règnent la bureaucratie et une forme d'anarchie ». Que la jeunesse se forme en parcourant le monde, ça ne date pas d'hier, mais, faute d'un attachement profond à leur pays, les jeunes espèrent vivre une forme de bonheur mondialisé qu'on leur a trop vanté loin de chez eux et ne reviennent plus. Nous devons réfléchir à cette nécessaire fidélisation de nos jeunes, qui pourraient mieux contribuer à la productivité de notre pays. A contrario, il faut aussi envisager une stratégie d'attractivité à l'égard des jeunes talents internationaux. Là comme ailleurs : ne pas subir !

L'équilibre est un courage

Mais rien de tout cela ne sera possible sans apprendre à nos concitoyens, en commençant par les jeunes, à aimer la France. Le 26 novembre 2019, au Mali, deux hélicoptères français en mission opérationnelle se sont heurtés, provoquant la mort de treize soldats, dont le capitaine Clément Frison-Roche du 5e régiment d'hélicoptères de combat. Je n'oublierai jamais la cérémonie particulièrement émouvante qui s'est tenue aux Invalides. Je me souviens des treize corps enveloppés dans le drapeau tricolore, de la dignité et de l'unité nationale qui régnaient. Un exemple. Je me suis dit, au plus profond de moi-même : « Pourquoi ce moment est-il si fugace ? Pourquoi ne pas le prolonger dans une réconciliation nationale à laquelle ces treize soldats nous invitent ? » De retour chez moi, j'ai lu avec émotion ces mots écrits par le capitaine Frison-Roche, quelques années auparavant, alors qu'il était élève à Saint-Cyr.

« Oh tendre France, douce gardienne de mon baptême,
Prenez ici ma vie, je vous en fais le don,
Veillez sur ma famille et tous les gens que j'aime,
Et rendez, je vous prie, mon sacrifice fécond. »

Oui, j'espère que ce sacrifice sera fécond et je le pense. Lui et ses douze camarades ne seront pas morts pour rien, dans ce don de soi qui nous oblige et nous élève.

Éducation, sens de l'histoire, mémoire collective sont bien les fondations sur lesquelles nous pourrons reconstruire la nation. Pour en revenir au SNU évoqué plus haut, il aura certainement son rôle à jouer, à condition d'être vraiment universel et égalitaire, et donc exempt des deux principales lacunes du service national avant 1996. Tous les jeunes, surtout celles et ceux qui rejettent aujourd'hui tout dispositif étatique (on peut les évaluer à plusieurs dizaines de milliers par an), devront y participer. Cela exige un encadrement adapté, compatible avec cette catégorie de jeunes turbulents et naturellement peu dociles. Cela signifie que la République se donne les moyens de les faire intégrer le dispositif en allant les chercher là où ils sont. Cela signifie que le traitement réservé soit effectivement égalitaire, sans dispense et sans équivoque. Cela signifie enfin que la durée de ce service soit suffisante pour que ce creuset national se reconstitue et que nos jeunes apprennent vraiment à aimer la France, à la respecter et à la servir, si possible dans l'obéissance active, là où l'adhésion l'emporte sur la contrainte.

Il s'agit d'encourager tout ce qui contribue à unir les générations et à les réconcilier. Lors de la crise du coronavirus, comme des anticorps, sont apparues une multitude de pépites de charité et de solidarité. Par exemple, l'association Irvin s'est signalée au grand public à cette occasion. Installée en Bretagne, près de Rennes, elle dispense une formation exigeante et authentique à des jeunes volontaires pour les aider à construire leur vie future, personnelle comme professionnelle. Tout au long du stage, ils apprennent à mieux se connaître et à se construire dans un environnement naturel ressourçant, entourés d'autres jeunes animés par la même volonté d'épanouissement et de réalisation. La méthodologie sur laquelle se base la formation permet à chaque participant de se dépasser intellectuellement et physiquement. La vie quotidienne en équipe crée des liens très forts dans le groupe. La formation fait alterner des activités de cohésion, de co-construction, de vie proche de la nature, d'apprentissages variés.

Face à l'isolement des personnes en zone rurale, pendant des semaines, ces jeunes ont volontairement participé à la « livraison solidaire » de courses, créant ainsi une chaîne de solidarité intergénérationnelle, une relation interpersonnelle nouvelle et surtout peut-être un sentiment d'appartenance à une communauté de valeurs transmises et reçues. Les jeunes ont découvert la grande richesse humaine des personnes âgées et les anciens ont vu avec bonheur que cette jeunesse parfois décriée était en réalité généreuse et attentionnée.

C'est pourquoi nous ne devons nous laisser entraîner ni par certains jeunes qui pensent que les adultes sont des ringards qui ne comptent plus, ni par certains adultes qui croient savoir toujours comment doivent agir les jeunes. Les jeunes auront à construire l'unité et faire vivre le patrimoine légué par les adultes. Il n'y a pas d'âge pour être destructeur d'unité. Mais pas d'âge non plus pour la construire ou la reconstruire. Pour que le progrès soit durable, chacun, et à chaque moment de sa vie, doit être un artisan de paix.

Chapitre 2

Accompagner les talents

Ces dernières années, je suis intervenu dans de nombreuses écoles, en primaire, au collège et au lycée, ou dans l'enseignement supérieur. Mon objectif est de transmettre ce que j'ai appris, et évidemment en priorité aux jeunes qui, chacun, ont des talents spécifiques. La jeunesse est l'avenir de notre pays et notre pays est aussi l'avenir de la jeunesse.

Notre jeunesse aspire à un langage de vérité et est prête à l'entendre dans sa diversité. Encore faudrait-il que le monde adulte soit convaincu de la nécessité de l'équilibre entre l'humanité qui nourrit et la fermeté qui ordonne. Encore faut-il le faire avec des tripes et des convictions capables de soulever les montagnes, pas simplement avec la seule intelligence. Les jeunes en ont besoin. Et c'est possible. « On ne force pas une curiosité ; on l'éveille », rappelle justement Daniel Pennac.

L'équilibre est un courage

Je me souviens de cette classe de troisième enthousiaste et passionnée, à Guilherand-Granges, près de Valence, devant laquelle je parlais du rôle du chef, du leader, de l'autorité, en compagnie de professeurs engagés et motivés. Ces élèves avaient 14 ans et déjà la petite flamme au fond des yeux. Je me rappelle cette classe de cours préparatoire d'une école parisienne, où des enfants de 7 ans apprenaient à lire et à écrire, et m'écoutaient leur raconter le rôle de la France et de ses armées dans le monde avec un intérêt plus que visible. On a terminé ensemble en chantant l'hymne national, dont ils connaissaient parfaitement les paroles. Je me rappelle les applaudissements nourris de salles toujours pleines dans toutes les écoles de commerce où j'ai eu l'occasion de m'exprimer.

Une des forces de nos armées est d'avoir su conserver sa composante « formation », en résistant judicieusement aux coups de boutoir répétés de Bercy au cours des vingt dernières années. La formation est essentielle tout au long de la carrière d'un militaire, et quoi qu'en disent les technocrates budgétaires, ce temps passé à apprendre ne peut pas toujours être un « temps masqué », hors des horaires de travail. Le meilleur investissement de nos armées est la formation, qu'elle soit initiale ou continue. Nos alliés nous admirent sur ce plan. C'est elle qui donne la compétence technique et tactique, mais surtout le socle de valeurs communes qui assure le bon réflexe et la décision opportune dans les moments difficiles.

Accompagner les talents

J'ai beaucoup d'admiration et de respect pour notre corps enseignant civil, car ce métier – j'allais écrire cette vocation – est exaltant, mais très difficile. Les parents sont exigeants et parfois injustes, voire aveugles sur les qualités et les défauts de leurs enfants. Les élèves ne sont plus naturellement obéissants (là encore, c'est une litote quand on voit les agressions physiques dont sont victimes les professeurs de la part de certains élèves), car la société s'est éloignée de l'autorité. Les moyens ne sont pas toujours au rendez-vous et les salaires souvent décalés au regard de l'investissement consenti. Du coup, de nombreux professeurs sont dans la difficulté. Il est temps de réconcilier notre pays et son Éducation nationale. La multiplication des cours de soutien scolaire et la floraison ces dernières années des écoles hors contrat sont des signes qu'il ne faut pas balayer d'un revers de main. De nombreux parents sont insatisfaits du système actuel. Ils cherchent de l'exigence, du cousu main, de la motivation. Il faut en urgence réhabiliter l'autorité des professeurs, l'autorité de ceux qui sont investis d'un devoir : celui de l'exemplarité et de la responsabilité ; de la justice dans la sévérité ; de la bienveillance dans la rigueur de l'évaluation.

Cela me semble être la bonne direction à suivre après des années de fausse route, sous pression de lobbys idéologiques pourtant minoritaires. Remettre de l'autorité est une urgence. Comment demander aux jeunes d'obéir à un encadrement qui lui-même s'affranchit de la discipline ?

L'équilibre est un courage

Il faut donc mieux évaluer les professeurs sur leurs résultats, en récompensant les plus méritants par des parcours valorisants et des rémunérations adaptées. Comment apprendre sans cultiver le sens de l'effort, de la rigueur, de la discipline ? Comment imaginer que l'enfant peut trouver seul ce qui lui est bon, sans contraintes ?

C'est à la société de le former dans la bonne direction. Faire aimer notre pays, apprendre à connaître son histoire et sa géographie, bien posséder sa langue, réfléchir aux grandes questions philosophiques, autrement que sur les seuls réseaux sociaux, participe de cet objectif. Faire apprendre par cœur un extrait d'un des si nombreux chefs-d'œuvre de la littérature française et le réciter pour le rendre vivant : non seulement ce n'est pas ringard, mais c'est un cadeau à offrir à nos jeunes – ils sont bien capables d'apprendre par cœur des textes interminables de morceaux de rap ! Ouvrir sa réflexion aux autres cultures est évidemment indispensable, mais une fois que les fondamentaux de la sienne sont assimilés. Je ne vois là que du bon sens.

Parmi les fondamentaux élémentaires s'impose en priorité le triptyque « lire, écrire, compter », indispensable fondation pour préparer sa vie future. 20 % d'élèves sortent de classe de CM2 sans la maîtrise de la lecture, de la grammaire et de l'orthographe. On ne peut pas continuer comme cela. Revenons aux méthodes traditionnelles qui ont fait leurs preuves : le *drill*, l'effort dans la durée, l'exigence quotidienne, l'écriture, le calcul, la progression individuelle, le travail de la mémoire.

Pour cela, les outils numériques peuvent aider, mais ne remplaceront jamais la force du regard, la présence aimante du professeur, le souci personnalisé. Le téléenseignement a montré tout son apport pendant la période de confinement et a apporté une excellente solution de substitution. Mais il a aussi démontré ses limites du côté des professeurs, qui ont eu bien du mérite à essayer de capter l'attention d'élèves tranquillement allongés sur leur lit à la maison ; comme du côté des élèves, lassés par huit heures quotidiennes et répétitives devant l'écran, avec les tentations de la distraction des proches ou des lieux.

Le professeur est l'irremplaçable transmetteur du savoir, surtout pour les jeunes de milieux défavorisés qui ne bénéficient pas d'un milieu familial pouvant leur assurer des bases culturelles et les accompagner dans les apprentissages. Or les règles de l'affectation à l'ancienneté font que les très jeunes enseignants et enseignantes se retrouvent souvent devant les classes les plus difficiles, celles où l'expérience pédagogique serait le plus nécessaire. Là aussi, la solidarité et l'échange d'expériences entre générations permettraient d'aider nos élèves comme nos professeurs, parfois aussi démunis les uns que les autres.

Le classement du Programme international pour le suivi des acquis des élèves (PISA) de 15 ans dans 79 pays, dévoilé par l'OCDE à la fin de 2019, place la France au 22ᵉ rang mondial pour la lecture. En mathématiques et en sciences, nous stagnons en nous classant respectivement aux 25ᵉ et 24ᵉ positions. Les pays qui font réussir leurs enfants valorisent en priorité les fondamentaux à l'école et le soutien sans faille des familles à l'institution scolaire. Faute de quoi, la France, quant à elle, continuera à reproduire les inégalités sociales qu'elle prétend combattre. Selon le PISA, parmi les élèves très performants, 20 % sont issus de milieu favorisés, contre 2 % d'origine sociale défavorisée. Ce phénomène est la conséquence directe des politiques démagogiques de nivellement par le bas mises en place depuis des décennies : méthodes de lecture « novatrices » (méthode globale notamment), mépris de l'orthographe et de la grammaire, disparition de la chronologie dans l'étude de l'histoire, dissertations remplacées par des « productions d'écrit », absence de toute contrainte pour que l'enfant découvre de lui-même ce qui lui est bon, etc. Il est temps de revenir à la méritocratie républicaine, ce qui nécessitera du temps, de la constance et de la vraie pédagogie.

Là comme ailleurs, il faut aussi remettre de la proximité et décentraliser la gestion quotidienne de la politique éducative dans une perspective globale de développement local. Comment, depuis Paris, trouver les solutions adaptées aux besoins éducatifs locaux, dans un pays en pleine mutation, fracturé par des disparités de plus en plus fortes ? Le risque de la multiplication des établissements hors contrat existe et est en partie dû à la non-corrélation entre les souhaits des parents pour leurs enfants et les capacités éducatives locales.

Quand j'apprends que cette année plus de 96 % des candidats ont décroché le baccalauréat, j'y vois un signe inquiétant. Croire que l'augmentation du pourcentage des reçus au baccalauréat est, en soi, un progrès n'a pas grand sens. Cela revient à dire que l'on atteindrait l'idéal avec 100 % de reçus, ce qui ferait de cet examen un certificat d'études secondaires distribué à tous. Les jeunes résument cette impasse d'un mot : « Avec le bac, t'as rien ; sans le bac, t'es rien. » Quoi qu'il en soit, le pourcentage des reçus en constante augmentation a multiplié le nombre des étudiants qui échouent en première année à l'université ou qui s'entassent dans les filières sans avenir.

La démagogie et le laxisme n'amènent jamais rien de bon en termes de résultats dans l'éducation. On évite simplement un problème de mécontentement à court terme et on repousse la sélection à plus tard. Or, la vie nous rattrape toujours et la vérité finit par l'emporter.

Le nombre des jeunes qui s'orientent vers l'apprentissage ou l'alternance, qui stagnait depuis des années, s'est mis à augmenter. C'est une fort bonne nouvelle. L'alternance concerne en Allemagne 17 % des jeunes de 16 à 25 ans, contre seulement 6 % chez nous. Il faut poursuivre dans cette direction. On gagne bien souvent mieux sa vie de nos jours dans des métiers d'artisanat que de cols blancs. La revalorisation des métiers manuels me semble essentielle. Les filières techniques et technologiques doivent retrouver leurs lettres de noblesse. C'est nécessaire pour les jeunes, qui doivent réussir dans l'artisanat plutôt qu'échouer à l'université, mais c'est tout aussi important pour notre économie. Aujourd'hui, on parle de relocaliser en France des industries et des activités parties à l'étranger, mais cela suppose que nous disposions de la main-d'œuvre qualifiée nécessaire, ce qui est loin d'être assuré. Il en va de même pour le BTP, qui manque cruellement de bras et surtout de bras compétents. On a l'ambition de rénover de fond en comble notre parc immobilier sur le plan de l'isolement thermique, mais a-t-on vérifié que nous aurions le personnel nécessaire ? Le monde de l'Éducation nationale doit mieux prendre en compte les débouchés et les besoins des entreprises.

Une classe d'âge en France représente aujourd'hui en moyenne 800 000 jeunes, parmi lesquels 160 000 (20 %) se déclarent en dehors de tout emploi et formation, lorsque, entre 20 et 24 ans, ils sont sondés par les enquêteurs de l'Insee. Depuis vingt ans, ce nombre ne baisse pas et est nettement supérieur à la moyenne de l'OCDE (15 %). Sur ces 160 000 jeunes, environ 100 000 restent en dehors de tout système de formation pendant des périodes d'un an au moins ; ils sont « décrochés ». Ils ne participent pas à la journée « Défense et Citoyenneté » (JDC) pour une grande partie d'entre eux. Dès leur sortie de formation initiale (collège, lycée, CFA), ils connaissent de grandes difficultés d'insertion et alternent des périodes de chômage et de travail précaire, souvent en intérim. Leurs revenus sont bas. Leur participation à la vie en société est également plus faible et ils rencontrent plus de problèmes que la moyenne de leurs contemporains avec la justice. Ils nourrissent les bataillons d'abstentionnistes à chaque élection. Ils ont aussi plus de soucis de santé. Une partie de ces jeunes arrive d'ailleurs dans les armées, qui, globalement, parviennent à les remettre dans le droit chemin et à leur redonner leur fierté et leur dignité individuelles, au service de la protection des Françaises et des Français. Ils y découvrent un engagement utile, qui donne un sens à leur vie, ce qui leur manquait cruellement auparavant.

Pour changer la donne, et que ces jeunes puissent se tracer une route à hauteur de leur potentiel, il faudra réformer notre système scolaire en lui donnant plus de flexibilité et de souplesse. Il faudra aussi proposer un accompagnement personnalisé dans la durée, s'appuyant simultanément sur tous les acteurs concernés : familles, associations, entreprises, collectivités. Un tutorat individuel devra être mis en place pour éviter à certains de retomber dans le décrochage durant les premières années et, dans les moments plus difficiles, les aider à retrouver l'énergie suffisante. L'effort financier demandé par une telle réforme pourrait être en grande partie fourni par des économies dégagées (en réalité des non-dépenses) en termes de prestations sociales et de coûts régaliens. Cela suppose que nos finances publiques aient une véritable approche économique, interministérielle et pluriannuelle de ces sujets transversaux, et pas simplement une vision comptable, dans le cadre de procédures budgétaires annuelles ministérielles.

Quant à la formation dans nos études supérieures, nos places dans les classements internationaux ne sont pas très valorisantes non plus, même si pour la première fois, en 2020, une université française, celle de Paris-Saclay, s'est classée en 14e place au fameux classement de Shanghai.

Je crains que ces classements aient tort et raison à la fois. Tort, car, techniquement, nos jeunes me semblent bien formés et compétitifs à l'international. Raison, car il manque une dimension majeure qui est insuffisamment intégrée dans les programmes : le management, le leadership et en français (c'est mieux !) le charisme, le sens des autres, la capacité relationnelle, l'esprit générateur d'union et de concertation, le sens de l'intérêt général. Je n'ai pas été époustouflé (c'est une litote) sur ce plan par mes séjours au cœur de l'État, ni récemment à proximité des cadres du monde privé. J'ai plus d'une fois été choqué de voir des hauts responsables, quelle que soit leur famille politique, traiter leur assistante ou leur assistant sans un minimum de courtoisie, entrer dans leur bureau sans un mot ni un regard, recevoir une tasse de café sans remercier, et sans jamais s'intéresser à ceux qui les accompagnent pourtant au quotidien. Tout n'est pas parfait dans l'armée, mais je crois que, d'une manière générale, les militaires s'intéressent plus à leur personnel que ce que j'ai pu voir ailleurs. Cela me préoccupe, car « le poisson pourrit toujours par la tête ». Le triomphe de la raison entraîne parfois une forme de suffisance chez nos élites, qui devraient méditer la phrase de Socrate reprise par Jean Gabin dans sa chanson « Maintenant je sais » : « Maintenant je sais, je sais qu'on ne sait jamais. » Au demeurant, nos futurs dirigeants sont parfois trop formés dans une optique de compétition individuelle et non de coopération. Faire le beau comme un setter anglais ne suffit pas à entraîner les autres. Mis dans un tunnel dès l'âge de 14 ans, gavés de connaissances, rongés par l'ambition et la rivalité, ces jeunes futurs responsables se construisent dans un monde à part, sans suffisamment se frotter aux réalités de terrain, aux difficultés des Françaises et des Français. Ces jeunes devraient être confrontés au réel plus souvent pendant leur scolarité, au travers d'expériences concrètes et multiples, au cœur de notre société, pour qu'ils appréhendent mieux la vie quotidienne de ceux et celles qu'ils auront peut-être l'honneur de diriger dans la fonction publique ou le monde du privé.

D'une façon générale, en France, la formation scolaire tient une place qu'elle n'a pas ailleurs. Soyons clair, beaucoup se joue à l'école. Le diplôme est l'indispensable passeport pour décrocher son premier job. Il pèse tout au long de la carrière d'un poids déterminant et cette prééminence du parchemin réduit l'importance de

L'équilibre est un courage

la promotion interne. Les étrangers s'étonnent toujours qu'un Français de 60 ans éprouve encore le besoin de faire valoir ses titres scolaires. Enfin, le système des grands corps sélectionne pour les plus hauts postes de responsabilité des étudiants au sortir de l'école, sans expérience professionnelle. Il survalorise ainsi les qualités que mesure le système scolaire : intelligence, mémoire, érudition, etc., mais pas celles qui se révèlent le plus utiles sur le terrain dans l'exercice de ses fonctions : détermination, empathie, charisme, capacité d'adaptation, de décision, etc. Les élèves qui sortent de nos grandes écoles sont assurément remarquables. Raison de plus pour ne pas les surprotéger, et pour les lancer comme les autres dans la réalité professionnelle.

Certaines grandes écoles ont récemment décidé de se confronter à ce problème, et j'espère que la réforme de l'ENA ira dans le bon sens. Ainsi, Sciences Po Paris a mis en place un module de formation consacré au leadership dans lequel j'interviens, et c'est toujours une source d'enrichissement pour moi d'échanger avec ces étudiants. Autre exemple, HEC a instauré un module depuis 2019 pour faire réfléchir les étudiants à la question du sens et du leadership. Qu'est-ce qu'« être soi, être avec, être pour » ? Des ferments de réflexion qui ne peuvent qu'être fertiles dans la suite de leur parcours. À chacune de mes interventions dans les écoles de commerce, je me suis retrouvé devant des amphithéâtres pleins d'étudiants qui sont toujours surpris au premier abord en m'entendant les prendre à partie : non, l'argent ne peut être la finalité de leur vie ; non, l'entreprise ne peut pas se diriger uniquement en fonction des actionnaires ; non, le concours qu'ils ont réussi ne fait pas d'eux des êtres hors du commun. Leur poser la question du sens, leur parler de la mort et de tous ces jeunes de leur âge prêts à risquer leur vie pour la France, s'adresser aux tripes et au cœur : ils sont déconcertés, mais finissent par applaudir à tout rompre. Il est essentiel que cette dimension fasse partie de la formation de nos élites, car « il n'est de richesse que d'hommes ». La sélection pour les grandes écoles se fait assurément à un haut niveau, mais on constate une certaine endogamie de recrutement qui développe l'entre-soi dans notre élite. Une grande partie des lauréats des concours des grandes écoles vient d'un tout petit nombre des classes préparatoires, situées très majoritairement en Île-de-France. Et cet esprit de compétition au travers de concours sélectifs, lorsqu'il est poussé à l'excès, peut devenir l'antichambre de la jalousie et de l'égocentrisme.

Il faudra aussi rompre progressivement avec une forme de persistance dans l'erreur de la part de l'intelligentsia, essentiellement parisienne, qui cache trop souvent son conformisme dans le déni ou l'utopie. De ce fait, une forme de terrorisme intellectuel règne, imposant mécaniquement des points de vue stéréotypés et des raisonnements méprisants pour les non-diplômés de ces grandes écoles. La patrie serait synonyme de nationalisme et de repli sur soi ; l'attachement à sa région serait signe de conservatisme et de rejet vis-à-vis de la mondialisation ; le progrès de la science amènerait le vrai bonheur à l'homme, quel que soit le prix à payer en termes de déshumanisation ; le pays se redresserait d'abord par son économie et sa finance ; la nation, la religion et l'histoire seraient des obstacles à la diversité des peuples et des civilisations. Le social et l'environnemental seraient des effets de mode coûteux et dépassés, que l'on ne pourrait financer, etc. Je crains que ce prêt-à-penser idéologique ne fasse grossir les rangs des Gilets jaunes et des désespérés, et ne contribue à multiplier les fractures. La jeunesse attend de la fraîcheur et de l'authenticité par rapport à tous ces poncifs que l'on entend sur les bancs de trop d'écoles.

Peut-être faudra-t-il aussi réapprendre à nos jeunes à habiter le silence. À la fin d'une journée, il est intéressant de repenser à toutes les paroles prononcées ou échangées. Nombre d'entre elles ont été souvent inutiles, blessantes, superfétatoires. Apprenons à nos enfants cette quête du silence qui amène à la réflexion et à la paix des grands fonds, plutôt que cette frénésie de la communication superficielle et finalement mangeuse de temps. Réapprenons la musique des yeux, où tout s'écoute et se savoure. Espérons que le confinement du printemps 2020 portera des fruits sur ce plan. Quittons notre vie en surface pour reprendre de la hauteur et de la profondeur.

Accompagner les talents

La réconciliation de notre pays passera prioritairement, je le répète, par l'éducation. C'est elle qui permettra de décloisonner les trois France que j'ai décrites à grands traits. C'est grâce à elle que les déclassés pourront sortir de leur condition, de génération en génération, profitant en cela de l'escalier social et d'une scolarité vraiment inclusive, sans discrimination, ni positive, ni négative. Ainsi, les frustrations diminueront mécaniquement, car la différence de niveau d'études sera réduite et créera moins de jalousie envers les élites et de méfiance à l'égard des « instruits ». Cela suppose une accessibilité à l'éducation pour tous, premier pas vers une vraie justice sociale. Cela suppose que l'on recentre l'Éducation nationale sur sa raison d'être : une éducation instructive en charge du savoir et non pas rééducatrice, en charge de la morale. À chacun sa responsabilité : les professeurs et les parents.

Chapitre 3

Les parents, premiers éducateurs

La formation concerne d'abord l'instruction, à laquelle on pense de prime abord, dont la responsabilité incombe principalement aux professeurs. Il s'agit d'enseigner des savoirs, des connaissances, et d'évaluer progressivement l'assimilation de cette formation. Il faut y rajouter l'éducation, qui, elle, procède d'abord de la responsabilité des parents. Par exemple, pour les plus jeunes, on apprend à l'école les fondamentaux : lire, écrire, compter. Ce sont les professeurs des écoles qui en sont les principaux acteurs. Mais il est aussi essentiel que nos enfants sachent dire merci, s'il vous plaît, pardon, c'est-à-dire se comporter en société. Et cela, seul un continuum le permet : les parents d'abord, qui sont les principaux responsables, les professeurs ensuite, la société dans son ensemble enfin.

La famille joue un rôle déterminant dans la transmission culturelle et donc dans cette éducation. L'explosion des familles freine parfois cet apport et nuit à la cohésion de notre tissu social, créant des incompréhensions et des

L'équilibre est un courage

difficultés de communication. L'éducation familiale est un bain permanent, dans lequel sont plongés les enfants, comme des éponges. Ils absorbent tout ce qu'ils reçoivent et perçoivent. Au printemps dernier, la mise en confinement s'est traduite pour beaucoup par un repli sur la famille, fondement de notre culture et de notre vie. Quand le danger apparaît, la famille revient. Le foyer affectif brûle de nouveau. C'est ce que Camus appelait « un art de vivre par temps de catastrophe ». Mais même en temps « normal » : ce sont par exemple ces discussions à table entre les parents et les enfants, cette visite d'une exposition de peinture, cette musique écoutée en lisant, ces films regardés le soir ensemble, ces matchs de football entre amis, toutes générations confondues, ces conversations d'adultes que l'enfant écoute discrètement avant d'aller au lit, cette paix rassurante ou consolante, cette transmission de valeurs qui relie le passé et l'avenir, cette joie simple et vivifiante d'un climat familial apaisé. Il n'y a ni contrôle, ni compétition. L'éducation transmet aux enfants une conception juste du bien et du mal. Ils l'assimilent et la restituent ensuite, immédiatement ou des années plus tard.

Fonder la vie en société sur les seuls droits individuels est une impasse. Il faut donner confiance en invoquant sans cesse la responsabilité de chacun pour le collectif. Ainsi se construit une société harmonieuse et pacifique, au service d'une finalité partagée. Saint-Exupéry avait cette belle phrase : « Il n'est de camarades que s'ils s'unissent dans la même cordée, vers le même sommet en quoi ils se retrouvent. » L'utilitarisme et la seule recherche du savoir individuel ne peuvent fonder la confiance durable. La réciprocité, qui commence dans l'apprentissage familial, crée la confiance dans les relations.

Pas besoin pour cela d'être dans l'obsession de la réussite. Il n'est pas nécessaire d'aller en classe préparatoire pour réussir sa vie et prendre ensuite de vraies responsabilités épanouissantes, comme de nombreux parents le souhaitent légitimement pour leurs enfants. Il est irresponsable de croire que l'Éducation nationale est seule en charge de l'éducation. On ne fabrique pas un adulte comme un camembert (et Dieu sait s'ils sont bons en France !), avec des seules matières premières et un savoir-faire éprouvé. L'éducation est un art qui nécessite de la patience, de l'indulgence, de l'exigence 24 heures sur 24. L'affinage est parfois compliqué et jamais vraiment terminé, car la perfection n'est pas de ce monde.

Mettre au monde des enfants exige ensuite de les élever vers le beau, le bien, le vrai. Cette tâche est quotidienne et répétitive. Elle ne peut être le seul fruit de multiples « sous-traitances ». Elle mérite cette constance et cette détermination, ce courage du temps long, qui ont trop souvent disparu de notre société de l'instantané. Cette forme de sacerdoce des temps modernes mériterait d'être mieux reconnue et valorisée. C'est le meilleur investissement pour l'avenir de notre pays. C'est pourquoi la baisse des allocations familiales de ces dernières années est une erreur politique majeure, qui symbolise l'absence de reconnaissance par l'État du rôle essentiel des parents. La force d'un pays à moyen terme est son dynamisme démographique et la qualité de sa jeunesse, plus que le résultat de la prochaine élection. Un pays sans jeunesse perd son avenir, son enthousiasme. L'espoir renaît lorsque l'enfant paraît.

De la même manière, il est temps de restaurer une forme de responsabilité des parents dans l'absentéisme scolaire. Une succession de mesures graduées doit amener à un dialogue entre les parents et les enfants, qui soit à la fois ferme et humain. Il est inadmissible par exemple que des parents fortunés fassent manquer des jours d'école à leur enfant pour partir une semaine au ski hors vacances scolaires. Inacceptable également que certaines familles bénéficient de toutes les aides de l'État, sans respecter les règles élémentaires de la scolarisation obligatoire. Évidemment, ce dialogue doit se faire au cas par cas en prenant en compte les difficultés de chacun.

La réconciliation nationale passera aussi par les familles, sur la base d'un socle commun de connaissances acquises à l'école et surtout d'une culture commune. Le confinement lors du coronavirus a illustré ce continuum entre les cours donnés par Internet et le travail à la maison sous la conduite des parents. Cette réconciliation permettra aussi de mieux lier les générations et de recréer le fil de notre histoire en commun.

Chapitre 4

L'intergénérationnel vaut mieux que le mythe du nouveau monde

La société a profondément changé. Les générations se suivent et se ressemblent de moins en moins. C'est vrai dans la vie quotidienne avec la révolution numérique, qui laisse sur le côté des « e-exclus », généralement les plus âgés. C'est vrai aussi dans la vie de famille, avec la généralisation du travail des femmes et la nécessité des deux salaires, notamment pour pouvoir élever des enfants et accéder à la propriété. C'est vrai enfin pour la gestion de ceux que l'on appelle aujourd'hui les seniors, les troisième et quatrième âges, qui vivent de plus en plus longtemps, sans pour autant que la société soit prête à les accueillir dans les meilleures conditions. Nous avons gagné vingt ans d'espérance de vie depuis 1945 et huit ans depuis 1981.

Dans la société d'après-guerre, majoritairement rurale, les grands-parents restaient à la maison, chez un de leurs enfants, et y terminaient leur vie, avant d'être enterrés là où ils étaient nés. À la ferme, ils surveillaient le feu l'hiver,

L'équilibre est un courage

poursuivaient des travaux de couture, faisaient travailler les enfants de retour de l'école ou préparaient les repas, accueillant les hommes quand ils rentraient des travaux des champs. Cette organisation a disparu. Les familles sont plus mobiles, quittent souvent les zones rurales pour aller trouver un emploi à la ville. Beaucoup sont éclatées et la maison est à vendre. D'autres sont recomposées et n'ont plus la possibilité de s'occuper de leurs parents, vivant leurs vieux jours à l'autre bout de la France.

Cette dilution des familles s'est accompagnée d'un allongement de la vie et, aujourd'hui, nombreux sont ceux qui ont une activité professionnelle à 70 ans.

Il manque de nombreux établissements pour accueillir nos plus anciens, à proximité de chez eux pour qu'ils ne se sentent pas trop déracinés. Faute d'une politique efficace, la prise en charge dans les Ehpad et les maisons de retraite a été largement confiée à des groupes privés, parfois soumis en priorité à des questions de rentabilité financière. Les tarifs pratiqués sont souvent inabordables pour une grande partie des familles modestes. Par ailleurs, la solitude gagne du terrain et l'isolement s'accentue lorsque l'on vieillit. Les études montrent que 2 % des personnes âgées de plus de 60 ans, soit 300 000 personnes, se trouvent en situation de « mort sociale », sans aucun contact avec les autres. Pourtant, ces personnes âgées sont des femmes et des hommes, des pères et des mères qui sont passés avant nous sur notre même route, dans notre même maison, et nous ont légué notre patrimoine actuel.

Or toutes les projections démographiques montrent que nous sommes à la veille d'une véritable révolution de la longévité. Son accroissement s'est traduit à partir de 2010 par l'arrivée d'un fort contingent de retraités, puisqu'il s'agissait des générations nées autour de 1950, dans le baby-boom. Mais ces seniors vont à présent basculer dans le grand âge des octo, puis nonagénaires. Les spécialistes annoncent que nous avons devant nous une « falaise grise » avec cette très forte augmentation du nombre d'aînés en état de dépendance qui souhaitent si possible rester chez eux, sinon vivre dans des Ehpad de qualité. Notre société n'est prête ni sur le plan financier ni sur le plan humain pour faire face à cette situation. Depuis plus de dix ans, on sait qu'il faut prévoir une branche de la Sécurité sociale pour couvrir ce cinquième risque, mais la procrastination a très efficacement repoussé cette difficulté et les moyens disponibles ne sont toujours pas à la mesure des besoins.

La question n'est pas seulement financière, c'est la place même des personnes très âgées dans notre société qui est en cause. Comment faire pour que des personnes qui seront de plus en plus nombreuses à approcher les cent ans ne soient pas plongées dans une solitude totale, inhumaine et désespérante ? Les jeunes peuvent assurer une présence, mais les plus disponibles sont les seniors de 60 à 75 ans qui touchent leur retraite tout en étant capables d'une activité : pourquoi ne prendraient-ils pas en charge les nonagénaires qu'ils deviendront à leur tour dans quelques années ?

De nombreux projets existent, et il faut les encourager. Des anciens donnent de leur temps bénévolement au service d'enfants rencontrant des difficultés scolaires ou sociales. Des jeunes passent une partie de leurs vacances à visiter des personnes âgées pour leur apporter du réconfort et de la chaleur humaine. Voilà la bonne direction à suivre. Le service national universel pourrait aussi prendre sa part dans cette volonté. On parle beaucoup, et à si juste titre, des droits de l'enfant : parlons aussi de ses devoirs en respectant ses parents et en honorant ses anciens. Ni amnésie, ni nostalgie.

La crise que nous venons de vivre collectivement a mis ce sujet en exergue. Trop de pensionnaires d'Ehpad ou de maisons de retraite sont morts abandonnés, dans la solitude et le désespoir, laissant leurs proches eux aussi traumatisés et démunis, dans l'impossibilité de les revoir et de les enterrer dignement. Il a même fallu attendre un mois après le déclenchement de l'épidémie dans notre pays pour qu'enfin les morts dans les Ehpad soient intégrés aux statistiques officielles. L'absence de tests pour les résidents et personnels, le manque de masques et d'équipements de protection, la non-hospitalisation en raison de l'insuffisance de lits ont provoqué une catastrophe, dont

L'intergénérationnel vaut mieux que le mythe...

le pays doit se souvenir. Tout cela ne doit pas rester inutile, mais faire l'objet d'un vrai retour d'expérience productif, humble et objectif par nos gouvernants. Les traces sont profondes dans la population française et nécessitent une réparation. Une société se juge aussi à la façon dont elle considère ses aînés.

Ce respect des anciens doit nous montrer que l'enracinement est le préalable à toute action politique. Il n'y a pas de paix durable sans destin commun, et pas de destin commun sans enracinement dans une communauté d'appartenance. Pour passer du « vivre-ensemble » au « faire-ensemble », il faut ce « substrat culturel » que décrit si bien Paul-François Schira dans son livre *La Demeure des hommes* (Tallandier, 2019). « On ne coexiste pas dans une indifférence au mieux courtoise. On partage un mode de vie et une histoire, une culture, ce qui reste quand on a tout oublié. »

Nous pourrions parfois croire que nous entrons dans une ère inédite, façonnée par les progrès technologiques. En réalité, même si beaucoup de choses changent, je ne crois pas au mythe d'un nouveau monde qui nous amènerait à négliger les vertus que nous enseignait l'ancien. Tout simplement, le temps s'accélère et les générations se suivent et ne se ressemblent pas forcément. Face à cela, je préfère réfléchir aux liens intergénérationnels, consistant à mieux lier les jeunes qui suscitent de l'enthousiasme et les anciens qui apportent de l'expérience. Dans certaines entreprises, le tutorat existe et produit d'excellents fruits. Les plus anciens parrainent les plus jeunes durant leurs premiers mois. Dans les armées, cette formule est quasi systématique pour les jeunes cadres. De plus en plus d'entreprises rappellent des cadres récemment partis à la retraite pour telle ou telle mission afin de profiter de leur expérience ponctuellement.

L'histoire est un éternel recommencement et les vieilles recettes ont fait leurs preuves. J'aime ce proverbe africain qu'un jeune m'a rappelé récemment aux Mureaux au cours d'une discussion : « Pour savoir où tu vas, regarde d'où tu viens. » Le leadership moderne doit d'abord mettre en premier la nécessaire humilité de comprendre ce conseil. La « réapparition » de la mort depuis quelques mois dans nos sociétés devrait nous alerter sur le sujet.

Chapitre 5

Le sport, facteur d'intégration et d'unité

Claude Onesta, pour qui j'ai une grande admiration, eu égard à ce qu'il a accompli, notamment comme coach de l'équipe de France de handball, a déclaré judicieusement en janvier 2019 (*Le Point*) : « Une société plus sportive est plus apaisée, plus mature, saine, épanouie, généreuse et fraternelle. Le sport est un des derniers lieux où l'on se côtoie en laissant aux vestiaires ses différences religieuses, culturelles, politiques, et où l'on partage un moment avec respect et estime de l'autre comme de la règle. »

Regardez ces scènes de liesse et d'union nationale après les grandes victoires sportives. Bonheurs hélas trop fugaces et joies trop sporadiques. Je revois en juillet 2018 les Champs-Élysées envahis et unis pour accompagner la descente de l'équipe de France championne du monde de football. Quelques mois plus tard, ces mêmes lieux étaient transformés en scènes de guerre au pied de l'Arc de Triomphe et dans les rues adjacentes. Et ces deux événements impliquaient parfois les mêmes personnes !

L'équilibre est un courage

La France est un pays de passion et d'explosion sociale. Le sport aussi nécessite de l'envie et de la vivacité.

Dans l'armée, le sport est essentiel pour plusieurs raisons. D'abord, parce que les soldats, marins et aviateurs sont engagés dans des conditions de rusticité qui nécessitent une parfaite santé à titre individuel. Ensuite, parce que le sport est avant tout un état d'esprit de dépassement de soi-même, de courage, d'abnégation, que l'on retrouve au combat. Enfin et surtout, parce qu'il est source de cohésion et de fraternité, qualités elles aussi indispensables pour gagner la bataille.

Je suis à titre personnel passionné de sport depuis ma plus tendre enfance. Nous allions en famille au bord des routes du Tour de France passer une journée chaque été, au contact de la caravane, puis des échappées quand il y en avait, du gros du peloton, jusqu'au dernier coureur. Dès l'âge de 6 ans, je suivais mon père et mes frères au stade Marcel-Saupin plusieurs fois par saison. C'était la grande époque des Canaris, l'équipe du FC Nantes, entraînée par José Arribas, puis Jean-Claude Suaudeau, celle des matchs au couteau avec les Verts de Saint-Étienne, celle où le centre de formation de la Jonelière fournissait la plupart des joueurs de l'équipe. C'est là que j'ai appris que le jeu collectif à la nantaise conduisait plus sûrement à la victoire que les individualités et les vedettes. Cette passion du sport ne m'a jamais quitté. J'ai eu la chance de pratiquer beaucoup de disciplines sportives différentes dans l'armée

Le sport, facteur d'intégration et d'unité

et j'y ai appris les valeurs essentielles de la vie, notamment les vertus de la défaite, qui construit les grandes victoires. Comme je souhaiterais que la France reconnaisse véritablement la grande valeur pédagogique du sport !

« Vous faites quoi, comme sport ? » C'est souvent cette question que je pose pour briser la glace quand je rencontre un jeune pour la première fois. Ensemble, très rapidement, nous partageons alors tout ce que le sport nous apporte, le sens de l'effort, des valeurs solides. Dans les cités, la plupart des jeunes sont très sportifs, et ce potentiel n'est pas suffisamment exploité encore. Les installations manquent et l'encadrement, même s'il est généralement remarquable de dévouement et de disponibilité, demeure trop peu nombreux. Une partie de nos élites ignorent les vertus du sport. Je me souviens de regards obliques venus de surdiplômés de cabinet ministériel lorsqu'ils m'entendaient dire que j'allais au stade. Pour certains, en effet, mais ils sont heureusement minoritaires, le sport, c'est « l'opium du peuple ». Beaucoup d'ailleurs ignorent l'ambiance du stade à la sortie d'un match, ces scènes brassant des supporters de tous les milieux (mais de la même équipe !) autour d'un cornet de frites, d'une merguez et d'une bière. Nos dirigeants gagneraient à en faire l'expérience, car la France dans sa diversité se rencontre dans les stades et on ne commande qu'en aimant, pas en méprisant ou en venant comme dans un zoo au spectacle pour se montrer et manifester artificiellement que l'on est proche du peuple, si possible devant les caméras. De vrais

L'équilibre est un courage

supporters peuplent parfois les tribunes présidentielles. Il y en a. Mais le plus souvent on les trouve dans les tribunes populaires. Là où l'on chante.

Certains supporters ou observateurs sont souvent déçus par le comportement pas toujours exemplaire des footballeurs, professionnels ou amateurs. C'est précisément pour cela que le projet « Positive Football » de l'Union nationale des footballeurs professionnels (UNFP) a été mis en place en organisant de multiples rencontres entre joueurs et jeunes. Ainsi, des joueurs français internationaux se déplacent dans des quartiers difficiles, dans les hôpitaux, sur le porte-avions *Charles-de-Gaulle*, afin de partager leur témoignage dans de grands moments de fraternité qu'on aimerait voir se multiplier. Ils font preuve de disponibilité, de générosité, prouvant ainsi qu'ils ne sont pas toujours ce que l'image publique laisse accroire. C'est un exemple à suivre et à encourager, et le projet de Sylvain Kastendeuch, coprésident de l'UNFP, est précurseur d'une vision de société pour une jeunesse réconciliée et un football de haut niveau ré-humanisé. Au cours d'une assemblée générale de l'UNFP, je me suis adressé à plus d'une centaine de joueurs professionnels pour leur parler de la parité entre les valeurs militaires et celles du football. Cet échange a été très riche et j'ai pu déceler dans les regards et les conversations qui ont suivi un écho positif et une vraie adhésion à mon discours.

Les jeunes ont besoin de se donner, y compris physiquement. C'est ainsi qu'ils se construisent vers l'âge

Le sport, facteur d'intégration et d'unité

adulte. Nos programmes scolaires sont en retard sur ce plan. Le volume d'heures de sport est notoirement insuffisant et nettement moindre que dans d'autres pays, qui ne me semblent pas pour autant retardés intellectuellement, comme l'Allemagne ou les États-Unis. C'est aussi un moyen de brassage social unique, qui permet à certains jeunes moins brillants intellectuellement de révéler d'autres talents. Nos grandes écoles sont sur ce plan très en retard et la suspension du service national a accru cette carence. On apprend beaucoup sur soi, ses limites et ses forces, par le sport. On apprend aussi les vertus du collectif et le sens des autres. Certains gagneraient à s'y frotter !

Pas étonnant dans ce contexte de voir comment le sport depuis quarante ans est traité par nos gouvernants. Dans le meilleur des cas, un secrétariat aux Sports confié à un ancien champion occupe un des derniers postes dans l'ordre protocolaire. Les crédits sont le plus souvent rognés par Bercy, au titre de l'effort budgétaire de l'État. Mais, là comme ailleurs, on n'envisage pas le problème dans sa globalité et en prenant en compte les externalités négatives, c'est-à-dire les coûts induits par l'absence de prise en charge du problème. Ainsi, en investissant dans le sport, on éviterait bien des dépenses pour les prisons, dans le social, la santé et l'éducation, en insistant sur le lien entre ces quatre domaines et le sport. L'intégration de notre jeunesse passera par une revalorisation de cette discipline. J'attends avec le plus grand intérêt que les annonces gouvernementales de la fin du printemps 2019 soient effectivement mises en œuvre, même s'il faudrait aller encore beaucoup plus loin dans cette direction. Les JO de 2024 à Paris pourraient nous y encourager.

J'ai participé, le 6 juillet 2020 à Tignes, aux rencontres des étoiles du sport, fondées il y a une vingtaine d'années par Sébastien Foucras et Benoît Eycken. Il y avait là, réunis autour de Fabien Galthié, sélectionneur de l'équipe de France de rugby, la plupart des coachs dans les différentes disciplines olympiques, dans le but de préparer la Coupe du monde de rugby de 2023 et les Jeux olympiques de 2024 en France. Formidable modestie chez beaucoup de ces anciens athlètes largement médaillés, tous tournés au service de la jeunesse, fiers de porter les couleurs de la France. Je venais clore leur séminaire en fin de journée et, avant mon intervention, j'ai trouvé devant moi une salle de champions un peu fatigués par le match de rugby de l'après-midi. J'étais enthousiaste à l'idée de m'adresser à ces sportifs de haut niveau. Une heure plus tard, l'enthousiasme était largement communicatif. Nous partagions la conviction qu'il faut remettre la dimension humaine au cœur de l'éducation de nos jeunes, et nous avons poursuivi l'échange jusqu'au dîner, puis tout au long de la soirée. C'est un souvenir mémorable pour moi. J'en suis rentré impressionné et encore plus persuadé de la nécessité de s'appuyer sur le sport pour réconcilier notre nation, en commençant par sa jeunesse.

Chapitre 6

N'ayons pas peur

La jeunesse est un art et fabrique ses rêves. Aux adultes de les comprendre et de les canaliser sans les détruire. Beaucoup de jeunes n'ont plus le temps de rêver, rivés sur leur portable et inquiets pour leur avenir. Menée par l'Observatoire des drogues et des toxicomanies, une enquête sur la santé et les consommations, réalisée lors de la journée d'appel de préparation à la défense et publiée le 30 octobre 2019, a choisi d'intégrer la problématique des écrans et de la connexion, ces addictions dites « sans substance ». Les résultats sont édifiants. Près de trois adolescents de 17 ans sur cinq passent au moins quatre heures quotidiennes devant plusieurs types d'écrans cumulés : l'ordinateur, la tablette, la console de jeux, la télévision. On peut facilement imaginer les conséquences sur leur socialisation, leur scolarité et même leur comportement. Une enquête américaine a clairement montré la rupture apportée par l'arrivée du smartphone en 2007 : à compter de cette date, les comportements changent et les adolescents ont de moins en moins envie de sortir, de rencontrer des amis, d'apprendre à conduire une voiture. Ils manquent de sommeil et présentent des signes de déprime.

Ils sont dans une culture de l'intermittence de mobilité physique, intellectuelle et professionnelle. Tout bouge autour d'eux et ce qu'ils apprennent sera peut-être caduc dans quelques mois ou quelques années. Leurs anciens rêvaient souvent d'être fonctionnaires, quand, eux, cherchent à lancer une start-up.

La pression du monde qui les entoure les neutralise parfois et empêche cette construction progressive de leur personnalité, de leurs projets. Plutôt que de les épanouir, les études souvent les assomment. On les gave de connaissances pour gonfler leur intelligence, comme on gave les canards pour grossir leur foie. Cette excroissance donne des lacunes sur le plan humain, car nos jeunes sont trop introvertis et insuffisamment tournés vers les autres. Ils sont plus tête « bien pleine » que « bien faite », dirait Montaigne aujourd'hui. Pourtant, le diplôme n'est qu'un passeport, non un passe-droit.

Et cependant, les « millenials », comme on les appelle désormais, sont plein de qualités. Surdiplômés ou sans diplôme, issus des trois France, ils cherchent à s'en sortir, balbutiant parfois leurs projets et subissant les difficultés de leur époque. On est loin de 1968 et des hippies aux cheveux longs. Les barbus sont de retour, mais une barbe plutôt bien taillée et entretenue, signe de volonté et non de mollesse. L'ingratitude rend cet âge parfois difficile et nos professeurs le savent. Baden-Powell avait cette phrase : « L'optimisme est une forme de courage, qui donne confiance aux autres et mène au succès. » Comment entraîner notre jeunesse autrement qu'en lui donnant confiance en elle ? Il faut le répéter sans relâche à nos jeunes : la vie vaut d'être vécue et chaque jour qui commence est une formidable occasion d'émerveillement devant la beauté du monde et les rêves à transformer en réalité. Il faut les aider à quitter le labyrinthe intérieur des apitoiements. Se plaindre ne sert à rien, sauf à s'auto-centrer dans un découragement annihilant et un négativisme ambiant.

Le monde adulte doit apporter à la jeunesse son expérience, laquelle n'est pas un frein, ni une nostalgie, mais peut tout simplement permettre de gagner du temps, dans une bienveillance sans complaisance, en vérité. Par exemple, le devoir n'est pas un fardeau, ni le service un esclavage. Un enfant apprend quoi qu'il en soit à marcher en tombant. L'intelligence artificielle n'a pas encore corrigé cela ! Il appartient à l'adulte de lui expliquer comment mieux tenir debout pour éviter la chute. Nouveau monde ou pas, c'est une constante. La France n'est ni un musée poussiéreux, ni un laboratoire de start-up. Son avenir est sa jeunesse et nous ne devons pas en avoir peur. Essayons de mieux la connaître pour mieux la comprendre. « Les nouvelles générations peuvent réussir, là où collectivement nous avons jusqu'à présent échoué », écrit avec sagesse Gilles Vermot-Desroches dans son excellent livre *Le Printemps des millenials* (Débats publics, 2019).

Bien sûr, les jeunes ont leurs codes parfois déroutants, ils sont souvent affairés sans rien faire. C'est vrai dans les trois France. Si je caricature, dans les territoires, ils déambulent sur des scooters débridés et bruyants. Dans les cités, ils mâchonnent un chewing-gum avec la casquette en arrière. Dans les grandes villes, ils parlent anglais : on ne réfléchit plus, on *brainstorme* ; on ne dirige pas, on prend le *lead* ; on ne dit pas que quelque chose est pénible, mais *challenging* ; on ne passe pas un coup de fil, on a un *call*. Mais tous et chacun méritent d'être aimés et il n'y a pas d'amour sans courage.

Dans ce domaine, je préfère les adultes qui lâchent prise et mettent le pied des jeunes à l'étrier plutôt que les anciens qui s'accrochent et continuent à occuper les postes de responsabilité en bloquant le système, sans avoir le courage de partir. On voit cela dans la fonction publique, dans l'armée, dans le privé.

C'est aux adultes de comprendre qu'il ne sert à rien de prendre frontalement les jeunes générations et aux jeunes d'imaginer les difficultés d'adaptation à ce monde en fusion pour les plus anciens. « Ils ne sont plus comme nous », pourraient dire les aînés. « Ils sont encore comme vous », répliqueraient à juste raison les plus jeunes. L'époque a changé, tout simplement. Quand on ne peut revenir en arrière, on ne doit se préoccuper que de la meilleure façon d'aller de l'avant. Patrick Wajsman a prononcé cette belle phrase : « Vieillir, c'est quand l'expérience pèse plus lourd que l'espérance. » La jeunesse est avant tout un état d'esprit, celui de la réconciliation entre les générations. Un escargot ne recule jamais. C'est une loi naturelle. Et ce n'est pas l'âge qui donne des rides. C'est l'absence d'espérance et de reconnaissance qui fait vieillir.

Quatrième partie

Unité nationale

Chapitre 1

Rétablir la confiance entre les dirigeants et le peuple

La France est un millefeuille où les dirigeants et le peuple sont séparés. Elle n'a pas le monopole de cette coupure. Nos démocraties occidentales sont en péril. Aucun régime n'est immortel. Elles doivent urgemment rétablir la confiance entre ceux qui votent et ceux qui sont élus. Au Ier siècle avant notre ère, Cicéron, dans *De Republica*, écrivait : « Un peuple n'est pas un rassemblement quelconque de gens réunis n'importe comment ; c'est le rassemblement d'une multitude d'individus, qui se sont associés en vertu d'un accord sur le droit et d'une communauté d'intérêt. » Le populisme n'est pas un phénomène engendré par la modernité : dès l'Antiquité, une forme politique de contestation de l'ordre social en place est apparue, rappelle judicieusement Raphaël Doan dans son excellent livre, *Quand Rome inventait le populisme* (Le Cerf, 2019). Et la France a connu, au cours de sa longue histoire, de nombreux épisodes de défiance vis-à-vis du pouvoir central, quelle que soit la nature du régime politique.

L'équilibre est un courage

Il nous faut sortir de cette démocratie du soupçon et nous réapproprier les conditions nécessaires à la vie commune. Cela ne pourra se faire dans une société de l'hyperindividualisme et de l'émiettement socio culturel. Seule la sortie de notre mode de vie conflictuel nous permettra de retrouver notre affect collectif. Cela ne se fera pas sans restaurer l'autorité à l'école, ni sans faire preuve de fermeté face au séparatisme et à la délinquance. Ce n'est qu'à ce prix que nous pourrons retrouver la confiance dans la politique et rendre sa grandeur à notre pays sur la scène internationale.

Nous devons passer du « je » au « nous ». Peut-être même devons-nous retrouver et mieux analyser ce qui constitue notre « sur-nous », notre inconscient collectif, ces points cardinaux qui fédèrent notre nation. Le sur-moi est un élément de la structure psychique qui joue, à l'égard du moi, le rôle de modèle idéal, de juge, de censeur, en opposition aux désirs, aux pulsions, et qui se développe dès la petite enfance par identification avec l'empreinte parentale. Le sur-moi continue l'action des parents, des maîtres, de la société ; il tient le moi en tutelle et exerce sur lui une constante pression. Comment, par analogie, retrouver notre « sur-nous » au sein de la communauté nationale, afin de surmonter les pulsions auxquelles notre société semble laisser totalement libre cours, par exemple la rage de déboulonner les statues au titre de l'anti-esclavagisme ?

Rétablir la confiance...

Cette réappropriation collective ne pourra se faire sans retrouver de la profondeur dans le champ de la réflexion comme dans le temps de l'action. J'aime cette phrase de Churchill : « Le politicien devient un homme d'État quand il commence à penser à la prochaine génération, plutôt qu'aux prochaines élections. » De nombreux observateurs notent depuis plusieurs années la raréfaction des hommes et des femmes d'État, c'est-à-dire des dirigeants qui placent le service de l'État ou de la chose publique, la *res publica*, au-dessus de leurs objectifs personnels. Les grandes figures de notre histoire européenne n'étaient pas exemptes d'ambition personnelle, bien sûr, mais cette dernière était irriguée par des convictions sincères, une passion du service des autres et un ensemble de valeurs communes. Dans les grandes heures de notre histoire nationale, la cohérence entre les déclarations et les actes allait tant de soi que personne n'évoquait ce sujet pour nos dirigeants. Les comportements individuels étaient équilibrés et raisonnables, empreints des mêmes convictions, qu'ils aient lieu en public ou en privé.

La dégénérescence de la vie publique en grand spectacle médiatisé en direct exige des dirigeants d'être avant tout de bons acteurs et des professionnels de la communication. L'authenticité s'efface peu à peu derrière le calcul et les éléments de langage. Il est temps de revenir à l'essentiel : l'envie sincère de servir honnêtement les autres de manière désintéressée et sur une durée limitée.

L'équilibre est un courage

Il est temps de ré-attirer les hommes et les femmes d'État vers l'exercice des responsabilités et non pas seulement vers celui du pouvoir. Je suis sûr que des gens de cette trempe existent en France et en Europe et que cette forme de crise actuelle de leadership peut se résoudre par la promotion de nouveaux talents d'État. Erwan Deveze, consultant en neuroleadership, explique dans son livre *Le pouvoir rend-il fou ?* (Larousse, 2020) combien « notre pays souffre incontestablement aujourd'hui de son modèle automatique et stéréotypé de reproduction des élites... Il nous faut des visionnaires, des rebelles, des résilients, des passionnés, des courageux, des personnalités libres et engagées. Il nous faut aussi et avant tout des leaders humbles et sincères ». Il est vrai que, dans le contexte actuel, les volontaires ne vont pas se bousculer pour remonter la pente que nous descendons depuis plus de quarante ans. La judiciarisation de notre société ne va rien arranger en faisant planer la menace de poursuites à la moindre décision. Chacun, souvent, ouvre le parapluie pour se couvrir. Je les comprends parfois, notamment les maires, même si je ne peux l'accepter.

Nelson Mandela insistait souvent sur la première qualité, selon lui, du dirigeant : l'inspiration. Il disait pour l'illustrer : « Je suis le capitaine de mon âme. » Nous aurions bien besoin d'inspiration. C'est pour cela que l'homme d'État préfère la réflexion. Comme tout stratège, il ne décide pas en science, mais en conscience. Le doute positif l'anime avant la décision. Il rejette le doute négatif, qui paralyse pendant l'action. « Doutez toujours, n'hésitez jamais. »

La première mesure me semble simple : faire ce que l'on dit et dire ce que l'on fait. « Rien ne marche dans un système politique où les mots jurent avec les choses », disait Napoléon. Pour restaurer l'autorité de l'État, il faudra moins de mots et plus d'actes, moins de déclarations et d'annonces et plus de réalités, moins de coups de menton et plus de décisions. Combien de ministres de l'Intérieur depuis ces vingt dernières années ont pris leur poste en annonçant la tolérance zéro en matière d'insécurité en France ? On connaît tristement la suite. Il y a eu, ces quarante dernières années, tant d'incohérences entre les programmes électoraux et la réalité des décisions prises après les élections. On vote pour quelqu'un et pour quelque chose, pas pour de « l'enfumage », expression souvent utilisée par les citoyens déçus par les responsables politiques. Relisons Albert Camus : « L'Homme n'a pas besoin d'espoir, il a simplement besoin de vérité. » Cela tombe bien : la vérité rend libre, surtout quand on la cherche, quand on la scrute.

Sur ce plan, les États-puissance, dirigés par des pouvoirs forts et à la stratégie clairement définie, sont sans surprise. Ils appliquent leur programme. On peut discuter le bien-fondé de leurs stratégies respectives ; on peut regretter leur excès de fermeté, mais pas la clarté de leur vision ni leur persévérance à l'appliquer, année après année. Nos démocraties sont soumises à la pression permanente de l'opinion et naviguent en fonction d'elle. À la décharge des responsables politiques, nos nations européennes sont très volatiles et les électeurs changent souvent d'avis.

Le poids des réseaux sociaux est d'ailleurs grandissant. Nous gagnerions à en avoir rapidement une meilleure maîtrise. Sinon, chacun et tous risquons d'aller de cacophonie en cacophonie, de déchaînements haineux en polémiques souvent stériles et violentes, un « buzz » ou un « clash » chassant l'autre. Certes le dirigeant doit écouter ; il doit aussi conduire vers le bon cap, celui qu'il a tracé et pour lequel il a été élu. « Quand la démocratie se délite, la théâtocratie règne », déclare le sociologue Michel Maffesoli. En bref, ce qui me semble souhaité par les Français est autant de clarté dans les convictions que de sérénité dans l'expression et de résultats dans l'action.

Ensuite, un retour à l'exemplarité est évidemment impératif, car tout écart est immédiatement public et, amplifié par ces mêmes réseaux sociaux, produit des effets dévastateurs. C'est vrai dans la vie publique, mais aussi privée, car la frontière entre les deux est parfois ténue. Et puis, comment faire confiance à un dirigeant, quels que soient son niveau et son domaine de responsabilité, dont on voit bien que son équilibre personnel est pour le moins précaire ? Revenons à de bons vieux principes qui ont fait leurs preuves par le passé, comme par exemple

Rétablir la confiance...

un sou est un sou et il n'y a pas de mélange des genres entre le public et le privé.

Restent ces querelles ridicules entre les partis ou, encore plus fortes, ces haines à l'intérieur des camps politiques, qui donnent l'impression que l'essentiel n'est pas le service des autres, mais bien la satisfaction de son ambition personnelle ou de sa soif de vengeance. Comme le papillon est attiré par la lumière, le politique semble fasciné par la prochaine élection. Délations, trahisons, batailles d'ego, rancunes, attaques, y compris personnelles ou familiales, délits de faciès : la politique a toujours connu des affrontements d'une grande violence. De ce point de vue, l'évolution de notre législation, qui interdit le racisme, les appels à la haine, etc., a sans doute réduit le niveau des attaques qu'on a connu dans le passé. Mais on assiste aussi à une banalisation des attaques personnelles, à un abaissement du débat démocratique. D'autant que les réseaux sociaux jouent en toute impunité le rôle de pousse-au-crime.

En outre, je crois qu'il est urgent d'arrêter « d'emmerder les Français », selon l'expression de Georges Pompidou, par une succession de réglementations stratifiées dans le temps, illisibles et paralysantes. Quand il y a un problème, le réflexe est de modifier la loi, puis les décrets d'application et les arrêtés ministériels. Je préférerais que l'on traite d'abord le problème concrètement ; ensuite, si nécessaire, que l'on modifie l'arsenal juridique. Les experts ont trop de pouvoir et les responsables doivent reprendre la main. Le triomphe de l'expertise sur la politique est une mauvaise réponse à la complexification des sujets. Édouard Philippe a dénombré 1 200 organismes, comités « Gustave » ou « Théodule », aux missions plus ou moins claires, autour de l'État et des collectivités. Cette suradministration doit être combattue et vaincue ; la « débureaucratisation » doit être encouragée. Marcel Gauchet déclarait avec bon sens en juin dernier : « Le moment est venu d'arrêter de produire de la circulaire et de la norme, et de se demander pourquoi et en vue de quoi telle ou telle norme a été produite. » (*Famille chrétienne*) C'est vrai en politique, mais aussi plus globalement dans la société. J'aime cette phrase un peu crue de Michel Audiard : « Les conneries, c'est comme les impôts : on finit toujours par les payer. » L'État doit retrouver son rôle de prescripteur en premier ressort. Il fixe les grandes lignes, mais ne réglemente pas jusque dans le détail. Il laisse une marge d'adaptation au niveau local.

Dans le contexte actuel, depuis plusieurs mois déjà, les Français, les entreprises, les travailleurs indépendants se réinventent chaque jour pour survivre avec leurs quelque 20 millions de salariés, face à des chutes d'activité monstrueuses et imprévisibles. Il reste à espérer que l'acteur central dans cette crise sanitaire en fasse de même : l'État. Le plus rapidement sera le mieux, car le moins que l'on puisse dire est qu'il est loin d'être irréprochable dans la crise que nous traversons. Que de temps a été bêtement perdu par cette armée mexicaine politico-administrative, dont les agences régionales de santé (ARS) pourraient être les porte-drapeaux, qui s'est accrochée à ses procédures et ses réglementations à seule fin de se protéger, alors que ces dernières étaient totalement inapplicables en raison de l'urgence extrême. Peu importe l'épidémie, les normes demeuraient l'alpha et l'oméga de la politique française.

Combien de semaines ont été perdues par volonté idéologique de tout centrer sur l'hôpital public, en ignorant les cliniques et les hôpitaux privés ! On s'interroge pour comprendre pourquoi les stocks de masques étaient insuffisants, pourquoi le nombre de respirateurs artificiels était sous-dimensionné, pourquoi les produits réactifs servant à la fabrication des tests de dépistage devaient être importés. La cause principale de ce désastre me semble être cette dilution des responsabilités dans une technostructure autocentrée sur des procédures, des techniques, des expertises scientifiques sans vision de long terme, sans bon sens (le maintien du premier tour des élections municipales en témoigne) et sans capacité de gestion de crise, dans une improvisation qui fait froid dans le dos, pour quelqu'un dont la conduite de la guerre a été le métier. Pour mener celle-ci, on s'est engagés sans munitions, sans équipements suffisants, sans stratégie, comme s'il s'agissait d'un processus administratif, financier ou juridique de plus. Nous avons été rattrapés par la vraie vie, par « l'étrange défaite ». Nous avions une guerre de retard. Les masques sont tombés.

L'équilibre est un courage

Les incohérences et les lourdeurs ont suscité une légitime colère des soignants et des patients. Elles ont mis en évidence l'état dégradé de notre système de santé, écrasé par la bureaucratie, aussi étouffante qu'inefficace, une sorte d'enfer paperassier. Heureusement, les initiatives locales et l'imagination propre au tempérament français se sont partiellement libérées de ce carcan. Les élus locaux et régionaux ont suppléé l'incapacité étatique. L'échelon préfectoral, en principe chargé de la coordination locale, a souvent été contourné par ces chaînes de commandement quasi autonomes, comme les ARS. J'espère que tout cela ne restera pas lettre morte et qu'un vrai retour d'expérience sera fait pour simplifier et rendre opérationnel l'ensemble du système.

Le principe de précaution est nécessaire, mais, poussée à l'extrême, la quasi-obligation du risque zéro supprime toute audace. La crainte de la pénalisation judiciaire conduit mécaniquement à l'immobilisme. Bien au-delà de notre seul système de santé, il reste à espérer que, dans cette phase de relance de notre économie, l'État soit capable de supporter la peur, le doute, la part de risque nécessaire à toute entreprise. Sans audace, il n'y aura pas de sortie de crise possible, juste l'option « ceinture et bretelles ».

Plus largement, il faut régler le sujet du timing. Entre le moment où le président de la République ou le

Rétablir la confiance...

gouvernement annonce publiquement une décision et le moment où les Français en perçoivent les effets dans leur vie concrète s'écoulent de nombreux mois, voire plusieurs années, pendant lesquels la technostructure affadit le projet ou le neutralise carrément. Bien que n'étant pas un homme politique, j'ai quand même été une dizaine d'années au cœur de l'appareil d'État et j'ai pu observer que ce mal est récurrent. J'ai noté à plusieurs reprises que, entre l'ordre donné par le président de la République et son exécution, la moulinette administrative déployait toute son énergie à expliquer pourquoi il était inapplicable et retardait sa mise en œuvre dans le temps. Dans l'armée, je me suis toujours efforcé de lutter contre ce phénomène de retard à l'allumage et de faire appliquer formellement et dans des délais courts mais réalistes les directives données. Parfois même, sur le ton de l'humour, lorsque j'étais chef d'état-major des armées, le président de la République est allé jusqu'à dire en réunion, « avec les militaires, au moins, l'exécution est rapide et le compte rendu immédiat ! ». Si l'on perd de vue l'obéissance, la confiance se délite dans les deux sens. Chacun doit rester à sa place. Le dirigeant décide après avoir été éclairé par les spécialistes, et l'administration exécute en toute connaissance de cause.

Sur un plan plus général, les Français me semblent prêts à faire des efforts et ils en ont fait déjà beaucoup ces dernières années. Mais ce qui est préoccupant, c'est le syndrome du tonneau des Danaïdes inversé : plus on paie d'impôts en bas, moins c'est efficace en haut. Les plus de 50 % de prélèvements obligatoires pour les PME sont dévastateurs en termes de confiance pour créer du dynamisme par l'emploi (les charges salariales sont telles que l'on n'embauche pas, surtout qu'il est très difficile de licencier) et par la consommation (ces impôts se répercutent sur les prix). Les classes moyennes que j'ai rencontrées dans toute la France ont l'impression d'être « tondues » en permanence, jusqu'au cimetière avec les droits de succession. Réconcilier les Français avec leurs dirigeants passera, qu'on le veuille ou non, par une réduction des impôts directs et indirects et donc par une baisse des dépenses de l'État. « Les impôts ne sont pas la solution. » Je partage cette conviction d'Henri de Castries, président de l'Institut Montaigne. Ce qui sous-entend de faire admettre son corollaire : « La dépense n'est pas la solution. » Car les mêmes peuvent dans un premier temps demander une baisse des impôts et, dans un deuxième temps, proposer une mesure qui augmentera la dépense publique. Il faut l'expliquer sans cesse et le faire enfin, avec de vrais choix stratégiques et non pas des mesures techniques compréhensibles par les seuls experts à Paris ou à Bruxelles. Beaucoup de Français me disent : « Les dirigeants ne sont pas dans la vraie vie ! »

Rétablir de la lisibilité me semble être une urgence pour réconcilier. Utiliser des mots simples et vrais. Arrêter cette maraude de termes technocratiques qui se complaisent dans leur jargon juridique et financier. L'un de nos problèmes est d'avoir perdu le sens des mots. Arrêter aussi les faux-semblants en prenant les Français pour plus bêtes qu'ils ne sont par des actions habiles de communication, pour « faire moderne » en suivant l'air virevoltant du temps. Les Français veulent du parler vrai. Face à des maux brûlants, il faut trouver des mots pertinents. L'esprit de cour, au sommet de l'État ou des entreprises, est aussi à combattre. Relire la fable « La Cour du lion » écrite au XVIIe siècle par Jean de La Fontaine est intéressant. Ses derniers vers sont d'une actualité brûlante :

« Ceci vous sert d'enseignement :
Ne soyez à la cour, si vous voulez y plaire,
Ni fade adulateur, ni parleur trop sincère,
Et tâchez quelquefois de répondre en Normand. »

Les décideurs expriment de plus en plus souvent des regrets désormais. Ce que nos concitoyens interrogent, c'est toujours la sincérité de ces excuses et leur crédibilité. Le climat de défiance est tel que seule l'épreuve des faits sera en mesure de convaincre qu'un acte de contrition est effectivement sincère. Beaucoup de Français éruptifs pensent encore, à tort ou à raison, comme Henri Vincenot dans *Le Pape des escargots*, que « ça ne vaut pas une vesse-de-loup, pas même une merde de blaireau ».

Reconciliare en latin signifie remettre en état, rétablir la concorde, cette alliance des cœurs, réparer. Cela passera nécessairement par plus de proximité, en s'appuyant

L'équilibre est un courage

sur les fameux corps intermédiaires : les maires, les associations, les quartiers. Concentrer, centraliser, regrouper, rationnaliser aboutit à des économies comptables, mais on oublie trop souvent, en comptabilisant ces économies apparentes, de prendre en compte les dégâts collatéraux. Le plus efficace en réalité est la subsidiarité, qui délègue et responsabilise chacun à son niveau. Les décisions se prennent au plus près de leur impact, lequel s'en trouve mieux compris, donc mieux admis. Pour cela, il faudra contenir la mondialisation et la construction européenne technocratique, qui sont parfois des obstacles, des prétextes ou des paravents par rapport à ce besoin de proximité.

Tous ceux qui ont voyagé peuvent attester que le pays occidental qui a le mieux réussi à combiner mondialisation heureuse avec ancrage local des citoyens est la Suisse. Bien sûr, ce modèle n'est pas transposable en l'état, compte tenu des spécificités de ce pays, mais il est pertinent de s'y intéresser, car nos amis suisses vivent en harmonie.

La raison principale est la structure de l'État décentralisé en trois étages : fédéral, cantonal et communal. Chaque niveau dispose de ses recettes, assume ses coûts et, subsidiarité oblige, n'abandonne à l'échelon supérieur que les compétences qu'il ne parvient à exercer lui-même. Le cœur du système s'articule autour des 26 cantons, qui se livrent une saine concurrence pour attirer les entreprises, le tout encadré par l'obligation de garder un bilan équilibré. Les budgets sont votés chaque année par les citoyens eux-mêmes. Les élus gardent leur travail et sont payés en fonction du temps consacré aux affaires publiques ; il n'y a donc pas de politicien professionnel. Dans ces conditions, les assemblées sont un fidèle reflet de la société.

L'éducation est également un domaine inspirant. Les deux tiers des enfants passent par la filière professionnelle, qui jouit d'un statut égal à celui de la voie générale.

Quant à la dimension sociale, quelques points méritent attention. Ce sont des assurances privées qui assurent la retraite et la couverture santé. Le PIB par tête en Suisse est le double du nôtre, alors qu'il était le même à la mort du président Pompidou. Le taux de chômage avant la crise du Covid-19 était de 2,7 %, de quoi faire rêver bien des responsables français.

D'ailleurs, sur ce plan, il me semble urgent d'encourager en France ceux qui travaillent et se lèvent tôt ; les valoriser, y compris financièrement, pour éviter de les paupériser ; faciliter leur vie administrative ; pénaliser ceux qui ne veulent pas travailler et tirent sur la corde de l'assistance étatique ; mettre le pied à l'étrier à ceux qui sont en dessous du seuil de pauvreté ; taxer ceux qui ont des salaires disproportionnés par rapport à leurs vrais mérites ; ne pas montrer du doigt ceux qui réussissent et qui entraînent les autres sur le chemin de la réussite ; maîtriser les migrations pour pouvoir en faire un atout et non une faiblesse. En réalité, rétablir une vraie justice sociale qui encourage l'escalier social plutôt que la facilité, et qui valorise les patrons totalement au service de leurs salariés. C'est du bon sens et cela fait des années que l'on entend cela, sans pour autant que la situation donne l'impression d'évoluer. Le rétablissement de la confiance passera par le sentiment populaire de la fin de l'impuissance publique, grâce à des dirigeants courageux, qui les écoutent et surtout les entendent. J'espère que la réforme de la haute fonction publique lancée par le président de la République sera à la hauteur de cet enjeu. La crise sanitaire a contribué à nourrir ce sentiment d'impuissance collective et, par voie de conséquence, à creuser encore un peu plus le fossé entre ceux qui gouvernent et ceux qui exécutent.

Dans un pays de la taille du nôtre, il n'est de démocratie que représentative. La démocratie directe est bien souvent un piège tendu par des minorités manipulatrices qui voudraient exercer un pouvoir sans contrôle, qualifié de populaire. Mais tout repose sur cette représentation. Comment faire pour que les citoyens se reconnaissent dans leurs élus ? Il faudra du courage pour réconcilier le système représentatif classique et les aspirations légitimes des citoyens à des formes de démocratie directe. Sans le système représentatif, c'est la crédibilité du régime démocratique, le gouvernement du peuple par le peuple pour

Rétablir la confiance...

le peuple, qui s'effondre. Sans la participation directe des citoyens, c'est l'adhésion de ces mêmes citoyens qui serait altérée. Un équilibre reste à trouver, en privilégiant les consultations locales pour les sujets de proximité et les référendums nationaux pour les grandes problématiques, en veillant à respecter les résultats afin de ne pas aggraver la décrédibilisation du système. Jacques Julliard résume cela : « Pas de liberté sans représentation, pas de démocratie sans incarnation. »

L'art de la politique n'est pas simplement de gérer, mais de donner du sens, pour quitter le rond-point de Raymond Devos, dont toutes les sorties sont autant de sens interdits, qui condamnent à tourner en rond. La seule voie possible à mon sens est de retrouver « une certaine idée de la France ».

Chapitre 2

Le social et l'économie ensemble

« L'excessive richesse a rendu les patries folles. La misère les rendra féroces. » Cette phrase de Bernanos est d'une vérité et d'une actualité saisissantes. Il est temps de réconcilier le social et l'économie. Comment peut-on imaginer sérieusement faire du social sans développement économique ? Le meilleur garant de l'emploi est l'entreprise et le meilleur atout de rentabilité est le climat social. Comment continuer à opposer les deux, dans une approche conflictuelle aussi désuète qu'idéologique ?

La casse économique et sociale issue de la crise du coronavirus va accentuer encore les fractures au sein de nos sociétés. Les mécontentements risquent de réapparaître avec leur cortège de violence, peut-être encore au-delà de ce que nous avons connu avec les Gilets jaunes. Une stratégie de mobilisation de notre outil industriel est nécessaire, en réorganisant nos chaînes de valeur et de production.

L'équilibre est un courage

La « mondialisation heureuse » montre ses limites et sa cruauté apparaît au grand jour. Certains économistes pensent d'ailleurs que l'on va progressivement vers l'extinction de ce cycle libéral et vers un retour des frontières protectrices. L'attitude du président Trump va dans ce sens, avec sa doctrine protectionniste, doublée de l'anéantissement de bon nombre de règles du commerce international. Seule prime la prospérité des Américains, quel que soit le prix à payer par les partenaires, qui en l'occurrence deviennent des adversaires. La Chine suit cette logique et la dureté commerciale est grandissante dans les échanges, obligeant les pays dépendants à se replier sur leurs bases. J'ajoute que le taux d'endettement des États est tel que le système implose peu à peu. La frénésie de l'emprunt s'étend désormais aux ménages – en particulier pour financer les investissements immobiliers –, aux entreprises – notamment pour faire face à la révolution numérique. L'argent gratuit, avec la baisse des taux d'intérêt, est une addiction économique qui ne peut, selon de nombreux experts, se terminer que par un krach.

On a vu la fragilité du système mondial à l'occasion de la crise du coronavirus. La dépendance de l'économie française est apparue au grand jour, notamment vis-à-vis de la Chine. Comment développer notre outil industriel, tout en préservant notre indépendance, au minimum pour les secteurs qui engagent notre souveraineté ? Cette mise en évidence de notre dépendance, fruit de la mise en concurrence de tous avec tous, plaidera inéluctablement

Le social et l'économie ensemble

pour une relocalisation de nos productions et de certaines de nos usines qui concourent à nos approvisionnements stratégiques. En outre, jusqu'à quand va-t-on assumer l'incohérence de ce système, qui repose sur une circulation excessive des cargos et des avions, et affiche donc un bilan carbone catastrophique ? Les usines en Europe ne sont bien souvent que des lieux d'assemblage de pièces venant du monde entier. La survie de la planète exigera aussi cette relocalisation. Ce triple défi économique, stratégique et écologique n'est ni un repli sur soi, ni une frilosité excessive. C'est le gage d'une forme d'indépendance nationale, mais aussi et surtout de notre compétitivité, premier instrument de la souveraineté. Ce sera également pour notre pays une opportunité de redresser son industrie, qui ne représente plus que 10 % de son PIB annuel, soit la moitié du chiffre de l'Allemagne à périmètre comparable. La part de notre industrie dans la richesse nationale a diminué de moitié en vingt-cinq ans.

Cette fragilité est d'autant plus inquiétante que la dette publique des États ne cesse d'augmenter et que nous ne pourrons pas continuer très longtemps comme cela. Jamais l'humanité n'a créé autant de richesses. Alors que la population mondiale a doublé depuis 1971, le FMI estime que la richesse mondiale a été multipliée par 52 sur la même période, et la dette publique mondiale par 65. Ce qui fait craindre à certains spécialistes la perspective à terme d'une crise financière sans précédent, dont les principales victimes seraient les États du monde occidental.

L'équilibre est un courage

Je crains que les lendemains de la crise sanitaire ne nous y conduisent mécaniquement. En 2017, le désaccord sur le budget des armées qui a abouti à ma démission portait sur 850 millions d'euros. On a déjà dépensé plusieurs centaines de milliards pour financer le chômage partiel et les conséquences économiques de la crise. La politique ne peut pas se résumer à un tableur Excel.

En réalité, il est temps de revenir à la finalité de l'économie : le bonheur de l'homme et le bien commun. L'individualisme forcené, doublé de l'idéologie mondialiste et de la régulation impersonnelle des flux, nous a amenés progressivement à cette dérive de l'enrichissement de quelques-uns, au détriment du plus grand nombre. « Le contraire de la misère, ce n'est pas la richesse. Le contraire de la misère, c'est le partage », disait l'abbé Pierre. Partout dans le monde, les tensions autour des inégalités s'accroissent. Réelles ou perçues, ces inégalités sont en grande partie liées à la question du partage de la valeur ajoutée dans les entreprises. Ainsi, selon un sondage IFOP du début 2020 pour Synopia, 83 % des Français estimaient que le partage des richesses produites par les entreprises avec leurs parties prenantes n'était pas équitable.

Il est temps de mettre en place des règles qui organisent l'intérêt mutuel dans les échanges économiques, lesquels resteront nécessairement le moteur d'une économie de marché et d'un capitalisme véritablement solidaire.

Le social et l'économie ensemble

La généralisation du commerce équitable, qui garantit le respect de la concurrence et la qualité des produits, semble une direction souhaitée par les consommateurs. De plus en plus nombreux sont ceux qui préfèrent payer un peu plus cher et connaître la traçabilité et l'origine de ce qu'ils achètent. Par ailleurs, la qualité garantit la durabilité et évite de changer sans cesse. On revient à une logique d'investissement plutôt que de fonctionnement. L'organisation mondiale du commerce est à réinventer et, au minimum, à relégitimer pour assurer une protection accrue face aux dérives de la globalisation.

Ces règles exigeront une certaine équité dans les échanges. Ainsi, le gouvernement chinois permet à ses entreprises de sous-payer les travailleurs à l'aide de subventions. Ce dumping social doit provoquer des réactions de la France, qui a le devoir de protéger ses entreprises de toute concurrence déloyale. Simultanément, le protectionnisme outrancier vis-à-vis des pays du tiers-monde est contraire à l'intérêt commun des habitants de ces pays. L'économie de marché nécessite des institutions performantes, adaptées au contexte du XXIe siècle, un cadre juridique ferme, donnant des règles appliquées par tous. Ces institutions, bien qu'elles soient de moins en moins respectées, contribuent encore au bon fonctionnement du système. Le commerce libre ne peut que s'accélérer avec l'accroissement des moyens de communication, qui raccourcissent l'espace, mais il doit être équitable pour être un facteur de paix au service du plus grand nombre.

L'équilibre est un courage

En réalité, le capitalisme social et responsable reste à réinventer aujourd'hui. Il appartient au génie politique de nos gouvernants de trouver la solution au plan international, cet équilibre subtil entre la préservation des intérêts nationaux et la nécessaire interdépendance économique des échanges. Le peuple, dans son bon sens, le pressent bien et je doute que le libéralisme soit aussi populaire que ne le croient parfois nos élites, logiquement plus formées au combat économique qu'à la préservation de notre modèle social. En novembre 2019, j'ai participé aux Entretiens de Royaumont. Signe des temps, dans cette abbaye fondée par Saint Louis où se retrouvent des hauts responsables, chefs d'entreprise, jeunes de tous milieux, pour réfléchir pendant deux jours à des sujets de fond, le thème qui avait été retenu était : « Le capitalisme peut-il être responsable ? » Vaste sujet qui a donné lieu à des débats très intéressants, chacun s'accordant à dire que la situation actuelle n'est pas durable et que le niveau éruptif de notre société atteignait un seuil de dangerosité inédit. Plutôt qu'au capital surabondant, c'est à la gestion de la rareté des capitaux naturels, sociaux et humains que les dirigeants doivent s'adonner.

D'ailleurs, ce dont souffrent nos concitoyens, c'est de l'inégal accès à l'emploi, à la santé, aux transports, à l'éducation. Il est temps là aussi d'investir lourdement pour corriger le tir, non pas en éteignant simplement l'incendie des Gilets jaunes par des mesures conjoncturelles, mais par une action structurelle s'inscrivant dans une vraie

Le social et l'économie ensemble

stratégie de long terme, remettant au centre la volonté de restaurer l'escalier social, expression que je préfère à celle de l'« ascenseur ». Un ascenseur monte tout seul. Un escalier se monte marche par marche, grâce à l'effort de celui qui le veut. En France, il faut en moyenne six générations (180 ans) pour que les enfants nés dans une famille modeste parviennent à se hisser au niveau du revenu moyen, contre cinq générations (150 ans) en moyenne dans les autres pays de l'OCDE. Le modèle français de méritocratie datant de la fin de la Seconde Guerre mondiale est en panne. Les armées françaises, en revanche, ont conservé cette aptitude. Plus de 50 % des sous-officiers proviennent des militaires du rang. De nombreux officiers étaient précédemment sous-officiers et chaque année des généraux sont nommés, alors qu'ils avaient commencé au bas de l'échelle comme simple soldat, marin ou aviateur.

Le lien social, altéré par des années d'individualisme et de centralisation, doit être restauré. La première étape est l'écoute et le dialogue, pour sortir d'une logique de confrontation. Une partie de la population ne se retrouve plus dans cette mondialisation et ce libéralisme outrancier. Les Français appellent au retour de la proximité territoriale et pas simplement numérique. L'homme n'est pas une île et les liens organiques de proximité doivent aider : famille, voisins, quartier, village, entreprise, association, pays, etc.

L'équilibre est un courage

La réconciliation est nécessaire pour régénérer les relations entre les organisations syndicales et le patronat. Lesquelles sont actuellement trop souvent à l'origine de nombreuses fractures sociales et du manque de confiance entre les patrons et les salariés. Les postures et les jeux de rôle ralentissent le dialogue et font perdre une énergie énorme de part et d'autre, dans un contexte économique concurrentiel face à des entreprises étrangères qui n'ont pas ce frein. L'appel à la grève de la CGT en pleine bataille contre le coronavirus était surréaliste d'irresponsabilité, alors que les cercueils étaient évacués et que les urgences de nos hôpitaux débordaient de malades entre la vie et la mort. Le dossier des retraites a aussi été révélateur dans ce domaine, l'État étant en première ligne dans les négociations en lieu et place d'un vrai dialogue paritaire. Par bonheur, les entreprises parviennent à trouver une qualité de concertation meilleure, même si la baisse de l'influence syndicale est préoccupante. Une société de confiance a besoin de contre-pouvoirs et de corps intermédiaires responsables et crédibles.

Notre problème, c'est bien ce ménage à trois dans lequel l'État, sous le prétexte de combler les déficits des caisses, intervient dans les discussions syndicats-patronat. Cela déresponsabilise les syndicats en laissant entendre qu'on peut faire n'importe quoi sur le plan financier. Le modèle allemand est sur ce plan intéressant, même s'il n'est pas transposable lui non plus en l'état. En Allemagne, la situation est différente depuis que le chancelier Schröder

Le social et l'économie ensemble

a expliqué en 2004 que l'État, n'ayant plus un sou vaillant, ne comblerait plus les trous. Le départ à la retraite à 65 ans n'a pas été décidé par le gouvernement ; ce sont les syndicats et les patrons qui en sont convenus pour équilibrer les comptes.

En France, la plupart des effectifs syndicaux sont trop souvent issus de la fonction publique (plus nombreuse que dans la majorité des pays européens) ou de secteurs économiques protégés (comme le transport et l'énergie). On a pu le vérifier lors de la crise des retraites. En Allemagne, ils travaillent dans des sociétés exportatrices ; ils connaissent la réalité de la concurrence mondiale et ont compris qu'on ne pouvait pas mettre n'importe quelle charge sur le dos des entreprises.

En Allemagne, le syndicat fait pression sur le patron, si nécessaire par la grève, pour mieux répartir le profit ; en France, nos syndicats n'hésitent pas à pourrir la vie de la population en bloquant les transports publics pour peser sur le gouvernement et le Parlement, donnant un tournant politique aux grèves. Les Allemands ont abandonné l'idée de la lutte des classes pour adopter « l'économie sociale de marché » et ont consigné dans leurs statuts l'indépendance vis-à-vis des partis politiques. Des changements dont nous devrions nous inspirer en remettant là encore l'homme au centre des préoccupations.

L'équilibre est un courage

Il faudra aussi tenir compte de ce que nous venons de vivre ces derniers mois. Les métiers les plus essentiels quand tout va mal sont souvent les plus mal payés et, sur ce plan, les syndicalistes raisonnables n'ont pas tort. C'est la revanche des premiers de tranchée sur les premiers de cordée, la réapparition des invisibles. Comment la France a-t-elle pu fonctionner pendant le confinement ? Grâce aux agriculteurs, aux ouvriers et ouvrières des grands groupes alimentaires, aux transporteurs routiers, aux livreurs, aux employés des supermarchés, dont les caissières au contact étroit avec les clients, aux petits commerçants, aux facteurs, aux éboueurs, aux personnels soignants dans les hôpitaux, cliniques, Ehpad ou à domicile, aux forces de sécurité, aux militaires, et la liste n'est pas exhaustive. La plupart de ces personnes sont payées au SMIC ou très peu au-dessus. Cette crise pourrait être l'occasion de mieux prendre en compte l'importance sociale des différentes professions, surtout celles qui ne pourront jamais être exercées par télétravail. Simultanément, certains autres métiers très bien payés, parce que largement diplômés, nous apparaissent à présent quelque peu superfétatoires. On ne fera pas l'économie de cet exercice, une forme de réexamen des rémunérations au courage, pour restaurer la confiance. C'est ce que les Allemands ont réussi avec leur concept de « solidarité exigeante ».

Il reste aussi à lutter contre le développement de la grande pauvreté dans notre pays. Le plan annoncé par le président de la République à l'automne 2018 va dans la

Le social et l'économie ensemble

bonne direction. J'attends de voir avec quel zèle budgétaire il va être appliqué dans la durée, car seule une action de long terme sera véritablement efficace. Il faut aller plus loin. Il y va de la cohésion sociale, sachant qu'une partie de cette pauvreté pourrait utilement être combattue par une politique plus efficace de développement des pays en crise et par une attaque à la racine des réseaux de passeurs au sud de la Méditerranée. L'insertion sociale a ses limites pour faire face aux problèmes liés à la petite enfance, à la famille, au logement, à la formation professionnelle. Il faudra sans doute insister sur les devoirs de ceux qui percevront le fruit des efforts supplémentaires. L'État doit être à l'écoute des plus petits, mais doit aussi renforcer le sens du travail, de l'exemplarité, le respect de la loi. C'est bien cet équilibre qui soude une nation.

Pour lutter contre la grande pauvreté, il faudra prioritairement créer des emplois et donc alléger les charges qui pèsent sur les entreprises. Le taux de prélèvements obligatoires de plus de 50 % doit impérativement être réduit pour redonner de la compétitivité à notre système économique. Beaucoup de chefs d'entreprise me le disent : je pourrais embaucher, mais les charges sont trop lourdes et le système trop rigide. Il est temps de remédier à ce carcan réglementaire et fiscal qui étouffe nos entreprises, dans le respect des garanties sociales suffisantes, évidemment.

La responsabilité sociétale des entreprises (RSE) est une avancée incontestable dans ce domaine. Elle désigne la prise en compte par les entreprises, sur base volontaire, des enjeux sociaux et éthiques dans leurs activités. C'est une rupture par rapport à Milton Friedman et à sa fameuse phrase de 1970 : « La seule et unique responsabilité sociale de l'entreprise est d'augmenter ses profits. » Cette démarche RSE est largement soutenue par la jeune génération, plus consciente que ses aînés de l'urgence environnementale. Je l'ai mesuré ces derniers mois et beaucoup de grands patrons ont pris conscience des nécessaires progrès à accomplir. Car, si elles étaient encore invisibles pour la société dans les années 1980, ces inégalités sont désormais devenues criantes : 30 % des citoyens des pays de l'OCDE ont vu leurs revenus réels baisser depuis quinze ans. Simultanément, une trentaine de groupes français du CAC 40 ont initié des travaux depuis fin 2018 pour améliorer l'impact social des entreprises, à la fois pour favoriser l'emploi dans les territoires et faciliter les achats pour les personnes en difficulté. Les résultats sont encore modestes, mais la dynamique est engagée. Autre signe encourageant, le 19 août 2019, 191 des plus grands chefs d'entreprise des États-Unis se sont engagés dans un manifeste à « diriger leurs sociétés au bénéfice de toutes leurs parties prenantes – clients, employés, fournisseurs, communautés et actionnaires ». J'espère que ces leçons de vertu se traduiront concrètement et rapidement pour réconcilier le capital et le travail. Cette conduite du changement exigera de modifier les comportements en profondeur, y compris par des programmes de formation et d'éducation au sein des entreprises, qui vont devenir un cadre social de référence, dans une société qui a perdu la plupart de ses corps intermédiaires.

C'est pourquoi nos entreprises ne devront pas vouloir seulement être les meilleures DU monde, mais aussi POUR le monde. Elles devront remettre au centre de leurs préoccupations la personne humaine, qu'il s'agisse des clients ou des salariés. Il m'arrive de passer deux heures de réunion dans des entreprises sans que ces deux mots, « clients et salariés », soient prononcés. Cela me semble grave. Bien sûr, la santé financière d'un groupe représente sa capacité à investir et à exister. Son objet social ne doit cependant pas consister seulement à récompenser les actionnaires, mais aussi à redistribuer le fruit de leurs efforts aux salariés par un vrai partage de la valeur. Si la vertu chevauche l'intérêt, la monture va loin. Les groupes familiaux le comprennent généralement bien, car les racines sont plus profondes. La performance doit être multidimensionnelle et pas seulement strictement financière. La férocité de la concurrence impose à chaque entreprise de se centrer sur ses seuls résultats financiers. Je ne l'ignore pas. Mais les règles du jeu peuvent être sensiblement modifiées par la crise actuelle et plus généralement par le dérèglement climatique. Nous savons que d'autres critères s'ajouteront à ceux dictés par la comptabilité commerciale. Toutes les entreprises devront prendre ce virage et celles qui l'auront amorcé le plus tôt seront aussi celles qui sauront le mieux se transformer.

L'équilibre est un courage

Dans mon livre *Qu'est-ce qu'un chef ?*, je propose de passer du manager au leader pour les dirigeants d'entreprise. Dans les deux cas, il faut encore une fois remettre la personne au centre des préoccupations, par exemple par une politique salariale exemplaire, en resserrant l'écart entre le plus bas et le plus haut salaire de l'entreprise. Je n'ai jamais vu un corbillard tirer un coffre-fort ! Et le management par la terreur doit laisser la place à la confiance et à la délégation.

Voilà la clef pour réconcilier les dimensions économique et sociale : l'engagement au service des autres et des valeurs de l'entreprise, qui est avant tout un objet d'intérêt général. Le rapport de Jean-Dominique Sénard et Nicole Notat, « L'entreprise : objet d'intérêt collectif », explique très bien ce rôle politique, au sens étymologique du terme. Un signe me semble encourageant sur le plan du tissu social national : l'Institut supérieur des métiers a produit en 2019 une étude démontrant que les entreprises de l'artisanat sont plus de 1.167.000, un chiffre en hausse de 22 % depuis 2013 en zone rurale et de 24 % dans les villes moyennes et petites agglomérations. Cette question sociale est de retour, mais dans des conditions différentes du XIXe siècle, lequel mettait aux prises le prolétariat et la bourgeoisie. Aujourd'hui, elle oppose ceux qui ont la perception d'être passés à côté des bénéfices de la mondialisation et les autres, pour qui la situation ne va globalement pas si mal.

Le social et l'économie ensemble

Au bilan, la vraie performance passe par l'indice de motivation des personnels, qui doivent se sentir utiles, responsables et considérés en partageant un destin commun. Cela dépasse largement la mesure du seul bien-être au travail. D'après ce que j'observe depuis trois ans, il y a en France une réelle marge de progression pour aller vers un véritable entreprenariat social, créateur d'énergie. De nombreuses organisations oublient l'essentiel : donner du sens à leurs décisions par un vrai projet stratégique clair et compréhensible par l'ensemble des « troupes ». La raison d'être se trouve dans l'être. Rétablissons le primat du politique sur l'économie, au service de la société. Il est urgent de « réencastrer » l'économie dans notre vie sociale.

D'autant plus que nos entreprises, affaiblies par le coup d'arrêt du coronavirus, courent concrètement aujourd'hui deux risques : être étouffées par des chocs de trésorerie et une crise de liquidité ; faire faillite par une crise de solvabilité. Il reste à construire un modèle économique de l'entreprise axé sur la création de valeur, pas simplement autour des chiffres, mais aussi et surtout des personnes. Le seul profit n'est pas un but en soi, même si l'entreprise se doit d'être profitable.

Nos entreprises vont devoir inventer un nouveau pacte social en gérant un corps social désuni et en état de choc : pendant plus de deux mois, dix millions d'actifs ont été au chômage partiel, huit millions en télétravail et le reste

L'équilibre est un courage

au travail, confronté directement aux risques du virus. Pendant toute cette période, le stress a envahi nos travailleurs : crainte pour l'avenir, angoisse de la maladie, isolement, détresse psychologique face à la mort. Tout cela ne s'efface pas en quelques semaines. Les armées savent ce que représentent les chocs post-traumatiques et en connaissent la profondeur. Plus que jamais, les entreprises gagnantes seront celles qui auront compris cela et redonneront un nouveau souffle au dialogue social, à la hauteur des attentes. Plus que jamais, il faudra donner du sens au travail et au projet d'entreprise. Le partage de la valeur, l'actionnariat salarié, la participation, le fond de solidarité, les primes de performance ou de progrès sont des mots qui résonnent et qui doivent devenir de réels instruments de gouvernance de l'entreprise, voire de la Cité. Ils seront, je l'espère, les principaux axes d'une vraie stratégie sociale d'entreprise. Plus rien ne doit rester comme avant. Chacun doit se sentir co-entrepreneur, créant un pont entre le travail et le capital. Les quelques groupes industriels qui mettent déjà ces principes en œuvre seront parmi ceux qui traverseront le mieux cette crise.

Emmanuel Faber, PDG de Danone, dans son livre *Chemins de traverse* (Albin Michel, 2011), écrit justement : « L'entreprise est au service d'une altérité. C'est ce qui donne à l'économie son fondement social. De ce point de vue, une décision économique qui ne prendrait pas en compte sa dimension sociale serait une barbarie ; une action sociale qui ne tiendrait pas compte de sa

Le social et l'économie ensemble

dimension économique serait une utopie. On a opposé le social et l'économie, mais ils sont les deux facettes d'une seule et même réalité. La frontière entre les deux passe au cœur même de notre conscience, nulle part ailleurs. » C'est pour l'avoir oublié, pour avoir voulu dissocier l'économique du social que la vague ultralibérale née dans les années 1980 est en passe de retomber. Produire pour produire, s'enrichir pour s'enrichir, cela n'a aucun sens. Cette fuite en avant ne peut que mal se terminer.

Xavier Fontanet, ancien grand capitaine d'industrie profondément humaniste, a publié en 2014 un livre intitulé *Pourquoi pas nous ?* (Fayard-Les Belles Lettres, 2014), dans lequel il explique pourquoi la France a tous les atouts pour réussir dans cet environnement mondialisé, sous réserve de faire les réformes nécessaires. Il s'appuie dans sa démonstration sur quatre pays : le Canada en matière de réduction du déficit et de la dette ; l'Allemagne pour « remettre tout le monde au travail » ; la Nouvelle-Zélande pour la réforme de son système de santé ; la Suisse pour son organisation territoriale. Même si la situation a un peu évolué depuis la publication de ce livre, je reprends à mon tour sa question, en forme de défi : « Pourquoi pas nous ? » Tâche inaccessible ? Il reste à trouver le chemin ou à le créer, sans attendre.

Chapitre 3

Pas de régalien sans social et pas de social sans régalien

Le clivage entre la droite et la gauche se résume souvent à une opposition entre d'un côté le social et de l'autre le régalien. Ce que Raymond Aron exprimait à sa façon en disant : « Qu'on soit de droite ou qu'on soit de gauche, on est toujours hémiplégique. » Comment faire du social sans régalien et faire du régalien sans social ? Tout est une subtile question de dosage. Tellement subtile que cela échappe à la compréhension des Français, qui boudent les deux anciens grands partis depuis près de trois ans. Car, en réalité, le bon sens nous amène nécessairement à plus de justice, de défense, de sécurité pour assurer l'efficacité de l'État dans le contexte intérieur et extérieur actuel et protéger la liberté de nos concitoyens ; et tout autant de social pour faire face à la pauvreté, aux migrations, au chômage, dans un esprit d'égalité et de fraternité.

Si la situation sociale se dégrade, l'insécurité augmente immédiatement, car il faut bien vivre et l'instinct de survie peut conduire à la violence, laquelle découle aussi

L'équilibre est un courage

mécaniquement d'un manque de considération. Ainsi, l'insuffisance d'égards à l'endroit des Gilets jaunes, ressentie comme de l'arrogance, a nourri la colère, qui s'est transformée en défiance, puis en violence. Une majorité de citoyens ont alors pensé que l'État est passé à côté de son premier devoir : la protection de ses administrés. C'est bien un équilibre entre l'État-providence et l'État régulateur qu'il convient de trouver. Et il faudra du courage.

Souvent, j'ai observé que l'exécutif oriente et que Bercy décide. Jusqu'à la récente crise sanitaire, qui semble avoir fait sauter tous les dogmes, le budget de l'État se construisait en fonction des sacro-saints 3 % imposés par l'Europe. On se posait sans cesse ces questions : comment y revenir, comment retrouver notre marge de manœuvre budgétaire et éviter des sanctions de Bruxelles ? Quelle que soit l'indéniable qualité des fonctionnaires qui servent à Bercy, je préférerais que l'on inverse le processus et que la politique reprenne le dessus sur la technique financière. Plutôt le « quoi ? » avant le « comment ? ». D'autant plus que, tous les verrous ayant sauté, ces contraintes féroces d'hier nous paraissent aujourd'hui bien futiles.

Pendant vingt-cinq ans, j'ai assisté à l'élaboration du budget militaire : ce n'était pas l'objectif à atteindre qui comptait, mais les moyens que l'on entendait y consacrer. Peu importaient les conséquences concrètes des coupes qu'on imposait, c'était le montant de l'économie

Pas de régalien sans social...

financière exigée qui était déterminant. Comme les ressources ont tendance à diminuer et les besoins à augmenter, l'étau se resserre et les vrais choix sont repoussés par les techniques financières bien connues des initiés (report de charges, report de crédit, gel des crédits temporaire ou définitif, mesures en cours de gestion annuelle, ressources exceptionnelles, etc.). Combien de fois, entre 2010 et 2017, ai-je assisté à des conseils de défense décidant clairement, chiffres à l'appui, d'une trajectoire budgétaire pluriannuelle pour constater, quelques jours à peine après ces arbitrages, que les chiffres pour le budget suivant ou la gestion du budget en cours contredisaient de manière flagrante et quasi provocatrice les décisions du président de la République, chef des armées ! Cette ambiguïté de fonctionnement ne peut perdurer, car elle est en partie responsable, et depuis longtemps, de l'état de paupérisation de nos budgets des ministères de la Justice, de l'Intérieur et de la Défense, qui n'assurent plus suffisamment la sécurité des Français. Aujourd'hui, les deux ministères régaliens « Intérieur » et « Justice » dépassent à eux deux cumulés à peine 3 % du PIB, soit vingt fois moins (en grande masse) que les dépenses sociales du pays.

Nous sommes un des pays au monde qui consacrent le plus d'argent aux questions sociales. Quand on dépense 1 000 € de crédits publics, 575 € sont consacrés à la protection sociale (dont 268 € pour les retraites et 191 € pour l'assurance-maladie). À comparer aux 60 € pour la totalité des services public régaliens (défense, sécurité, justice).

L'équilibre est un courage

Cela ne peut laisser indifférent. La France se classait, en 2018, au premier rang mondial des dépenses sociales en pourcentage du PIB au classement de l'OCDE.

Ces chiffres sont à méditer attentivement, car, à l'intérieur de cette enveloppe « sociale », des réajustements internes sont probablement possibles et souhaitables. Par exemple, le poids des retraites montre combien on ne pourra pas tourner longtemps autour du pot : il faudra travailler plus longtemps d'une manière ou d'une autre, car on vit plus longtemps et les jeunes générations portent déjà un lourd héritage. Ou alors il faudra diminuer le financement des retraites, ce qui ne semble pas souhaitable. On assiste hélas depuis des années déjà à la retraite de la réforme, plutôt qu'à la réforme des retraites.

Autre exemple : la situation dans nos services d'urgences hospitalières, très préoccupante depuis des années, et qui est le symptôme d'une maladie plus grave qui touche l'ensemble du monde médical, confronté à une succession de changements : progression de l'individualisme, climat économique difficile, vieillissement de la population, nouvelles technologies, etc. Comme le dit l'expression populaire, il n'y avait pas besoin d'être sorti de Saint-Cyr pour voir que la catastrophe était à nos portes. Hélas il n'y a pas pire sourd que celui qui ne veut pas entendre. En réalité, les responsables politiques ont organisé cette insuffisance depuis des décennies, bien qu'il n'y ait ni responsable, ni coupable. Nous l'avons payé

Pas de régalien sans social...

cher il y a quelques mois, alors que les personnels des urgences manifestaient depuis près d'un an avant l'arrivée du virus. Les patients patientaient déjà aux urgences, car il n'y avait plus assez de médecins ni de lits.

Je me souviens de la dissolution de l'hôpital d'instruction des armées du Val-de-Grâce décidée en 2014 et réalisée effectivement à l'été 2016, uniquement pour des raisons d'économies budgétaires. Cette pépite reconnue mondialement pour sa qualité a été supprimée sur l'autel de la revue générale des politiques publiques et des lignes comptables de Bercy. Cette prise d'armes à l'occasion de la dissolution, un jour de printemps 2016, reste dans ma mémoire comme un des moments les plus pénibles de mes dix dernières années militaires. Je me revois passant les troupes en revue, civils comme militaires, en pleurs et dans un état d'incompréhension totale. Ce raisonnement court-termiste trouve aujourd'hui une résonance particulière, alors que pendant des semaines et des semaines interminables on a recherché au printemps dernier les capacités pour résister au virus. Gouverner, c'est prévoir. Évidemment, en l'occurrence, les « petits marquis » de cabinet à Bercy et ailleurs, qui ont fait prendre ces décisions, ont tous eu un bon poste à la sortie et poursuivent leur carrière. Ni responsables ni coupables. Ils doivent couler des jours heureux, avec la satisfaction du devoir accompli. Quand on voit ce qui s'est passé depuis, on mesure leur irresponsabilité. Ils ne devraient pas oublier qu'il est toujours plus facile d'être sur la banquette arrière que sur le siège du conducteur.

Il est temps de quitter les sables mouvants et les enfumages budgétaires. Nous avons besoin de vrais responsables qui soient des managers assumant leurs décisions, qui soient des leaders, des chefs dont on a tant besoin par temps de tempête. Il faut beaucoup d'années pour bâtir la confiance et à peine quelques jours pour la détruire. Voilà ce que je ressentais devant les regards hagards et incrédules des personnels médicaux rassemblés lors de ma lecture de l'ordre du jour de dissolution.

Nous avons donc à repenser en profondeur le rôle de l'État. La redistribution sociale devra se concentrer sur ceux qui en ont vraiment besoin et l'État devra faciliter la générosité privée. Sa raison d'être, le pouvoir régalien, devra redevenir prioritaire, sans oublier d'y adjoindre ce qui fait le socle de la nation : la transmission du savoir, la culture, les infrastructures, la recherche, la santé, l'environnement. Là est la source d'une vie sociale harmonieuse.

La question sociale est civilisationnelle. La culture de l'assistance a largement supplanté celle de l'assurance ; celle des droits dépasse celle des devoirs. Tout ce qui est acquis est acquis ; tout le reste est négociable. L'arsenal des dispositifs sociaux, comme celui des retraites, est un maquis de mesures décidées pour répondre à des tensions

Pas de régalien sans social...

sociales. On ne retranche jamais rien, de peur de mettre les Français dans la rue. Les Français vivent dans un paradoxe permanent : ils souhaitent les réformes sociales, mais les condamnent et les rejettent dès qu'elles entrent en application et les concernent personnellement. On est toujours enthousiaste à l'idée d'abolir le privilège du voisin. Mais on oublie trop vite que nous sommes tous le voisin de quelqu'un. Martin Luther King avait cette belle formule : « Nous ne devons pas être des thermomètres qui indiquent la température de la majorité, mais des thermostats qui transforment et règlent la température de la société. »

Pour réconcilier le social et le régalien, je crois qu'il faut sortir de cette impasse des moyens budgétaires et revenir à une vraie stratégie macro-économique. Pour répondre à la légitime demande de sécurité, il faut d'une part déployer davantage de forces sur le terrain et, d'autre part, faire preuve de volonté politique pour faire appliquer les lois. Chaque jour les policiers, gendarmes et pompiers sont en moyenne agressés 130 fois sur notre territoire. Mais, pour que les sanctions soient crédibles, la justice doit être plus efficace et ses délais plus courts. Notre arsenal législatif est très fourni et rien ne sert de le modifier sans cesse. Le problème est bien sa mise en application. Comment tolérer le pillage par des bandes incontrôlées de l'Arc de Triomphe ou du monument en l'honneur du maréchal Juin ? Pourquoi la peur semble-t-elle changer de camp entre les casseurs et les forces de l'ordre, qui redoutent les provocations ? Souvenons-nous des scènes d'une violence inouïe qui ont suivi la défaite du PSG en finale de la Ligue des champions fin août 2020. L'événement était prévu, les hypothèses envisagées, les plans de sécurité déployés. Et pourtant, des bandes de casseurs ont pu hurler, détruire, piller, fracasser des magasins sur les Champs-Élysées, en plein cœur de la capitale ! Environ 170 interpellations, dont 30 % concernant des mineurs, et, au bilan, à l'heure où j'écris ces lignes, il me semble plus que probable que seulement une vingtaine de jeunes soient condamnés, dont plusieurs avec sursis. Il est urgent de répondre à ces questions tout simplement par plus de fermeté et de rigueur dans l'application des lois, puis des peines. Les mots ont un sens. Une tentative de meurtre ne peut pas être qualifiée d'« incivilité » par les autorités, sauf à déconsidérer la notion d'autorité. On ne peut tolérer que se soit installée une forme de ritualisation de la violence, qu'à la veille de chaque Saint-Sylvestre on accepte la fatalité du spectacle des voitures brûlées au matin du 1er janvier et que les représentants de l'ordre s'interrogent, résignés, sur le nombre de véhicules qui seront concernés. Comme si l'État donnait un *nihil obstat* tacite aux délinquants. Dans les années 1990, Jean-Pierre Chevènement parlait des « sauvageons » ; dans les années 2000, Nicolas Sarkozy désignait « la racaille » ; aujourd'hui Gérald Darmanin évoque « l'ensauvagement » de notre société. Le vocabulaire s'intensifie. L'impuissance politique demeure.

Pas de régalien sans social...

Car, on l'ignore trop souvent, 50 % des délits sont commis par 5 % des délinquants. Il faut donc personnaliser notre approche : éviter d'incarcérer les petits délinquants et les condamner à des peines de substitution utiles pour eux et pour le pays ; faire preuve de plus de fermeté pour ne pas remettre en liberté les multirécidivistes qui engorgent le système judiciaire et polluent les plus fragiles. Ces jeunes habitués de nos prétoires rigolent du système et se moquent de nos forces de l'ordre, impuissantes face à cette arrogance. Ils savent qu'ils seront libérés au pire quelques semaines après leur arrestation et connaissent les risques très limités qu'ils courent. Ils jouent de notre propre faiblesse et des aménagements de peine trop fréquents. Ils poursuivent leurs rodéos sauvages et leurs attaques dans les transports, y compris dans des villes autrefois réputées tranquilles.

Accentuer la mise en œuvre de peines de substitution et d'alternatives à l'incarcération sera donc nécessaire. Celles-ci seront utiles à la collectivité et économiseront le budget de l'État par des travaux d'intérêt général assumés par des condamnés, notamment en voie de réinsertion. Il faut déployer davantage de forces sur le terrain, en coordonnant police administrative, actions de renseignement, de prévention et de maintien de l'ordre, délester les forces de l'ordre de tâches administratives qui n'ont cessé de les submerger, et faire preuve de volonté politique pour faire appliquer les lois. Il est parfois de bon ton de se moquer des Anglo-Saxons, chez qui on négocie souvent les peines. En France, on négocie trop souvent la loi. Alain Bauer avait raison lorsqu'il déclarait : « Nous devons sortir de la prison tous ceux qui n'ont rien à y faire. » Cela libérera des places, mais ne signifie pas l'impunité totale. Un arsenal de peines de substitution reste à construire évidemment, faisant peser des contraintes concrètes, qui empêchent toute rechute dans la délinquance. Cela permettra peut-être enfin de remettre au travail les petits délinquants, qui empoisonnent la vie de nos prisons et ressortent souvent avec un état d'esprit pire qu'à leur entrée, parfois convertis à un islamisme rigoriste, porte d'entrée du terrorisme. Ils seront plus productifs pour la nation et plus facilement réinsérés dans la société, ce qui est le but. Avec un taux d'occupation au-delà de l'acceptable, les prisons sont devenues quasiment hors de contrôle, malgré le recours de plus en plus fréquent aux peines alternatives. Les bâtiments sont souvent insalubres et vétustes ; les conditions sanitaires déplorables. Pour autant, les conditions dans lesquelles environ 10 000 prisonniers ont été libérés pendant la période du confinement, à la hâte et sans mesures suffisantes d'accompagnement, ont mis la société en péril. On assiste déjà aux conséquences de cette décision, avec des récidives violentes commises au cours de l'été 2020.

De la même manière, mieux insérer les personnes en difficulté, pacifier les cités et les banlieues, lutter contre la pauvreté nécessite des investissements, mais réduit ensuite les dépenses de fonctionnement en diminuant le nombre de places de prison ou le volume des indemnités de chômage, par exemple. C'est du bon sens, mais cela requiert une vraie vision globale, interministérielle et pluriannuelle, bien au-delà d'un quinquennat. Les cloisonnements actuels infra-ministériels (chaque ministère compte plusieurs directions qui ont souvent une optique patrimoniale de leur périmètre) et interministériels (chaque ministre se débat pour « tirer son épingle du jeu ») empêchent la mise en œuvre de cette vision. J'ajoute que le court-termisme et la gestion des urgences quotidiennes font le reste, sans parler du découpage territorial, ce millefeuille d'attributions et de « baronnies » empêchant cette capacité à fédérer les efforts dans une véritable cohérence étatique globale.

Et il y aura un prix à payer. Les modèles existent pour réinsérer les jeunes en difficulté. Le service militaire volontaire pour des jeunes de plus de 18 ans dans les centres ouverts depuis 2016, l'École des mousses à partir de 16 ans sous la responsabilité de la Marine nationale, les centres de l'établissement pour l'insertion dans l'emploi (Epide) obtiennent globalement d'excellents résultats pour remettre le pied à l'étrier de ces jeunes à qui l'on donne une deuxième chance. Évidemment, par rapport au coût classique de la réinsertion, ces dispositifs sont plus chers, car l'encadrement est plus nombreux, 24 heures sur 24. On n'obtient rien sans rien. Sinon, c'est la prison, et les dégâts collatéraux que l'on sait pour la société. La seule approche financière et comptable, là

L'équilibre est un courage

encore, nous conduit droit dans le mur. Il faut soutenir et encourager ces dispositifs et cet encadrement parfois héroïque de dévouement.

La sécurité doit être l'affaire de tous et non pas seulement celle de l'État. Aujourd'hui, au regard de la multitude et de la diversité des menaces, il est évident que l'État ne pourra plus assurer seul les missions de protection. La sécurité de nos concitoyens ne se fabriquera pas sans eux. Le combat singulier des services de sécurité contre les délinquants et les terroristes, sous le regard passif de la population, correspond à une vision dépassée. C'est en associant les citoyens, actifs et responsables, à la mise en œuvre de leur propre sécurité, que délinquance, criminalité et islamisme pourront être mieux jugulés. « La société de vigilance » que le président de la République appelle de ses vœux ne doit pas être un simple effet de communication. Sans tomber bien sûr dans la délation, ni dans le royaume du soupçon, elle est une illustration concrète de cette réconciliation nécessaire entre le régalien et le social, entre l'État protecteur et le citoyen acteur, entre les droits et les devoirs. Elle suppose un contact plus étroit entre les forces de sécurité intérieure, qui nécessitent des effectifs supérieurs (de préférence par redistribution interne, en supprimant des postes administratifs), et la population. Je me souviens – c'était il y a plusieurs dizaines d'années – du quadrillage du terrain par la police dans les zones urbaines et des relations particulièrement étroites entre les brigades de gendarmerie

Pas de régalien sans social...

et la population. Je souhaiterais que l'expression « police de proximité » redevienne un pléonasme. Par ailleurs, les citoyens français participeront d'autant mieux à cette société de vigilance qu'ils sauront intervenir au profit d'une personne agressée en se sachant soutenus par leurs concitoyens et rapidement par les forces de l'ordre.

En réalité, en prenant un peu de hauteur, on retombe là encore sur l'équilibre entre la fermeté et l'humanité. Trop d'humanité amène à l'assistance et à la démagogie. Trop de fermeté nuit au dialogue et à la confiance. Il en est de même pour le dosage entre la préservation des libertés individuelles et la nécessaire organisation de la vie collective. Trop de liberté mène à « il est interdit d'interdire ». Rapidement, la chienlit peut l'emporter. Trop de lois restrictives nuisent à l'initiative et à la créativité, et donc à l'ensemble de la communauté.

Je reste persuadé qu'il est possible et surtout nécessaire de réconcilier l'ordre et la justice sociale. Le travail et la récompense par le mérite ne sont pas exclusifs de l'aide sociale de l'État au service de la vraie égalité des chances, à ne pas confondre avec l'assistance. Chacun a ses talents et la mission de l'État consiste à les faire fructifier dans une recherche constante de solidarité et de fraternité. Ce dispositif est d'autant plus efficace qu'il laisse un espace de manœuvre suffisamment étendu pour que chacun trouve sa place, dans une liberté ajustée, source de plus-value collective et de bonheur individuel. Les talents

L'équilibre est un courage

s'épanouissent au service de la nation tout entière grâce à un État organisateur, protecteur et incitatif. Le groupe Michelin résume cela par une belle formule : « Offrir à chacun une meilleure façon d'avancer. » Cette dimension humaine est essentielle pour promouvoir une autonomie encadrée, qui responsabilise et délègue jusqu'aux échelons d'exécution.

Les grandes pandémies ou les guerres dans notre histoire ont toujours provoqué, à la faveur du retour de la mort, un regain de créativité et un rééquilibrage des ressources. Elles ont *in fine* conduit à une réconciliation et à une meilleure coopération, ramenant l'humanité à l'essentiel et redonnant à tous les morts une sorte d'utilité posthume pour une vie meilleure, plus fraternelle et plus organisée.

Chapitre 4

La nation et ses médias

La relation entre le pouvoir médiatique et la nation est subtile et parfois paradoxale, en particulier dans notre démocratie, qui repose notamment sur la liberté de l'information. Ce principe irrigue la vie démocratique. Il est considéré comme acquis depuis longtemps dans nos sociétés, ce qui fait qu'on l'imagine intangible, allant de soi et inscrit dans la durée. C'est une erreur. Ces dernières années, dans un certain nombre de pays dits démocratiques, il a été remis en cause, de façon plus ou moins détournée, ce qui a valu d'ailleurs à ces pays de vifs rappels à l'ordre de la part des autorités internationales, sans grand succès néanmoins. La liberté de la presse est un principe exigeant. Il n'est pas toujours facile de coexister avec elle lorsque l'on représente une autorité, un pouvoir, une institution ou tout simplement lorsque l'on est une personne exposée aux yeux du public. Lorsque la presse use de sa liberté, elle dérange l'ordre établi ou les vérités officielles.

L'équilibre est un courage

Pour autant, comme toutes les institutions participant de la démocratie, la presse doit faire l'objet d'une réflexion sur son fonctionnement, le rôle qu'elle joue et la façon dont elle l'exerce. Surtout aujourd'hui où les pressions économiques auxquelles sont soumis les médias, la révolution du métier de journaliste provoquée par le numérique et les réseaux sociaux induisent une grande confusion dans la fabrication et la diffusion de l'information. Pendant longtemps, la presse écrite et audiovisuelle a détenu le monopole de l'information « libre », sauf au temps de l'ORTF, Office de radiodiffusion-télévision française, créé en 1964, et sur lequel s'exerçait la tutelle de l'État et du gouvernement, vite desserrée d'ailleurs après 1968.

Aujourd'hui, les canaux d'information sont multiples. Les chaînes d'information en continu ont fait leur apparition. Un nombre considérable de médias se sont créés sur Internet. Les réseaux sociaux diffusent de l'information, vraie ou fausse, de façon permanente. Face à ce déferlement de « news », qui nous parviennent de tous côtés, le « spectaculaire » a tôt fait de prendre le pas sur la réalité des faits. Toutes les outrances paraissent permises. L'urgence du « scoop », l'éclat du « buzz » balaient parfois l'exigence de vérification et de hiérarchisation des informations. Bref, nous sommes entrés dans le temps des excès. En conséquence, les médias, comme les autres piliers institutionnels de la démocratie, souffrent d'une profonde défiance de la part des citoyens. J'ai été frappé, au moment

La nation et ses médias

de la révolte des Gilets jaunes, par deux constats : d'abord l'impact des médias sur l'opinion publique, avec des taux d'audience des chaînes d'info en direct battant tous les records, les samedis de décembre 2018 en particulier. Et puis, simultanément, l'agressivité de certains Gilets jaunes envers les médias, assimilés à l'ordre établi, et qu'ils appelaient à combattre. D'un côté une forme d'addiction, de l'autre une vraie répulsion.

En la matière, il faut pourtant se garder des jugements hâtifs. D'abord il n'y a pas *les* médias, mais *des* médias, tout comme il n'y a pas *une* armée, mais *des* armées, dont les fonctions et les rôles sont différents. On ne peut nier qu'il existe en France, comme dans les autres grandes démocraties, des médias de grande valeur qui ont une haute exigence de la qualité de leurs productions, qui savent faire preuve de courage et sont tout à fait conscients de leur responsabilité. Leur présence et leur pérennité sont indispensables à une vie démocratique digne de ce nom. D'autres sont parfois tentés de faire appel au spectaculaire et à l'émotion plutôt qu'à la raison, parce qu'ils sont engagés dans une concurrence féroce, que leurs ressources sont constituées entièrement de recettes publicitaires, et qu'ils sont pris dans une course insensée à l'audience ou au clic. Enfin, il existe une presse qui fait son lit des scandales et des « révélations ». Elle est aussi ancienne que les médias eux-mêmes : souvenons-nous des innombrables libelles et « feuilles » qui, au XVIIIe siècle, stigmatisaient la royauté et dont Louis XVI et Marie-Antoinette furent les victimes

L'équilibre est un courage

expiatoires. Quant aux réseaux sociaux, ils ne sont pas à proprement parler des « médias » (Marc Zuckerberg, le patron de Facebook, le clame à longueur de temps), mais des « relais ». Le problème est qu'ils ont tendance à relayer tout et n'importe quoi et, à cause de la défiance envers les médias professionnels, à s'imposer comme une des premières sources d'information d'une partie des Français, notamment les plus jeunes. À nous d'exercer notre vigilance et notre libre arbitre, et d'éduquer nos jeunes à faire preuve de discernement et de rigueur par rapport aux informations qui défilent sur leurs écrans.

À dire vrai, les excès médiatiques ne datent pas d'aujourd'hui. La presse des années 1930 ou de l'après-guerre pouvait se montrer bien plus excessive que nos médias actuels. Néanmoins, ces derniers sont de plus en plus atteints par un phénomène assez nouveau : l'intrusion d'une dérision corrosive et agressive. Je suis le premier à défendre le sens de l'humour, dont je crois savoir user à l'occasion. Mais un certain nombre de limites ont été dépassées en matière de violation de la vie privée, de cruauté inutile, et même d'allusions à l'apparence physique. Les médias qui usent de cet humour destructeur le font pour des raisons d'audience. Insérer des chroniques d'humour dans les programmes d'information brouille les cartes et participe du délitement de la confiance dans les institutions. Je préférerais le bouillonnement intellectuel et l'incitation à la réflexion, bref une vraie culture du débat apaisé et respectueux des personnes et des opinions.

La nation et ses médias

La liberté des médias doit avoir pour corollaire leur sens des responsabilités. Je sais que c'est un sujet délicat pour les journalistes. Dans les pays totalitaires, l'appel à la « responsabilité » des journalistes est un euphémisme pour cacher une mise sous tutelle et une emprise par le pouvoir. L'inverse, évidemment, de ce que je prône ! À mes yeux, la responsabilité d'un journaliste consiste à vérifier les faits, à croiser les sources, à traiter l'information avec équilibre, à ne pas se laisser dominer par ses opinions personnelles, à ne pas céder au spectaculaire. Le bruit ne fait pas de bien, le bien ne fait pas de bruit. La presse d'opinion est nécessaire à la liberté de parole, dès lors qu'elle autorise le dialogue et la pluralité des convictions, sans tomber dans une sorte de police de la pensée. Les médias ne doivent pas être le quatrième pouvoir, mais bien un contre-pouvoir, faisant entendre ses observations, commentaires, critiques, sans complaisance. Mais sans injustice et sans parti pris. Il leur revient également de diversifier les points de vue. Thomas Sotto, dans une interview donnée à l'été 2019 (*Le Parisien*), disait à juste raison : « On parle trop avec des gens qui nous ressemblent. » Il serait souvent fort utile pour les médias de se rapprocher des « vrais gens », comme le fait fort bien Florence Aubenas, par exemple. Son reportage sur la vie d'un Ehpad durant la crise du coronavirus, paru dans le journal *Le Monde,* nous en a appris beaucoup plus sur cette crise que bien des discours d'experts sur « le monde d'après ».

L'équilibre est un courage

Ce décalage entre la nation et les médias est très délicat à combler et ne pourra l'être qu'avec une vraie soif de vérité et une authentique considération mutuelle. Objectivité et qualité de l'information du côté médiatique. Soif d'apprendre et respect des journalistes du côté de nos concitoyens. Moins d'événementiel et plus de réflexion. Plus de hauteur de vue et de recul dans le temps. Moins de polémiques stériles, de combats de coqs et d'attaques personnelles. Plus de dialogues pacifiques et moins de violences verbales. Plus d'indépendance d'esprit et moins de prêt-à-penser chez toutes et tous, journalistes ou lecteurs et auditeurs. Moins de délits de faciès et plus d'estime a priori de part et d'autre. Ayant eu à côtoyer beaucoup de journalistes ces dernières années, je crois sentir aussi que chacun aimerait aller dans ce sens, car la majorité des journalistes exercent leur métier avec passion et rigueur, dans des conditions très difficiles. Comme ancien militaire, je peux en attester, sur les théâtres d'opération en particulier. Depuis les années 1990, en réalité, avec l'instauration d'une armée de métier employée en opérations, les relations entre les militaires et les journalistes ont profondément changé. Nous partageons la proximité face au danger. Les uns sont armés, les autres cherchent la vérité. Deux catégories se respectent, se côtoient ou s'admirent. J'ai toujours essayé de faciliter le travail des journalistes en tant que chef opérationnel. Ils me l'ont bien rendu et cela fait partie de mes satisfactions, notamment quand j'étais chef d'état-major des armées, mais aussi au Kosovo, en Afghanistan ou au Moyen-Orient.

Chapitre 5

Pour une complémentarité public-privé

Après avoir passé quarante-trois années dans la fonction publique et étant depuis l'été 2017 propulsé dans le monde de l'entreprise privée, je mesure le chemin à parcourir pour une meilleure complémentarité entre ces deux univers, qui se connaissent parfois, mais s'ignorent ou se méfient souvent. Le privé, plutôt adepte de la performance, recherche le sens et la cohésion ; le public, plutôt fier de servir l'État, fait effort vers l'efficience et les gains de productivité. Cependant, dans les deux cas, j'ai trouvé les mêmes problématiques de management, d'adaptation au changement, de nécessaire transformation permanente, de conduite simultanée des opérations et de la transformation, de gestion des crises.

Les échanges fréquents de personnels entre le public et le privé constituent des opportunités intéressantes de bonifications mutuelles, mais je crois que nous sommes encore loin du compte. La fonction publique, d'après ce que j'en ai vu et dans laquelle j'ai été particulièrement

L'équilibre est un courage

heureux de travailler, gagnerait incontestablement à moderniser ses organisations, à mieux gérer ses effectifs et à accroître son efficacité au moindre coût. Combien de fois me suis-je dit : et si ce papier ou cette procédure était financé par mon argent personnel, est-ce que je le maintiendrais ou pas ? La réponse était évidemment : je ferais autrement, car je ne suis pas sûr que ce soit indispensable. Je rappelle simplement que la révision générale des politiques publiques a valu au ministère de la Défense de supprimer 48 000 postes, soit 60 % de l'ensemble de l'effort de l'État (tous ministères confondus) entre 2008 et 2015. Nous avons conduit ces réformes pendant que les opérations se multipliaient de par le monde et il a fallu la vague d'attentats de 2015 sur notre territoire pour mettre fin à la déflation des effectifs.

La « chance » qu'ont connue les militaires pourrait être largement partagée par d'autres, sans pour autant déstabiliser le bon fonctionnement de notre État et sans forcément y aller à marche forcée. Les dépenses publiques françaises représentent environ 57 % du PIB, quand elles sont à 48 % en moyenne pour les pays de l'OCDE. Nous l'avons fait « sans hésitation ni murmure », dans la discrétion et avec le sens du devoir, sous la pression de Bercy, Matignon et l'Élysée, qui n'ont d'ailleurs pas mis le même zèle pour convaincre les autres ministères. Il est vrai que les militaires n'ont pas de syndicats pour les défendre. Mais, quand je constate que, depuis 2017, aucun poste n'a été supprimé dans les autres secteurs de la fonction publique, je reste

Pour une complémentarité public-privé

pantois, car les ruptures technologiques, sociétales et économiques valent pour tous les ministères. Le tout est de le faire de manière humaine, raisonnée et raisonnable. Avec du bon sens et de la méthode, en s'appuyant sur les échelons locaux. Pas simplement par une approche technique, financière, voire complètement technocratique, depuis des bureaux parisiens coupés de la réalité et sous pression du temps et des résultats à fournir, généralement au cœur de l'été pour accoucher du budget avant la rentrée. Tout se passe entre l'arrivée dans nos assiettes des premiers melons et celle des figues. Pour les non-spécialistes du potager, entre les mois de juin et septembre ! Je rappelle que, entre 1981 et 2018, le personnel de la fonction publique en France a augmenté de plus de 40 %, pour une croissance de la population de moins de 20 %.

D'autant que le problème de l'équilibre des finances publiques est fondamental pour le redressement de notre pays. La dette était arrivée à l'équivalent de 100 % de notre produit intérieur brut annuel avant le coronavirus et je n'ose imaginer les chiffres après les 500 milliards investis dans le soutien à notre économie consécutif à la crise sanitaire, chiffre annoncé par le président de la République lui-même lors de son allocution télévisée du 14 juin et justifié par le « quoi qu'il en coûte ».

Pardonnez-moi cette comparaison, qui a le mérite du pragmatisme. Vous ne gagnerez pas le tiercé avec un jockey beaucoup plus lourd que ses voisins. Diminuer les effectifs de la fonction publique est possible et indispensable, à condition de le faire intelligemment, en partant des missions et non pas avec une logique comptable. C'est la seule solution efficace, à moins de considérer que l'argent public est magique. Le ministère de la Défense a supprimé 25 % de ses effectifs entre 2008 et 2015. De nombreux pays européens l'ont fait dans d'autres domaines aussi, en particulier nos amis anglais et allemands, sources d'inspiration comme d'autres démocraties qui ne sont pas moins bien administrées que la nôtre, avec un niveau de dépenses publiques moindre. L'art du chef n'est pas forcément d'inventer de nouvelles solutions, mais de savoir où elles peuvent être.

Quant au secteur privé dans lequel j'évolue désormais avec grand bonheur, je crois qu'il doit retrouver le sens d'une performance plus authentique, bien au-delà de la simple viabilité financière de l'entreprise, en renouant avec la volonté de se mettre au service de la collectivité, volonté encore vivace chez la majorité des fonctionnaires, en dépit de conditions de travail parfois dégradées et de rémunérations égalitaristes et donc injustes. La dimension humaine n'est pas suffisamment prise en compte dans le privé, même si beaucoup d'efforts sont consentis. Le mot « merci » est parfois très rare chez les managers. Il est pourtant essentiel.

Quant à la coopération entre le public et le privé, elle pourrait évidemment être davantage poussée dans son

Pour une complémentarité public-privé

contenu. Dans l'armée, nous avons sous-traité une partie de certaines activités de soutien, par exemple dans l'alimentation. La prestation est de qualité et les suppressions de postes ont créé de vraies économies, surtout si on y intègre le poids des retraites dans la durée. Quatre conditions me semblent essentielles pour cela : que ce soit effectivement plus efficace, que cela n'entache en rien la qualité de l'exécution de la mission, que cela dégage des économies financières et que cela soit acceptable socialement, avec un accompagnement gagnant-gagnant. Certaines missions actuellement assumées par l'État pourraient être utilement sous-traitées, avec prudence mais volontarisme. La réussite du projet « Balard », consistant à regrouper sur un même site l'ensemble des états-majors et des services du ministère des Armées, autrefois éparpillés dans toute la capitale, est incontestable sur le plan opérationnel et le partenariat public-privé fonctionne globalement. Tout n'est pas parfait, mais la qualité et l'efficacité du commandement des armées s'en sont trouvées nettement améliorées.

Je me rappelle le début de la crise du Covid-19 avec les hôpitaux publics de l'Est de la France remplis, alors que simultanément certaines cliniques privées disposaient encore de moyens inutilisés en matière de réanimation. Il a fallu une sorte d'effort de guerre pour braver cette réticence initiale entre deux mondes pourtant voisins et animés du même esprit de service, dotés de personnels de santé d'un dévouement équivalent. La technostructure et

L'équilibre est un courage

les procédures, tirant profit de cette expérience, pourront utilement et incontestablement s'améliorer.

Au bilan, comme souvent, la méconnaissance entretient ces deux mondes, public et privé, dans une ignorance mutuelle, au mieux polie, au pire envieuse ou agressive. La France ne peut pas se permettre cela, alors que le génie français est uniformément réparti. Il reste à le réconcilier avec lui-même.

Chapitre 6

La vocation singulière de la France dans le monde

Le monde est en guerre. Il est partout particulièrement instable. La France peut et doit jouer un rôle de premier plan pour préserver la paix. Le 27 août 2019, lors de la conférence des ambassadeurs, le président de la République a proposé de mettre en œuvre « une stratégie de l'audace », et a évoqué, dans son allocution, les résistances mises en œuvre par « notre État profond », en disant notamment : « Je sais que beaucoup d'entre vous ont de la défiance vis-à-vis de la Russie. » J'espère que ces propos, qui m'ont réjoui, seront suivis d'effet, car j'ai constaté au sommet de l'État une certaine indépendance d'esprit et une loyauté à géométrie variable.

Notre monde est en fusion, et d'aucuns ont du mal à l'admettre. Dominique Moïsi, avec sa grande expérience, déclarait en octobre 2019 : « Il y a trente ans, on avait le sentiment que les dominos tombaient dans la bonne direction. Désormais cela semble hélas être l'inverse : le chaos, la complexité, l'instabilité, gagnent chaque jour du terrain. J'ai eu 73 ans aujourd'hui. Je n'ai pas le souvenir d'un monde aussi complexe. » Les tensions s'accumulent sur notre planète en ébullition : explosions sociales, révoltes populaires, conflits armés, retour des pouvoirs forts. Tous les continents sont concernés. Un sentiment de chaos croissant se répand dans plusieurs régions du globe et la crise mondiale sanitaire n'arrange rien à l'affaire. Le confort diplomatique et stratégique rassure. Le politiquement correct aussi. Cela me rappelle un peu la phrase d'Albert Einstein : « Le monde est dangereux à vivre non pas à cause de ceux qui font le mal, mais à cause de ceux qui regardent et laissent faire. »

Dommage, car j'ai toujours admiré la qualité professionnelle et la culture individuelle de nos diplomates, avec lesquels j'ai travaillé en confiance, en toute transparence. L'école française diplomatique est d'une grande qualité et j'avoue que je considère comme un paradoxe de reconnaître la remarquable valeur intrinsèque de nos diplomates, mais de devoir en même temps constater le relatif immobilisme de notre politique étrangère depuis trente ans. La diplomatie est un art oscillant entre ne pas sacrifier ses principes et promouvoir ses intérêts.

Quand j'étais encore chef d'état-major, il suffisait d'aller à Moscou pour être étiqueté pro-russe, poutinien forcené, etc. Il suffisait de se rapprocher des États-Unis pour être soupçonné d'être à la solde des Américains. Il suffisait de parler de la Syrie avec mesure pour être

La vocation singulière de la France...

immédiatement taxé de pro-Assad. Il suffisait de parler du nécessaire équilibre entre les sunnites et les chiites pour être qualifié de pro-iranien. Il suffisait de se rapprocher de l'Égypte pour être soupçonné d'être un soutien d'un pouvoir militaire anti-droits de l'homme. Souvent, ce sont ceux-là mêmes qui ne veulent pas considérer les changements du monde qui taxent les autres de conservateurs nostalgiques. Ceux-là mêmes qui défendent les droits de l'homme qui soutiennent le régime du président Erdogan, qui abandonne ostensiblement le régime démocratique occidental, par exemple en transformant brutalement la basilique Sainte-Sophie en mosquée. Ceux-là mêmes qui reprochent à la France son action au Rwanda il y a deux décennies qui abandonnent sans remords les Kurdes à leur triste sort. Ceux-là mêmes qui soupçonnent à tort les chefs militaires de déloyauté qui n'obéissent pas toujours aux directives présidentielles. Ceux-là mêmes qui demandent d'inscrire l'action de la France dans la durée qui encouragent la diplomatie du coup d'éclat. Les exemples sont multiples ces trente dernières années.

Le multilatéralisme issu du nouvel ordre mondial consécutif à la chute du mur de Berlin en 1989 explose sous le coup du retour des États-puissance. Il n'y a plus de vraie paix, car il n'y a plus de vraie guerre. Nous sommes entrés dans une nouvelle guerre froide entre les États-Unis et la Chine, une « forme de retour de la guerre par procuration », analyse très justement le général Desportes. N'oublions pas que la Chine n'est pas une simple puissance ; cette civilisation plurimillénaire a été la première puissance mondiale pendant l'essentiel de sa très longue histoire. Quand on se rend sur place, cela saute aux yeux. Deuxième ligne de conflictualité, le terrorisme islamiste international est un cancer, dont les métastases se propagent plus vite que les défenses immunitaires nationales et internationales. L'internationale djihadiste est une réalité durable et mondiale.

Dans ce contexte, la France a une voix spécifique et une vocation historique qui dépasse son simple poids économique et se traduit par sa place au Conseil de sécurité de l'ONU, sa langue qui sera bientôt parlée par un milliard d'êtres humains, sa surface maritime, la première au monde. Elle est un des rares pays à pouvoir parler à tout le monde et trouver des voies de dialogue. Elle peut être acteur de l'histoire et non un simple témoin parfois assisté. Encore faudrait-il admettre avec fierté cette grandeur de la France, sans culpabilité et sans faire repentance en permanence de notre passé. Notre culture historique chrétienne pourrait par exemple nous donner l'opportunité de dénoncer l'accroissement régulier depuis six ans du nombre de chrétiens tués pour leur foi, qu'ils soient arabes, africains ou asiatiques. Le peuple français attend cette voix ; je l'ai ressenti lors de mes déplacements en France. Le retour des nations auquel nous assistons démontre que nous ne sommes d'ailleurs pas les seuls. Les discours culpabilisants des élites mondialisées sont sur ce point en décalage avec les aspirations du plus grand nombre.

La vocation singulière de la France...

Hubert Védrine, là encore, a raison : « La France doit devenir plus réaliste, moins prétentieuse et moins chimérique. Et capable de hiérarchiser ses priorités. Prenons l'exemple de la Syrie : on ne pouvait pas dire à la fois : faire partir Bachar el-Assad, donner leur autonomie aux Kurdes, lutter contre Daech et contenir la Turquie. C'est contradictoire. Il faut faire des choix. » De la même façon, la respiration des deux poumons de l'Europe, « Est et Ouest », est encore chaotique et l'on a cru trop tôt qu'elle était définitivement entérinée. Les convulsions actuelles nous rappellent que la France a un rôle à jouer dans cette construction de l'Europe, notamment vers la Russie, dont on voit le retour de la diplomatie agissante et qui devient une des clefs majeures de cette réconciliation européenne. La France devra aussi repenser sa stratégie au Sahel, avant d'être définitivement considérée comme une puissance occupante. Au Mali, le départ du président IBK sous la pression des militaires est un changement de donne majeur, et il n'y aura pas de solution militaire sans stabilité politique dans la durée. La France devra s'appuyer sur ses partenaires locaux et viser le temps long, en veillant à mieux associer la sécurité et le développement pour sortir du piège sahélien.

Ces dernières années, nous avons gagné beaucoup de guerres, mais perdu la plupart des paix. Parce que nous devons quitter cette approche à la fois généreuse et naïve, d'inspiration très américaine, consistant à vouloir imposer notre régime démocratique aux différents pays dans lesquels nous intervenons, qui sont souvent beaucoup trop éloignés de nos fondamentaux pour pouvoir assimiler instantanément une telle gouvernance. « La diversité du monde, qu'il s'agisse de celle des civilisations, des religions ou des nations implique la diversité des régimes. Chaque peuple, à la lumière de son histoire, élabore les institutions qui correspondent à son caractère, à sa géographie, à ses intérêts. Le rêve d'un monde unifié dans une communauté politique mondialisée est un fantasme progressiste paralysant et désincarné », écrivait avec force, le 22 novembre 2019, Mathieu Bock-Côté (*Le Figaro*).

Les conséquences géostratégiques de la crise sanitaire mondiale sont encore difficiles à tirer, mais il est à redouter que les États forts en sortent en meilleur état que nos démocraties occidentales. Comme l'a déclaré en avril dernier Jean-Yves Le Drian, « ma crainte, c'est que le monde d'après ressemble au monde d'avant, mais en pire » (*Le Monde*). La pandémie pourrait être utilisée à dessein comme la continuation par d'autres moyens de la lutte entre les puissances.

Les organisations internationales, surnommées avec pertinence « stabilisateurs automatiques » par l'ambassadeur François Delattre, ne fonctionnent plus ; et, pourtant, les réponses devront impérativement être coordonnées sur le plan mondial, en tenant compte évidemment des spécificités nationales. Il reste à adapter urgemment

La vocation singulière de la France...

le cadre des organisations régissant l'ordre international face à ce nouveau désordre mondial. On n'en prend pas le chemin a priori, puisque la réforme de l'ONU est à l'ordre du jour depuis bientôt vingt ans, tandis que celle de l'OTAN se concrétise par un nouveau siège, mais pas par une nouvelle alliance. Le président de la République est allé jusqu'à accuser cette organisation d'être « en état de mort cérébrale ». La réunion du G7 à Biarritz en août 2019 a montré que la réforme est nécessaire et que ces sommets formels et formalistes dans un monde aussi changeant gagneraient à être bousculés. Je me souviens de ces réunions bruxelloises interminables à l'Union européenne et à l'OTAN, où l'on pouvait passer deux jours enfermés en conclave sans évoquer une seule fois la lutte contre le terrorisme islamiste radical. Comme si ces organisations vivaient sur elles-mêmes, en suspension et dans un monde virtuel.

La crise sanitaire, économique et géopolitique présente doit nous amener à réétudier la capacité de nos organisations internationales. Il appartient aux responsables politiques actuels de le faire, au rythme et à la hauteur des transformations que nous connaissons. On ne pourra pas dire que l'on ne savait pas. « Le somnambulisme » avant la Première Guerre mondiale ou « l'étrange défaite » liée à la myopie des années 1930 sont de tristes épisodes riches d'enseignements pour nous. Seuls ceux qui ne parviennent pas à étudier l'histoire sont condamnés à la répéter.

Chapitre 7

Arrêtons d'opposer Europe forte et France souveraine

Comment ne pas s'inquiéter de voir se creuser le fossé qui sépare les peuples européens et les institutions de l'Union européenne ? En tant que praticien dans le domaine de la défense, je suis convaincu que le fédéralisme est une impasse et que la souveraineté européenne est un leurre, car il n'y a pas de peuple européen. Le mot souveraineté implique une culture commune. Or, le refus de la reconnaissance de notre histoire commune nous en éloigne fortement. Le progressisme ne suffira pas à fédérer une souveraineté. L'âme européenne est à chercher ailleurs. « Le moment est venu de repenser une Europe fondée sur la civilisation », écrivait au printemps 2020 Hélène Carrère d'Encausse (*Le Figaro*).

Cette erreur collective d'origine idéologique a des conséquences dramatiques, car nous avons un besoin urgent d'Europe. La Chine, les États-Unis, la Russie ne nous attendront pas face aux enjeux actuels du monde. Nous devons rapidement rechercher un compromis historique entre les élites et les peuples. Il faut parvenir à combiner les souverainetés nationales et les grands sujets transversaux coordonnés par l'Europe. La crise sanitaire que nous traversons illustre cette absence européenne en matière d'autonomie stratégique pourtant essentielle dans tous les domaines.

L'Europe bruxelloise doit absolument sortir de son microcosme et de sa myopie. Beaucoup de fonctionnaires de l'Union européenne tuent collectivement l'idée qu'ils sont censés porter. Ils sont pourtant sincères, passionnés et intelligents. Tant de talents pour une cause perdue ! La construction européenne ne s'est pas fondée sur un écheveau incompréhensible de normes, mais sur une ambition collective et une stratégie commune. Le marché intérieur de l'Union européenne est le plus vaste du monde : il serait temps d'en faire un atout pour nous-mêmes, plutôt qu'une aubaine pour les autres.

Il faut cesser d'opposer la construction de l'Europe et le respect des nations. L'un ne va pas sans l'autre. La souveraineté est nationale et les projets en commun se doivent de respecter les pays. Cette souveraineté correspond à l'incarnation d'une nation, elle-même ancrée dans un patrimoine commun et sur un territoire délimité par des frontières. Rêver d'un monde sans frontières est très sympathique, mais malheureusement illusoire. Vouloir unir les hommes et les rassembler est une noble cause, en respectant les talents et les spécificités de chacun. Comble de l'ironie, lors du

Arrêtons d'opposer Europe forte...

confinement, chacun a été appelé et contraint, pour faire face à l'épidémie, de se retrancher derrière les frontières de son foyer, alors que nous avions tant tardé à fermer nos frontières nationales, le terme étant depuis si longtemps considéré comme ringard et la décision presque taboue.

Lorsque j'étais en Afghanistan en 2007, à la tête d'une force composée de soldats d'une quinzaine de pays, je savais que je devais respecter l'autorité des capitales concernées et que c'était seulement à ce prix que nous pourrions faire la guerre ensemble. Toute autre vision aurait été une illusion d'optique. Et dès que la situation se tendait, je devais tenir compte des « caveats » (règles d'engagement adaptées à chaque pays), qui limitaient les zones d'engagement et les conditions d'emploi en fonction des nations. Lors d'un accrochage contre des talibans, il m'aurait été nécessaire d'envoyer en renfort des soldats turcs en dehors de leur zone d'emploi. Compte tenu des restrictions d'emploi (caveats), je n'ai pu le faire. Les Turcs n'avaient pas l'autorisation de sortir de leurs zones nationales. J'ai dû faire appel à des soldats français pour remplir la mission. Je me souviens d'avoir pris conscience à cette occasion des limites de toute coalition internationale et de ce que représentait l'obéissance nationale : on peut faire beaucoup ensemble, mais pas tout.

La coopération européenne est indispensable. En revanche, coopération n'est pas fusion. Agir en commun exige de respecter chaque identité. Les collaborations qui

L'équilibre est un courage

fonctionnent sont gagnantes-gagnantes, le plus généralement concrètement sur des projets clairs tant dans leur contenu que dans leur calendrier. Chaque fois qu'il y a du flou, il y a un loup. L'exemple de l'avion de transport tactique longue portée A400M en est une bonne illustration : cinq ans de retard, un prix de revient beaucoup plus élevé que ses concurrents et des spécifications absentes, parce qu'au départ du projet les intérêts des sept pays signataires du programme n'étaient pas les mêmes et les objectifs trop vagues. Toute coopération internationale sur un équipement majeur se doit d'être très claire sur les objectifs, les calendriers, les spécifications et les volumes. Sinon, au-delà de l'annonce politique initiale valorisante, la gestion dans le temps de ces programmes est extrêmement complexe.

Toute idéologie aveugle est à proscrire. Seul le pragmatisme doit être de rigueur : « ensemble, moins cher, mieux » pourrait être une bonne devise pour nos projets européens. Or, ils sont souvent plus complexes, plus chers et moins efficaces. Les bons exemples existent aussi : l'EATC (European Air Transport Command), qui est une banque du transport aérien, dans laquelle chacun des sept pays signataires met à disposition de l'ensemble les avions disponibles contractuellement. J'ai moi-même à plusieurs reprises utilisé ce système qui fonctionne parfaitement et apporte une vraie plus-value, parce qu'il respecte la volonté des nations et est bien coordonné par l'Union européenne. Plus efficaces, car ensemble.

Arrêtons d'opposer Europe forte...

Il y a donc un grand malentendu de vocabulaire sur la construction de l'Union européenne. À titre d'exemple, la défense européenne fédéraliste et fusionnée est un leurre et l'armée européenne aussi. Ce qui compte est bien la défense de l'Europe, au sens constitutif des pays appartenant à l'Union, voire, au-delà, du continent européen, de l'Atlantique à l'Oural un jour peut-être. Ce qui compte est bien de concrétiser des projets qui nous rendent plus forts et mieux protégés ensemble et non de mettre en place une organisation technocratique supranationale inopérante et inadaptée à la réalité de chacun des pays, dans sa culture, son histoire et sa souveraineté. En outre, de la même manière que l'Union européenne ne doit pas se substituer ni s'opposer aux nations, je ne vois pas l'intérêt d'opposer l'Union européenne à l'OTAN. Les moyens sont les mêmes et il est illusoire de penser que nous puissions nous passer des Américains à terme pour une quelconque intervention d'ampleur. On peut en rêver, mais ce ne sera qu'un rêve. C'est ainsi en matière de transport aérien, de ravitaillement en vol, de permanence de drone, de renseignement, de capacité de commandement en coalition, de capacité de frappes, etc. D'autant que les Anglais ont quitté l'Union européenne et que les Allemands, à ce stade, ne peuvent pas faire la guerre sans autorisation explicite du Bundestag. En revanche, nous devons aller plus loin dans des projets conjoints, comme le char futur, l'avion de combat futur, le drone de combat, la logistique, la formation, les structures de commandement, la plate-forme industrielle... dans le respect des souverainetés des pays et bien au-delà de la dépêche AFP de l'après-midi, valorisante politiquement. « L'armée européenne » est là et pas ailleurs, ni au-delà.

Ce qui est valable pour le secteur de la défense l'est pour l'ensemble des domaines. Harmoniser, améliorer la coopération en matière de sécurité, de droit, d'économie, d'éducation, me semble souhaitable et les Français le comprennent. Mais en apportant une plus-value dans la résolution des grandes problématiques qui nécessiteraient cette coopération. Aujourd'hui l'Europe semble sans stratégie face aux grands sujets (immigration, sécurité, économie, défense, écologie, agriculture) et omnipotente sur les petites décisions liées au quotidien des Européens. Elle semble muette sur les enjeux majeurs et prolixe sur les futilités. L'inverse serait mieux ! D'autant qu'elle excelle dans de très nombreux domaines, comme l'automobile, l'énergie, le génie électrique, le contrôle de la pollution, l'industrie de défense, etc.

Par exemple, il est urgent de fédérer une politique commune pour lutter en profondeur contre les migrations massives, notamment en suscitant une vraie politique de développement dans les pays concernés et en neutralisant les passeurs par des opérations ciblées. La crise migratoire est un poison lent pour l'Europe, qui doit sans délai refonder l'espace Schengen et harmoniser le droit d'asile. Il est aussi urgent de décentraliser aux différents

Arrêtons d'opposer Europe forte...

pays les mesures de gestion propre à chacun, en fonction de sa géographie, de ses frontières et de la volonté de son peuple. Le professeur américain Joshua Mitchell affirme avec justesse : « Les Occidentaux sont les seuls à se sentir coupables de leurs nations » (*Le Figaro*). Cette Europe meurt parce qu'elle a voulu faire mourir les nations et ignorer les demandes légitimes des peuples qui la composent.

Sinon, le réveil des peuples est à craindre, se considérant victimes expiatoires d'une élite coupée de la réalité et imposant sa technostructure au quotidien. Une sorte de sentiment de dépossession habite désormais une grande partie du peuple français. L'attaque au couteau du 31 août 2019 à Villeurbanne causant un mort et huit blessés, dont le seul tort était de sortir du métro, est la résultante de « l'incapacité des pays européens à contrôler leurs frontières et leur impuissance à expulser les déboutés du droit d'asile », a déclaré avec justesse Thibault de Montbrial. « Il faut arrêter de tourner autour du pot », disent beaucoup de gens dans la rue après de telles attaques.

L'ambiguïté mérite d'être levée. Il y a urgence à réconcilier l'Europe-puissance et la France souveraine. Une grande majorité de Français pensent cela, à l'exception des fédéralistes, de moins en moins nombreux, mais encore agissant dans les sphères du pouvoir, et des nationalistes, dont le fonds de commerce est précisément la pérennité du fédéralisme. Le sens de l'histoire amènera, je l'espère, les États-nation à devenir les écluses de l'hyper-mondialisation. L'Europe doit aller dans ce sens. « Un peu d'internationalisme éloigne la patrie ; beaucoup d'internationalisme y ramène », disait Jaurès.

À chaque réunion à Bruxelles, j'ai vu ce que représentaient autour d'une table des délégations de 28 pays différents. Ingérable ! Quel conseil municipal pourrait fonctionner à 28 membres issus de 28 partis politiques différents ? Empreint de son bon sens et son humour de terrien, Clemenceau disait avec justesse : « Pour prendre une décision, il faut être un nombre impair de personnes, et trois c'est déjà trop. » Le Tigre avait peut-être raison. Régis Debray le dit à sa façon : « À force de vouloir accueillir toutes les identités, l'Europe a perdu la sienne. »

Chapitre 8

La rencontre essentielle : Foulards rouges et Gilets jaunes

Après les manifestations et la violence de décembre 2018 sont apparus ici et là, surtout dans les grandes villes, les premiers éléments de ceux et celles qui se sont baptisés les « Foulards rouges », par opposition aux Gilets jaunes. Une sorte de majorité silencieuse et pacifique disait s'opposer à la violence et au désordre public. Comme toujours pour les mouvements de ce genre, celui-ci agrégeait les motivations les plus diverses, y compris un simple soutien politique à la majorité gouvernementale. Ce qui m'a frappé à l'époque, c'est la confusion qui en a résulté, la violence des propos tenus, et finalement la dangerosité de cette situation dans laquelle des Français s'opposaient aux Français.

Les plaies de l'époque ne sont pas cicatrisées et à tout moment elles peuvent réapparaître entre la France blessée, plutôt rurale, des Gilets jaunes et la France légaliste, plutôt urbaine, prônant la paix sociale et l'ordre public. Cette coupure entre la France périphérique, qui selon

L'équilibre est un courage

Christophe Guilly représente de l'ordre de 60 % de la population française, et la France métropolisée s'affichait sous nos yeux, dans deux endroits séparés de Paris. On passait de la théorie à la pratique.

Depuis cette époque, je réfléchis à ces deux France habillées d'un gilet ou d'un foulard, qui toutes les deux ne se comprennent plus. Celle qui n'en peut plus d'être un désert sans bureau de poste, sans maternité, sans médecin, sans usine et sans train. Et l'autre, qui n'en peut plus de la chienlit, de l'insécurité, des manifestations violentes, de la solitude, de la pollution de l'air, de la circulation infernale et des travaux permanents. Celle qui occupe les ronds-points et celle qui subit leur construction. Celle de la culture populaire de proximité et celle de la culture urbaine mondialisée. Celle des « premiers de tranchée », qui a continué à bosser pendant la crise du coronavirus, et celle des télétravailleurs, qui, de chez eux, pouvaient accomplir leurs tâches. En réalité, la question sociale aujourd'hui atteint la nature même du lien collectif, dans toutes ses dimensions.

Christophe Guilly écrivait qu'un Parisien se sentait plus proche d'un New-Yorkais que d'un habitant de la Creuse : leurs existences, leurs espérances, leurs goûts, leurs inquiétudes leur sont mutuellement incompréhensibles. Ce n'est pas totalement faux. Heureusement, beaucoup de Parisiens sont des provinciaux qui s'ignorent.

La rencontre essentielle...

Leurs racines généalogiques sont là pour en témoigner, ce qui crée des ponts plus facilement.

Il reste aussi à réfléchir en profondeur à la ville du futur. Les centres-villes se vident : Paris perd 12 000 habitants par an depuis 2010 et les conditions de vie se dégradent. La métropolisation s'étale dans des conurbations multiples, qui gagnent progressivement sur les territoires ruraux, accroissant d'autant l'écart avec ceux qui sont trop loin pour en bénéficier. Cette logique va être mise à mal par la crise actuelle. Les sièges sociaux de grands groupes entassés dans des centres d'affaires construits dans les années 1960 vont devoir se vider progressivement pour des raisons de risques sanitaires, mais aussi d'accès par les transports. Comment va-t-on faire par exemple dans le quartier de la Défense pour vivre de nouveau normalement ? La solution passera inéluctablement par une déconcentration de ces tours, en privilégiant les capacités numériques, qui le permettent désormais, et le télétravail, qui ne remplacera certes pas les nécessaires relations humaines, mais peut favoriser le retour à une vie dans des villes moyennes, beaucoup plus agréables familialement et économiquement.

Nous ne devons plus penser l'aménagement du territoire principalement à partir d'une vingtaine de métropoles innovantes, désenclavées, concentrant les universités et les emplois diplômés. C'est une erreur de la part de hauts fonctionnaires et de responsables politiques fascinés par la mondialisation et l'air du temps, lequel prône le déracinement et ignore l'histoire, la culture et la géographie. C'est cette logique qui a donné naissance au dispositif intercommunal issu de la loi NOTRe de 2015 et au redécoupage singulier des régions en 2016. « Big is beautiful. » En anglais, cela fait plus branché. Cette logique purement financière et administrative ne correspond pas au désir des citoyens qui vivent sur ces territoires. L'État, là encore, veut faire le bonheur des gens contre leur gré, au lieu de les écouter et de remettre de la proximité. Le développement de la démocratie locale dans les territoires ruraux est une nécessité. La commune est le dernier espace au sein duquel les citoyens ont confiance dans leurs élus, notamment dans leur maire.

La crise du coronavirus a clairement montré la nécessité de renforcer les pouvoirs des maires, ultime échelon sur lequel les citoyens peuvent compter pour résoudre leurs difficultés, a fortiori en période de crise. La proximité est en effet un facteur d'efficacité supplémentaire lorsque les événements se superposent et s'accélèrent. Malheureusement le jacobinisme et l'élitisme français s'accommodent mal de cette nécessaire délégation au plus près du terrain.

Sur ce plan, la force du télétravail a opéré naturellement une forme de rééquilibrage entre les villes et les campagnes. L'« exode » des Parisiens durant les heures suivant l'annonce officielle du confinement en a été un vivant exemple. Beaucoup ont quitté l'univers oppressant

La rencontre essentielle...

de la ville pour rejoindre la campagne. Les ruraux ont ainsi pris une forme de revanche symbolique, aussi surprenante qu'objective. La télémédecine s'en trouve de ce fait renforcée, de la même manière que l'e-commerce, pour compenser la désertification de nos territoires ruraux et favoriser une société plus décentralisée, rurale, verte et positive.

Toutes les pistes possibles doivent être explorées par les pouvoirs publics pour éviter que cette fragmentation ne devienne irrémédiable entre la métropolisation mécanique de notre société et la France rurale nécessaire à l'équilibre de notre pays. Une succession d'actions simples s'impose : aider à résoudre la crise de l'emploi en secteur rural ; mieux soutenir nos agriculteurs, qui entretiennent nos paysages et notre terre ; déconcentrer la vie économique et sociale par une vraie décentralisation bien conduite ; développer les pôles de compétitivité partout où cela est possible, en évitant de concentrer à Paris et dans les quelques métropoles les grandes intelligences, qui « s'auto-neutralisent » ; mener une politique du logement qui rapproche ces deux France ; privilégier les échanges et les brassages sociaux indispensables à une meilleure connaissance mutuelle. Un de mes voisins, agriculteur en Vendée, n'est jamais allé à Paris de sa vie. Un de mes voisins à Paris n'a jamais visité une ferme de sa vie. Les deux n'ont pas l'intention de changer. Il faudrait pourtant les y inciter par une vraie stratégie ambitieuse, en multipliant les opportunités d'échange dès le plus jeune âge (à ce titre, la suppression des classes vertes, à l'école primaire, est très regrettable) et en améliorant la connaissance en profondeur de notre pays, de ses régions, de son histoire, de sa culture. Là encore, il faudra éviter la politique de l'autruche ou du daltonien qui confond les couleurs, le jaune et le rouge. Avant là aussi qu'il ne soit trop tard et que les Foulards rouges ignorent définitivement les Gilets jaunes et vice versa. Voilà un projet stratégique pour la France, au moins pour ceux qui croient encore en elle et « au pacte vingt fois séculaire entre la grandeur de la France et la liberté du monde », selon Charles de Gaulle.

Cette opposition et cette méconnaissance entre Paris et les territoires ne sont pas nouvelles. Balzac en a fait son miel et Rastignac son « À nous deux ! ». Mais, chaque fois dans notre histoire que cette coupure a été trop profonde, cela s'est mal terminé. Les cahiers de doléances de l'hiver 2018 ne sont pas sans nous rappeler les années 80... du XVIIIe siècle, même si, je le crois et l'espère, les vieilles nations ne meurent jamais.

Chapitre 9

Réconcilier les cités et la République

Nos banlieues aujourd'hui présentent deux visages contradictoires : une grande désespérance issue de la montée de la radicalisation, de la violence, de la pauvreté, de la surpopulation, du trafic aux ordres des dealers et de leur organisation bien rodée ; une grande espérance aussi, lorsqu'on voit la volonté de s'en sortir de certains jeunes créateurs d'entreprise, salariés, responsables d'association, le courage des mamans qui font face aux difficultés du quotidien en travaillant et en élevant leurs enfants, souvent nombreux, les efforts des élus qui se battent pour leurs concitoyens, notamment sur les plans du logement, de la sécurité, de l'emploi, de la culture, les chefs d'entreprise qui investissent pour que cette jeunesse s'en sorte. Si la République tient, c'est parce qu'il y a dans ces cités des gens héroïques, généreux et engagés, qui font beaucoup plus que ce que l'on pourrait attendre d'eux.

L'équilibre est un courage

Alors, que faire et comment faire ? Le plan « Borloo » donne déjà des résultats et le récent rapport du même nom était plein de bon sens. Dommage qu'il n'ait pas été considéré. La tâche est immense. La première mesure me semble d'arrêter d'accueillir dans ces quartiers des personnes nouvelles et de reprendre le contrôle des flux migratoires. Il s'agit avant tout de durcir les conditions du regroupement familial et de réformer le droit d'asile pour éviter qu'il ne constitue un appel d'air difficile à maîtriser. Il s'agit surtout de réduire l'immigration illégale en renforçant la protection des frontières et en mettant effectivement en œuvre l'éloignement des étrangers en situation irrégulière. Ces mesures doivent être entreprises évidemment avec toute l'humanité nécessaire, mais aussi la fermeté suffisante. Les chiffres de ces dernières années vont exactement en sens inverse et il serait temps d'arrêter de se cacher derrière son petit doigt sur le nombre d'entrées en France d'immigrés clandestins comme sur celui de renvois effectifs d'étrangers en situation irrégulière. Ces deux catégories n'ont rien à voir avec les réfugiés des guerres, qui viennent tout simplement chercher chez nous un peu de bonheur, des soins médicaux, un toit et des droits. Il y a un réel danger si nous ne parvenons pas à intégrer toutes ces femmes et ces hommes dignement. Il y a eu 132 414 dossiers de demandeurs d'asile déposés en 2019 à l'Office français pour les réfugiés et les apatrides (Ofpra), soit 7 % de plus que l'année précédente. Nous avons dépassé l'Allemagne. Sur ce plan, il faut aider les élus qui se battent courageusement au quotidien pour soulager la misère, encourager les initiatives, favoriser l'emploi, développer la culture. Ils sont nombreux et majoritaires à être courageux, obstinés dans ce sens. Ils incarnent l'honneur de notre République. À l'inverse, nous devons en finir avec les dénis et les démissions collectifs. Il suffit pour cela tout simplement d'appliquer la loi visant à expulser les immigrés illégaux. Les exemples de laxisme sont tellement nombreux, notamment en matière judiciaire. L'autorité s'affaiblit toujours lorsqu'elle a peur d'elle-même.

La question du retour des étrangers en situation illégale dans leur pays d'origine reste entière. Un étranger sur deux placé en centre de rétention administrative n'est actuellement pas éloigné à l'issue de sa rétention. Cette politique, qui a fait le succès des extrêmes en Europe depuis plusieurs dizaines d'années, est suicidaire. Une enquête Elabe pour BFM TV datant de début novembre 2019 montre que « pour 59 % des Français les sujets de l'immigration et de l'asile doivent être évoqués actuellement et que ce sont des sujets majeurs ».

Combien de plans ministériels ou gouvernementaux pour les cités a-t-on élaborés depuis vingt ans ? Il faut attaquer le mal à la racine et arrêter les flux d'entrée. Le rapport parlementaire de Rodrigue Kokouendo et François Cornut-Gentille sur « l'évaluation de l'action de l'État dans l'exercice de ses missions régaliennes en Seine-Saint-Denis » est révélateur de l'incapacité des pouvoirs publics

L'équilibre est un courage

à établir un simple diagnostic clair de la situation de ce département. À titre d'exemple, nous ne connaissons pas le volume de la population, même à 100 000 habitants près. De la même manière, les étrangers en situation irrégulière y seraient, selon ce rapport, entre 100 000 et 400 000.

D'après les données diffusées par l'Insee, nous avons un peu plus de 14 millions de personnes d'origine étrangère sur deux générations en 2018, soit 21 % de la population. Des personnes qui ont choisi de construire leur vie en France et qui appartiennent à la communauté nationale. Ce chiffre très élevé ne peut plus être dépassé si l'on veut accueillir, intégrer ces femmes et ces hommes qui, pour leur grande majorité, le souhaitent et le méritent. C'est l'honneur de la France. Dépasser ce seuil nous ferait courir un risque, à moins d'accepter que le multiculturalisme ne devienne l'objectif idéologique à atteindre pour éradiquer définitivement le creuset national. Dans cette hypothèse, il faudra assumer, comme disent les marins, les effets de bord que je préfère ne pas imaginer, tant ils risqueraient d'être mortifères pour notre pays.

Pour certains, le séparatisme est même l'objectif à atteindre et ils ne ménagent ni leurs efforts ni les moyens pour ce faire. Longtemps maire de Sarcelles, François Pupponi, dans son livre *Les Émirats de la République* (Le Cerf, 2020), révèle comment les salafistes pénètrent les quartiers, infiltrant les associations et les partis, se

Réconcilier les cités et la République

jouant des règles et des lois. Les petits arrangements électoraux et le clientélisme sont trop souvent la norme dans certaines banlieues. Achetant la paix sociale, certains élus embauchent même des salafistes sous couvert de médiation ou font infuser le discours anticolonialiste. Ces pratiques doivent être condamnées fermement, sous peine de le payer très cher. Les hésitations sémantiques sont coupables en la matière. On ne peut pas en même temps vivre en France et la haïr. On ne peut pas en même temps prôner la réconciliation et tolérer la destruction.

Ensuite, le désenclavement des ghettos me paraît urgent pour combattre le communautarisme et l'impossibilité de se sentir français en France. La reconquête républicaine de certains quartiers sera de toute façon nécessaire, pour éradiquer l'entrave à la liberté des populations qui y vivent. Les cours de langue française, le retour d'un brassage des populations par l'éducation, les crèches, le logement, les activités culturelles sont des directions à suivre, comme l'ont fait les Danois à partir de 2018 avec des résultats intéressants. Dans l'armée, la vigilance est grande pour éviter ce syndrome des regroupements par affinités et promouvoir le brassage et la cohésion, au service du groupe. L'exemple de la Légion étrangère montre combien cela est possible de rassembler des personnes de milieux et de nationalités différents ; cela fonctionne, mais à au moins une condition : avoir un but commun, en l'occurrence la protection de la France et des Français, non par le sang reçu, mais par le sang versé.

L'équilibre est un courage

C'est bien pour cela que refaire de l'école le creuset républicain est essentiel. Évidemment, l'école est au cœur de la politique d'intégration. Mais, aujourd'hui, un tiers des enfants sortent encore du primaire sans savoir lire, écrire et compter correctement. La base de l'intégration est la culture. Les élus de ces quartiers me le disent régulièrement, quelle que soit leur tendance politique. Il faut faire partager à nos petits Français ce sentiment national. Les réformes en cours vont dans le bon sens, mais leur rythme est encore un peu lent, tant l'urgence est grande. Cela passera aussi par la formation des enseignants, les choix pédagogiques, les programmes et les modes de gestion des établissements. Cela passera enfin par le maintien des enfants en scolarité, qui constitue une sorte de prévention de base, car, quand un enfant quitte l'école, c'est un premier signe alarmant. Il faut intervenir le plus en amont possible.

De nombreuses actions sont déjà menées en ce sens. Par exemple, l'Institut Télémaque est une association de loi 1901 créée en 2005 qui agit pour favoriser l'égalité des chances dans l'éducation en accompagnant des jeunes méritants et motivés, issus de milieux modestes et de quartiers sensibles, dès la classe de 5e et jusqu'à l'obtention du bac, par le biais d'un double tutorat : un tuteur en entreprise et un référent pédagogique de l'établissement scolaire. L'Institut Télémaque encourage les filleuls par quatre leviers : l'ouverture socio-culturelle, la découverte du monde professionnel, la confiance en soi, les performances scolaires. Sa mission est de développer le potentiel de réussite des jeunes parrainés. Depuis 2005, le dispositif a assuré le tutorat de plus de mille jeunes avec plus de deux mille parrains engagés. Une goutte d'eau, diront les pessimistes non sans raison, mais une goutte d'eau qui montre que c'est possible.

Cette situation exigera incontestablement une revalorisation du métier d'enseignant, si important, mais si difficile aujourd'hui, a fortiori dans les quartiers sensibles. Pour être professeur des écoles, il faut disposer d'un bac+5. Tout cela pour gagner en début de carrière un peu plus du SMIC net mensuel, avec une perspective de progression faible. Le système ne peut plus tenir, si l'on veut conserver une ressource de qualité et des professeurs motivés ; si l'on veut aussi recruter des jeunes et les fidéliser. La responsabilité de l'éducation de nos enfants constitue un prix à payer, celui d'une vocation exigeante, mais aussi d'une reconnaissance de la nation.

L'incapacité à trouver un emploi est aussi un frein énorme à l'intégration, surtout chez les jeunes. Pour des raisons de facilité, ils s'orientent souvent vers l'intérim, avec la précarité qui en découle, coincés entre les CDI trop protecteurs, qui freinent l'embauche, et les CDD trop précaires. Ce système pénalise les moins qualifiés, parmi lesquels beaucoup habitent ces cités. Ils se retrouvent dans un cercle vicieux qui les mène souvent à retomber dans le deal, où ils gagnent bien mieux leur vie. Beaucoup d'initiatives existent heureusement là aussi. Le dispositif « 100 chances, 100 emplois », initié en 2004 par Henri Lachmann à la tête du groupe Schneider, montre qu'il est possible de réussir. Plus de 1 000 entreprises réparties dans 38 villes de France coopèrent pour fournir un emploi à des jeunes en difficulté d'insertion professionnelle. 6 000 jeunes ont ainsi trouvé une situation durable. Là encore, ce n'est pas suffisant, mais la direction est bonne.

Il faudra bien également un jour s'attaquer sérieusement à la lutte contre l'économie parallèle dans nos cités, quelles que soient les actions déjà entreprises aujourd'hui courageusement par nos forces de l'ordre, nos élus et nos responsables associatifs, qui méritent le respect. Ce sera un chantier délicat, car depuis des décennies on a lâché prise en grande partie par manque de volonté politique et de moyens. Les trafics de drogue et d'armes, voire parfois la prostitution, de même que la délinquance multiforme, se font désormais à visage découvert ou presque, sans pour autant que l'on estime possible ou souhaitable d'y mettre fin, probablement pour des raisons d'évaluation du risque d'explosion de ces quartiers, mais aussi de capacités. Souvenez-vous de ces scènes de guerre dans un quartier de Dijon en juin 2020. Deux bandes rivales, l'une maghrébine et l'autre tchétchène, se disputant les trafics, s'affrontèrent en toute impunité pendant plusieurs jours devant les caméras, avec des images quasi en direct de jeunes cagoulés armés de kalachnikovs et d'armes de poing. Ces deux cents jeunes de part et d'autre tiraient en l'air, hurlant des insultes comme sur les théâtres de guerre, tirant sur les caméras de surveillance et brûlant des voitures, au cœur de la capitale bourguignonne, au cœur de la France. Cela ne peut plus durer, pensent la majorité des Français, sans parler des Dijonnais, apeurés devant de telles scènes à leurs portes.

Il est temps de mener une réflexion sur ce thème. Il ne suffit pas de s'attaquer aux conséquences des problèmes, mais aux causes, quelles que soient les difficultés d'ordre public qui en découleraient. La tentation est trop grande pour les plus jeunes de devenir guetteurs et de basculer ensuite du mauvais côté.

Un des facteurs qui permet à un grand nombre de tenir est la religion musulmane, qui leur donne ce soutien qu'ils attendent. J'ai pu le vérifier moi-même dans mes conversations avec les jeunes des cités. Certains me disant avec lucidité qu'ils ne supporteraient pas leurs conditions de vie sans la prière quotidienne à la mosquée. Il reste à veiller à ce que ce soutien ne mène pas vers la radicalité. Par notre culture chrétienne, par notre héritage napoléonien, nous pensons trop souvent qu'une religion, c'est une hiérarchie et un mode de gouvernement. C'est une erreur concernant l'islam sunnite, qui n'a ni pape, ni évêque, ni clergé. De ce fait, notre État a bien du mal à dialoguer efficacement avec cette religion. Il faut en urgence progresser dans ce domaine, en s'appuyant sur la bonne volonté locale des imams et des fidèles, les mieux

L'équilibre est un courage

à même de juguler les menaces. C'est ainsi que l'aumônerie musulmane militaire procède dans les armées, en étant un soutien agissant auprès du commandement, tout en facilitant la liberté de culte individuelle. Sur ce plan, il me semble que les armées constituent aussi un bon laboratoire.

Simultanément, il ne faut pas confondre les sujets entre l'islam – au sens de la pratique calme et convaincue d'une religion –, le communautarisme – qui conduit à une forme d'autonomie par rapport au creuset national –, l'islamisme – qui est la transformation d'une foi en idéologie politique –, la radicalisation – qui est un mode d'expression de cette idéologie contestant les lois et les principes républicains –, et enfin le terrorisme – qui conduit à la violence la plus extrême. L'amalgame ne constitue pas une politique efficace. Il nourrit la rancœur et l'injustice. Il encourage l'ambiguïté et empêche de dénoncer l'inacceptable, par exemple l'islam politique, totalement incompatible avec notre laïcité, qui me semble être le meilleur rempart sur tous ces sujets.

À tout cela s'ajoutent la délinquance et la violence issues des trafics, concentrés géographiquement souvent dans ces cités, qu'il ne faut pas amalgamer avec ce qui précède par un raccourci réducteur ou simplificateur, mais qui a souvent un lien néanmoins. Toute réconciliation entre les cités et la République passera par une finesse d'analyse, une connaissance du terrain et une palette d'actions adaptées aux situations locales, dénouant cette complexité pour éviter toute injustice, créatrice de désordres supplémentaires. C'est à ce prix que l'on réconciliera la foi et la loi.

Dans certaines cités, le lien entre les salafistes et les dealers est particulièrement prégnant et le nombre d'islamistes radicaux augmente dangereusement. Même si l'habit ne fait pas le moine, les tenues à la sortie des salles de prière non officielles – et pour beaucoup d'entre elles en réalité illégales – sont éloquentes. Sans faire d'amalgame, il faut toutefois ouvrir les yeux. Il n'est jamais trop tard pour agir. Il faut passer des paroles et des grands débats aux actes. Sinon, « à raconter ses maux souvent on les soulage », disait Corneille, mais on ne les guérit pas. Il est urgent de séparer le bon grain de l'ivraie et d'expulser ces quelques radicaux qui ne nous veulent que du mal et nuisent à la religion musulmane. La laïcité républicaine passe aussi par une lutte contre l'intégrisme et la défense de nos valeurs.

Sur ce plan, notre dispositif carcéral est trop souvent un accélérateur de la radicalisation. Une mission d'information de l'Assemblée nationale conduite au printemps 2019 par les députés Éric Diard et Éric Poulliat affirme que « la radicalité dans les prisons atteint un niveau alarmant ». Certains agents pénitentiaires, au contact quotidien de prisonniers radicalisés, se radicalisent eux-mêmes. Mais le plus grave est que de nombreux jeunes qui viennent pour purger une peine de courte ou moyenne durée en ressortent radicalisés, parfois définitivement, car soumis à la pression de leurs codétenus. Il faut donc rapidement améliorer notre dispositif d'évaluation des détenus de droit commun radicalisés pour éviter toute contagion. Ils seraient de l'ordre de 1 200. Plusieurs témoignages de jeunes des cités m'ont confirmé ce qui est écrit dans ce rapport.

Et puis, ne l'oublions pas, la première dignité passe par une infrastructure adaptée. Toutes ces tours construites dans les années 1960-1970, pour accueillir à la hâte de la main d'œuvre supplémentaire, ont mal vieilli et doivent être détruites. Beaucoup de travail a été accompli, par exemple à Montfermeil ou aux Mureaux, grâce notamment au plan Borloo, mais la tâche est encore immense et le prix à payer sera élevé. On le voit bien : quand les bailleurs sociaux, les élus, les associations, les forces de sécurité s'engagent ensemble à préserver un cadre de vie agréable, les résultats sont là dans la durée. La qualité du logement est un facteur clef de la réussite d'une vraie politique d'intégration et de réconciliation entre les cités et la République. L'humain et l'urbain sont liés étroitement.

Ensuite, une politique d'apprentissage de la langue et des fondamentaux de la culture française est indispensable. Elle est une des clefs pour comprendre les us et coutumes et se comprendre les uns les autres. Elle est un instrument de paix et de concorde. Elle permet aux parents de mieux remplir leur rôle.

Réconcilier les cités et la République

Enfin, il faudra bien se résoudre à éradiquer l'insécurité croissante dans ces « territoires perdus de la République » et à reconquérir ces zones de non-droit par une force juste et une justice forte. Depuis le temps que les gouvernements successifs nous expliquent que tout va mieux dans les statistiques de la délinquance, tout en étant obligés d'accroître sans cesse le nombre de places de prison, il faut se résoudre à la réalité. Les faits sont têtus. À titre d'illustration, une étude de l'Observatoire national de la délinquance et des réponses pénales (ONDRP) décrit dans le détail « la criminalité sur le territoire du Grand Paris » en 2016-2017 et la situation ne s'est pas améliorée depuis : les cambriolages sont contagieux ; les violences gratuites et les rixes entre bandes se multiplient ; les vols avec violence se concentrent dans certains endroits, en particulier les vols à l'arraché.

Les forces de sécurité ne cessent de le dire : globalement, la situation se dégrade. « Il y a une telle banalisation de la violence qu'il faut attendre qu'un policier soit très gravement blessé pour que la peine judiciaire soit conséquente, souligne l'avocat Thibaut de Montbrial. Il y a vingt ans, certains faits auraient fait les grands titres ; ils se commettent aujourd'hui dans l'indifférence générale. » Nous assistons à la mise en place de véritables guet-apens, qui se multiplient. Il est très difficile de procéder à des interpellations, car les jeunes ont généralement le visage masqué et portent bonnets, cagoules et capuches. Plusieurs fois par

L'équilibre est un courage

semaine, les policiers, gendarmes ou pompiers tombent dans ces embuscades plus ou moins provoquées par ces dizaines de jeunes, qui utilisent des mortiers en tir tendu, des boules de pétanque envoyées en direction du visage, des cocktails Molotov pour enflammer les véhicules. À la fin du mois d'octobre 2019, il y a même eu trois attaques simultanées dans les Yvelines, au Val Fourré, à Trappes et aux Mureaux. Il est de plus en plus difficile d'exercer le métier de sécurité publique, car les représentants de l'État sont perçus par certains groupes de jeunes comme une bande rivale. Cette situation n'est pas nouvelle, mais l'intensité et la fréquence des attaques sont de plus en plus préoccupantes. La peur ne doit pas être dans le camp des forces de l'ordre, qui méritent notre soutien.

C'est d'ailleurs une des causes principales du mécontentement de nos concitoyens, car le premier devoir d'un État est d'assurer la sécurité des habitants. Il est temps de renouer avec l'ordre. Il est temps de repenser la sécurité intérieure dans sa globalité pour réconcilier les cités et la République. Trois solutions, schématiquement, devraient s'offrir à ces délinquants : expulsés s'ils sont en situation irrégulière, incarcérés s'ils sont condamnés, intégrés s'ils le souhaitent et que le cercle vertueux sociétal réussit à les convaincre. En espérant que la colère sourde qui gronde dans le peuple de France contre cette insécurité et dans les cités contre ce sentiment d'injustice ne se traduise pas par une explosion, une sorte de « coronarchipel ».

Cinquième partie

La personne au centre des préoccupations

Chapitre 1

L'Homme ne doit pas organiser sa propre éviction

L'arrivée d'Internet et des téléphones portables dans les années 1990, le développement des réseaux sociaux dans les années 2000, la robotisation accélérée depuis une dizaine d'années, le déploiement de l'intelligence artificielle ces toutes dernières années ont bouleversé notre vie quotidienne, à bas bruit et en accéléré. C'est un nouveau modèle de société qui s'est construit en quelques décennies, et l'intensité de cette révolution a créé de nouvelles fractures, éloignant ceux qui savent et ceux qui ne savent pas, les anciens qui courent après ces changements et les jeunes, nés à l'ère numérique, qui les conduisent.

Il faut d'abord poser comme principe que le progrès technique n'est pas une fin en soi. Depuis trente ans, les découvertes scientifiques et leurs applications ont sans conteste apporté beaucoup de bienfaits à l'humanité, mais élever le progrès au rang de but pour notre société, ne plus le considérer comme un moyen, me paraît dangereux. Le tout est de garder un équilibre entre – si l'on

L'équilibre est un courage

caricature – les fous furieux du progrès technologique et les nostalgiques rivés au rétroviseur : la science n'est ni bonne ni mauvaise en soi ; c'est l'utilisation que l'on en fait qui en détermine la valeur.

Il faut donc savoir raison garder et utiliser tous les progrès mis à notre disposition par la science, à la condition qu'ils restent maîtrisés et au service de l'humanité. Restons équilibrés entre l'utilité et la prudence. Le progrès modifie notre quotidien de manière parfois positive : notre pharmacien ne part plus de longues minutes pour chercher les médicaments prescrits sur l'ordonnance ; trois clics sur l'ordinateur, un robot adapté, et ils arrivent en quelques secondes. Grâce aux nouvelles technologies, nous avons pu nous convertir rapidement au télétravail pendant la période de confinement, en maintenant un lien aussi virtuel que réel avec notre environnement personnel et professionnel. Mais ce n'est pas parce qu'une avancée technologique est possible qu'elle est souhaitable. Ainsi, restons vigilants sur les automates sans contrôle humain. J'ai toujours eu cette approche concernant les robots tueurs, par exemple les drones armés. On peut rapidement être trahi par la technique et, quand la vie humaine est en jeu, la confiance n'exclut pas le contrôle.

Sur le plan de l'emploi, l'automatisation et l'intelligence artificielle vont affecter la majorité des métiers, en faire disparaître certains, en modifier d'autres profondément, en créer de nouveaux. Et, inéluctablement, augmenter les inégalités. Comment faire pour que le nombre d'emplois ne diminue pas à terme, pour que de nouveaux métiers soient créés à hauteur de ceux qui n'existeront bientôt plus ?

Pour faire face à cette automatisation, il faudra chercher à améliorer la complémentarité entre l'homme et la machine, plutôt que la substitution des machines aux travailleurs. Cette complémentarité doit permettre d'émanciper les personnes, leur épargner les tâches les plus répétitives et leur permettre de mettre en œuvre dans leur travail les qualités propres à l'homme, la créativité, l'empathie, la résolution de problèmes complexes, etc. L'intelligence artificielle, qui crée de la valeur à partir du traitement de données, est déjà présente partout et des pays ont pris beaucoup d'avance en investissant massivement. C'est le cas des États-Unis, de la Chine, mais aussi d'Israël, du Canada ou du Royaume-Uni, où se trouvent la plupart des mastodontes du secteur. Pour rattraper son retard, la France devra se concentrer sur quelques domaines clefs. Le rapport de Cédric Villani en 2018 suggère intelligemment de regrouper les efforts d'investissement sur « la santé, l'écologie, les transports-mobilité et la défense-sécurité ». Autant de secteurs où la synergie entre public et privé est capitale et peut donner d'excellents résultats. Dans le domaine de la défense, la recherche doit être duale et servir bien sûr aux robots civils. L'intelligence artificielle n'a pas de statut civil ou militaire. Cette réconciliation entre travailleurs et machines est fondamentale pour l'avenir.

L'équilibre est un courage

Elle doit aussi passer par un dispositif de formation professionnelle continue, qui soit adapté à l'évolution des compétences. La technologie ne doit laisser personne sur le bord du chemin. Je disais souvent comme chef d'état-major des armées dans mes adresses aux forces que la transformation, avant d'être un état de fait, est surtout un état d'esprit. Or cette révolution est en marche et nous sommes entrés, quel que soit le jugement qu'on puisse porter sur elle, dans une période de transition technologique.

Dans les entreprises, cette révolution implique une prise de conscience rapide de l'ampleur et de la complexité du déploiement de ces technologies dans le monde du travail. L'IA impactera toutes les dimensions du capital humain dans notre économie et se pose comme un défi majeur pour les dirigeants. Telle ou telle robotisation a démarré, mais elle devra s'intégrer dans une organisation plus vaste et une stratégie adaptée. C'est cette vision d'ensemble que les patrons doivent avoir rapidement, avant que la technique ne prenne le pas sur la stratégie d'entreprise. Donner du sens à cette transformation sera nécessaire pour l'intégrer dans le contrat social de l'entreprise.

Simultanément, les clients et les salariés exigeront davantage de transparence et de sécurité. Les algorithmes, qui sont présents dans tous les secteurs économiques et dans notre quotidien, doivent faire l'objet d'une attention redoublée. Aurélie Jean, chercheuse de haut rang et spécialiste de ces questions, explique dans son livre *De l'autre côté de la machine* (L'Observatoire, 2019) combien ces algorithmes, qui sont élaborés par des scientifiques et reflètent la vision du monde de ces derniers, peuvent être biaisés et doivent être soumis à des examens éthiques approfondis. L'anticipation sera une des clefs du succès, pour conduire avec un temps d'avance l'adaptation des organisations. Les directeurs des ressources humaines verront leur responsabilité « augmentée », car cette problématique hommes-machines viendra compliquer les parcours des salariés et leur visibilité. Le rythme des progrès techniques pourra d'ailleurs entraîner des effets disruptifs qu'il conviendra de gérer, à défaut de les avoir anticipés quand cela n'aura pas été possible.

L'intelligence artificielle va aussi révolutionner les administrations publiques. Je pense en particulier à l'automatisation des tâches administratives répétitives. Le prélèvement à la source en est une première illustration. J'espère seulement que cela constituera une opportunité pour l'administration de peigner les tâches indispensables en supprimant les démarches inutiles ou superfétatoires. Peut-être aussi que la machine comprendra que les dates de naissance changent rarement au cours d'une existence et que l'on pourrait ainsi éviter de les redemander à chaque acte administratif ! Peut-être aussi que la détection d'anomalies administratives sera facilitée par la machine ! La modernisation et l'anticipation stratégique de l'État seront, je l'espère aussi, grandement améliorées, en intégrant un maximum de données, qui faciliteront les prises de décision.

Le désastre de la pandémie que nous venons de subir a révélé combien on pouvait améliorer notre gestion d'une crise qui avait été tout à fait envisagée dans les scénarios de surprise stratégique, recensés dans les deux derniers Livres blancs sur la défense et la sécurité nationale. La rigueur scientifique pourra peut-être obtenir de meilleurs résultats pour que l'État anticipe davantage les situations de ce type, s'y adapte et parvienne à fonctionner en mode dégradé.

Quant à la gestion des RH, nos presque 5,5 millions de fonctionnaires devraient en bénéficier avec une gestion prévisionnelle de l'emploi et des compétences plus fines qu'aujourd'hui. Il s'agit une fois de plus de remettre l'homme au centre. L'administration connaît des emplois, des étiquettes, mais ne s'intéresse pas assez à ceux qui les occupent. L'État doit découvrir que ses serviteurs sont tous différents et qu'ils ne doivent pas être traités comme de simples exécutants. À quoi bon avoir des fonctionnaires compétents, dévoués et intègres, si leurs talents et leurs efforts ne sont pas suffisamment reconnus par leur hiérarchie ? La gestion des ressources humaines consiste à tirer le meilleur parti de cette diversité et de cette richesse, à donner à chacun la chance de faire mieux et de

L'Homme ne doit pas organiser...

progresser dans sa carrière. Le challenge est élevé. Certains ministères sont plus en avance que d'autres.

Souhaitons que l'IA reste à la place à laquelle elle doit demeurer dans notre société : un moyen d'améliorer notre vie quotidienne, au service de la personne, et non pas un maître. Le domaine de la santé sera particulièrement intéressant à suivre. Aucun algorithme, aucun robot ne pourra se substituer à la relation si dense et si riche entre un médecin et un patient. Le premier est souvent le confident de la famille, connaît les difficultés qu'on ne lit pas dans des résultats d'analyse et peut poser des diagnostics qu'une machine ne trouvera jamais. Si l'intelligence artificielle est appelée à imposer sa loi, orientant la conduite des affaires humaines, elle dépassera largement ses prérogatives. L'homme mérite mieux que d'être réduit à servir un robot, même si, dans les rêves fous des transhumanistes, ce robot serait une machine meilleure encore que l'homme, corrigeant toutes ses prétendues imperfections – celles-là mêmes qui constituent son humanité. L'homme ne doit pas organiser lui-même sa propre éviction, au risque que la nuit du désespoir le recouvre.

Quant à la révolution numérique, là aussi, rien ne sert de s'opposer béatement au changement. Il faut le façonner et le conduire par une politique qui préservera notre souveraineté dans l'espace numérique. La France est déjà entrée dans l'ère de la cyberguerre. Dans l'armée comme dans les entreprises, les attaques cyber font partie du quotidien. En 2018, 80 % des entreprises ont constaté au moins une attaque. Un tiers d'entre elles en ont subi plus de dix. Les projets innovants en IA doivent d'ailleurs être protégés. Les entreprises qui sont attentistes dans ce domaine ont tort et le paieront tôt ou tard. C'est ainsi. On ne choisit pas son époque ; on l'épouse. Les principales parades dépendent à 80 % d'un bon management et à 20 % de technologies protectrices. Faire face à ces périls paraît donc à notre portée, même s'il ne faut pas négliger le risque d'une attaque de masse sur le plan numérique, dont les ravages dans notre vie quotidienne seraient dévastateurs. Je préfère l'évoquer, car peu de personnes en parlent, alors que les dégâts seraient incommensurables. Imaginez seulement notre monde si Internet venait à tomber…

Comment pourrait-on envisager de vivre sans téléphone portable ? Et pourtant, de nombreuses personnes aujourd'hui en sont souvent esclaves. Il est indispensable de nous discipliner afin de reconquérir une forme de liberté, à l'école, en famille et au travail. Il est rare d'assister à une réunion – même dans les lieux de pouvoir les plus prestigieux – sans que les participants gardent en permanence un œil sur leur smartphone et répondent à leurs messages en écoutant d'une oreille plus ou moins distraite ce qui est dit ! Ces comportements ne sont pas seulement grossiers ; ils sont inefficaces et diluent l'attention de chacun. Recensez le nombre d'heures que vos enfants passent dans une journée sur leurs écrans, devant des jeux vidéo ou en surfant sur les réseaux sociaux. On sait aujourd'hui que ce n'est pas sans conséquences sérieuses pour leur santé. Le virtuel doit, à un moment ou à un autre, s'incarner dans le réel. Bien souvent, dans certaines familles, on vit sous le même toit, mais pas dans le même univers.

Philippe Delmas a publié fin 2019 un excellent livre sur le *Pouvoir implacable et doux* de la Tech (Fayard, 2019). La Tech est pour lui tout ce que l'électronique a accumulé depuis cinquante ans, des PC à Internet, en passant par les puces, les robots et tous les logiciels. Elle est « une machine à créer de l'inégalité », qui profite en priorité à une minorité, et pour qui l'efficacité est la seule valeur. Il faut donc, selon lui, prendre en compte la nature singulière de la Tech, et des inégalités qu'elle provoque, sans quoi nos démocraties sont en danger. Je rappelle que pendant le confinement, « 13 millions de personnes sont restées exclues du numérique », essentiellement parmi « les populations les plus fragiles : seniors, personnes peu diplômées, ménages aux revenus modestes », selon Claire Hédon, à l'époque présidente du mouvement ATD Quart Monde.

L'arrivée de l'informatique quantique va encore accélérer ces changements et donc cette nécessité de maîtrise. Les problèmes qui auraient nécessité plusieurs années de calcul informatique pourront être résolus en quelques secondes. Les bouleversements induits d'ici une vingtaine d'années seront, selon certains experts, comparables à l'arrivée d'Internet dans les années 1990.

Quant aux réseaux sociaux, ils font désormais partie du quotidien de nombre de Français. Twitter s'est imposé comme le nouveau théâtre de la politique mondiale. Le président Trump incarne cette dérive. La violence des propos est d'ailleurs à la hauteur du format autorisé. Nos sociétés numérisées perdent le sens des nuances, parce qu'elles oublient le sens des mots. Et si les réseaux servent à créer des liens, ils sont incapables de nous donner une appartenance. Ils peuvent même entraîner la colère, l'angoisse, la trahison, le doute, la jalousie, à vitesse accélérée et à grande échelle. Ils peuvent surtout constituer un réservoir à « fausses nouvelles » déstabilisatrices et dangereuses.

Je n'ai pas de solution miracle face aux réseaux sociaux et à cette nouvelle féodalité 2.0. La seule chose que je recommande est d'éviter d'y perdre trop de temps. Rien ne remplace le contact réel avec l'autre, sans intermédiaire, sans écran, les yeux dans les yeux.

Chapitre 2

(Re)trouver le bonheur dans le travail

Réconcilier l'homme et le travail passera d'abord par l'équilibre entre l'activité professionnelle et la vie personnelle. On rencontre dans notre société les deux excès. Il y a ceux et celles qui vivent et pensent par et pour le travail, sans pour autant que leur existence soit comblée par ailleurs. Généralement, ces personnes sont difficiles à vivre et en réalité malheureuses au fond d'elles-mêmes, entraînées souvent dans le tumulte de leurs ambitions. Ces boulimiques du boulot rentrent chez eux très tard dans la nuit, sans faire de bruit pour ne pas réveiller leurs proches (quand ils en ont encore), et partent très tôt pour arriver au bureau avant leurs collaborateurs. Ils travaillent même le week-end et s'accordent une courte pause le dimanche pour une grasse matinée, avant de reprendre dès le dimanche après-midi. Ils inondent leurs subordonnés de messages à toute heure du jour et de la nuit. Beaucoup de nos responsables politiques au pouvoir tiennent et s'imposent ce rythme. On comprend pourquoi

L'équilibre est un courage

Jacques Chirac disait que réussir en politique était d'abord « une histoire de sélection naturelle ».

C'est une des explications très concrètes de la coupure entre les dirigeants et les citoyens, qui n'ont pas du tout – heureusement pour eux ! – les mêmes préoccupations, ni le même rythme de vie. Certains de nos responsables se donnent à fond dans leur métier et attendent, pour ces efforts excessifs que personne ne leur a demandés, une gratitude et une reconnaissance qu'ils estiment toujours trop faible. Il est temps de réconcilier notre pays autour de l'équilibre entre le travail et la vie privée. « Il faut avoir deux métiers : le premier qui nous donne les moyens de vivre ; le deuxième qui nous donne les moyens d'oublier le premier. »

Simultanément et paradoxalement, il y a dans notre société une culture du travail minimal, qui s'est instaurée à bas bruit depuis une cinquantaine d'années, avec d'ailleurs le concours bienveillant des dirigeants politiques, ceux-là mêmes qui travaillent 90 heures par semaine. Cette culture a abouti à l'instauration obligatoire des 35 heures, mesure emblématique de cet état d'esprit. Il y a cinquante ans, la valeur travail était consensuelle. Le métier faisait partie de l'identité. On « était » professeur, médecin, agriculteur ou cheminot. Ce n'était pas une activité parmi d'autres dans l'existence, c'en était le centre et sa signification allait bien au-delà de la seule rémunération. On ne pouvait plus être rentier. Aujourd'hui, le travail a de moins en moins la cote et cela explique pour une part cette incroyable pénurie de main d'œuvre qui freine l'économie en période de grand chômage. Dans de nombreux secteurs, les entrepreneurs peinent à trouver les gens dont ils ont besoin. Cela tient aussi pour une part à l'absence des compétences recherchées. Notre système éducatif peine à offrir des formations correspondant aux besoins de notre économie. Mais cela tient également au refus de certaines servitudes. Les Français admettent parfois avec difficulté les horaires décalés, les conditions de travail difficiles, les métiers déconsidérés. Nous payons cette habitude détestable de sous-payer les emplois les plus pénibles, de déconsidérer les métiers les plus utiles. Espérons que nous aurons tiré la leçon du confinement et que nous revaloriserons ces premiers de tranchée, d'ordinaire hélas invisibles et qui ont fait tourner la France pendant qu'elle était à l'arrêt. Mais, d'une façon générale, notre époque ne donne plus au travail un rôle aussi central qu'autrefois. Les jeunes générations attendent du sens, hiérarchisent leurs priorités, veulent de la liberté, de l'autonomie, des loisirs, pour le meilleur souvent, mais parfois pour le pire. Et le confinement n'a fait qu'étendre cette relation paradoxale au labeur. Peut-on s'en accommoder alors que nous allons faire face à la plus terrible crise depuis la grande dépression de 1929 ?

Le taux d'activité des Français en âge de travailler est l'un des plus bas d'Europe, avec 62,2 %, à comparer aux 79,6 % en Suisse. Ce qui a fait dire à Nicolas

L'équilibre est un courage

Baverez dans un éditorial en avril 2019 (*Le Point*) : « la France, ce pays où l'on méprise le travail ». Au lieu de privilégier la souplesse du temps de travail en fonction des situations et des métiers, on a « étatisé » les 7 heures par jour pendant 5 jours, ouvrant ainsi très grandes les portes aux loisirs. Au-delà des problèmes de concurrence et de performance que cela pose et qui sont réels, cette mesure a instauré ce mécontentement structurel lié à l'insuffisance des revenus au regard du temps disponible. En outre, moins on travaille, moins on a envie de travailler. Et comme tout travail mérite salaire, mais que tout salaire se mérite par le travail, on organise en quelque sorte la nécessité des heures supplémentaires. C'est le « travailler plus pour gagner plus ». Après avoir rigidifié par idéologie, on court après la flexibilité par une succession de lois depuis vingt ans.

Les armées françaises ont échappé à cette logique du temps de travail, malgré une directive de l'Union européenne, qui voulait imposer aux militaires un décompte détaillé du temps quotidien de travail, y compris en opérations. Je me suis battu entre 2010 et 2017 pour que cela ne se fasse pas, car cela constituerait une entorse à l'état d'esprit qui prévaut encore aujourd'hui : la disponibilité, la gratuité, le sens de l'effort, « le travail pour loi, l'honneur comme guide », qui sont des mots qui ont un sens pour les jeunes qui choisissent de s'engager. Au moment où les responsables cherchent à redonner du sens, la technostructure veut gagner du terrain, avec un risque majeur : que la gestion l'emporte sur les convictions. On n'emmène pas des gens au bout du monde pour une grande cause avec des statistiques de temps de travail. Ce modèle n'est évidemment pas transposable en l'état dans notre société, mais le laboratoire militaire est intéressant et peut faire réfléchir.

Les modalités du temps de travail ne doivent pas devenir la finalité du travail, les loisirs non plus. François d'Orcival déclarait à juste raison dans un éditorial en avril 2019 : « Il n'y a de vertu que le travail. » Quand le mercredi à midi, dans certaines entreprises ou administrations, on fête la bascule de la semaine vers le week-end qui se rapproche, ce n'est pas bon signe. Et pourtant, c'est la réalité vécue aujourd'hui par beaucoup de salariés, stagiaires, contractuels. Je préfère me rappeler les applaudissements pour nos personnels de santé tous les soirs à 20 heures, qui se sont donnés sans compter pour sauver des vies, plus que pour bien gagner leur vie !

On aura beau créer, comme on le fait dans certaines start-up, des « happiness officers » (on croit donner du poids à la fonction en lui donnant un nom anglais !), on se trompe. Lorsque les choses sont bien dirigées, il n'y a pas besoin de « happiness officer ». Mieux vaut créer alors des cours de management pour les cadres qui en manquent. La cohésion est un état d'esprit, pas un processus comme les autres, en français comme en anglais. Pierre Bellon, patron fondateur du groupe Sodexo, pour lequel j'ai une grande admiration, disait déjà en février 1992 : « Plus les interrelations augmentent et plus le besoin de considération personnelle s'amplifie. » C'est dans cet esprit qu'il avait créé l'Association pour le progrès du management (APM), qui existe toujours et qui consiste à former les chefs d'entreprise une fois par mois dans des clubs à implantation locale. Je participe moi-même aux formations APM et c'est toujours un grand bonheur à chaque rencontre. Pierre Bellon avait très tôt compris que la vie est une aventure interactive et que, sans les autres, on ne peut pas bâtir un vrai projet de vie ; on ne peut pas accroître le bonheur national brut.

Cela conduit à réfléchir à l'essence même du travail, qui, pour beaucoup, est devenu un mal nécessaire, pour vivre ou pour survivre, en fonction des situations. Albert de Mun déclarait à la Chambre des députés, le 25 janvier 1884 : « L'homme, l'être vivant avec son âme et son corps, a disparu devant le calcul du produit matériel. Les liens sociaux ont été rompus ; les devoirs ont été supprimés ; l'intérêt national lui-même a été subordonné à la chimère des intérêts cosmopolites, et c'est ainsi que la concurrence féconde, légitime, qui stimule, qui développe, qui est la nécessaire condition du succès, a été remplacée par une concurrence impitoyable, presque sauvage, qui jette fatalement tous ceux qu'elle entraîne dans cette extrémité qu'on appelle la lutte pour la vie. » Nous étions à l'époque en pleine révolution industrielle. Nous en sommes, semble-t-il, au moins à la troisième étape de cette révolution, mais les mêmes causes produisent les mêmes effets.

Les civilisations qui ont rendu les personnes heureuses d'aller au travail ont été florissantes et les périodes de transition de modèles sociétaux ou de révolution industrielle ont toujours provoqué des difficultés sociales. Albert de Mun poursuivait il y a 115 ans : « ... Depuis un siècle, des doctrines nouvelles se sont levées sur le monde, des théories économiques l'ont envahi, qui ont proposé l'accroissement indéfini de la richesse comme le but suprême de l'ambition des hommes, et qui, ne tenant compte que de la valeur échangeable des choses, ont méconnu la nature du travail, en l'avilissant au rang d'une marchandise qui se vend et s'achète au plus bas prix. » Propos d'une actualité saisissante. Il est temps de réconcilier aujourd'hui aussi l'individu et le travail. D'autant que notre économie, sonnée par la crise du Covid-19, nous impose de nous retrousser les manches. Le piège d'un télétravail généralisé et subi et du recours massif au chômage partiel ne doit pas nous détourner du seul remède possible face à la récession : le travail. Bien sûr, dans certains secteurs comme, par exemple, le tourisme, la restauration ou la culture, ce n'est pas l'envie de travailler qui fait défaut, mais la possibilité même d'exercer son métier. Les milliards d'euros investis par l'État pour permettre aux entreprises de passer le cap de l'arrêt brutal de leurs activités ne seront pas éternels et il faudra pour une bonne partie les rembourser. Chaque Français

L'équilibre est un courage

le sait bien à titre personnel : on ne vit pas bien longtemps à crédit.

Pour que nos concitoyens reprennent goût au travail – pour ceux et celles qui l'ont perdu –, il faut évidemment que chacun à son niveau pratique « l'obéissance d'amitié », que j'appelle de mes vœux depuis le début de ma carrière professionnelle, celle où l'adhésion l'emporte sur la contrainte, celle qui rend heureux les salariés, les fonctionnaires, celle qui produit l'efficacité par la cohésion et l'esprit d'équipe. La France est, depuis ces dix dernières années, championne d'Europe de la grève et de l'absentéisme. On ne pourra pas continuer comme cela indéfiniment.

Beaucoup de luttes sociales pourraient être évitées si les différents échelons hiérarchiques se souciaient davantage des femmes et des hommes, si le dialogue présidait en amont des décisions, plutôt que la seule logique financière, en évitant de considérer les conséquences sociales. Le mot clef pour cela est bien sûr la confiance, qui autorise la responsabilisation, la délégation, source de motivation et de satisfaction. La rupture initiée en mai 68 est, pour les plus jeunes générations, une page d'histoire. Notre jeunesse attend considération et respect pour épancher sa soif d'engagement et de générosité dans l'effort. Gandhi a déclaré : « C'est dans l'effort que l'on trouve la satisfaction et non dans la réussite. Un plein effort est

(Re)trouver le bonheur dans le travail

une pleine victoire. » « S'élever par l'effort » est aussi une belle devise militaire.

Il est donc urgent de redonner du sens au travail. Travailler, c'est participer à l'effort collectif, se réaliser en apportant sa pierre à l'œuvre commune. Il me revient cette anecdote. Trois ouvriers sur un chantier taillent des pierres. Ils utilisent les mêmes instruments et reproduisent les mêmes gestes. Un quidam s'approche et interroge chacun d'eux sur ce qu'il est en train de faire. Le premier répond : « Je taille des pierres. » Le deuxième : « J'érige un mur. » Le troisième : « Je bâtis une cathédrale. » Ce dernier évidemment avait tout compris. Chacun se doit de retrouver son essentialité dans le travail, sans quoi chaque matin devient une épreuve, voire un supplice. L'homme vit de son travail, mais aussi par son travail. « Il faut choisir : se reposer ou être libre », disait Périclès.

Cette inhumanité qui imprègne trop le monde économique doit être corrigée et, tout comme la condition ouvrière de la première révolution industrielle était intolérable, les conditions de travail aujourd'hui méritent d'être ré-humanisées. Les travailleurs, quels qu'ils soient, doivent être reconsidérés, non pas comme des charges, mais comme des personnes, comme le fondement de la richesse de toute entreprise. La réflexion sur les rémunérations, sur l'écart acceptable entre le salaire le plus haut et le plus bas, sur la notion de « juste salaire », s'inscrit dans ce contexte. Il y va de la dignité humaine et des

L'équilibre est un courage

fameux droits de l'homme, dont on parle beaucoup et que l'on ne met pas assez en pratique dans la vie économique. En échange, évidemment, il y va aussi des devoirs et de la loyauté des travailleurs. Là aussi, droits et devoirs sont indissociables.

Quant à l'évolution des métiers, elle est troublante, voire perturbante, mais me semble normale. En 150 ans, beaucoup de métiers ont disparu. Ce phénomène s'accélère avec les nouvelles technologies et la mondialisation, mais il a toujours existé. La crise du coronavirus a incontestablement mis au jour la coupure sociologique entre les cols blancs télétravailleurs et les cols bleus producteurs sur le terrain au quotidien. Mais cette tendance court depuis au moins 50 ans. Quand j'étais en école primaire, l'instituteur nous disait déjà : « Vous serez les cols blancs du XXIe siècle ! » Mais sans pour autant mépriser les cols bleus, comme ce fut parfois le cas par la suite.

Un entrepreneur du BTP me raconta un jour que, ayant un chantier très moderne avec des techniques nouvelles, il proposa au directeur d'école de son village d'organiser une visite pour les écoliers. Le jour dit, il vit arriver sur le chantier les différentes classes encadrées par leurs professeurs. Il entendit alors l'un d'eux dire à ses élèves : « Vous voyez, si vous ne travaillez pas bien aujourd'hui en classe, c'est ici que vous devrez travailler plus tard. » Dur à entendre pour un professionnel fier de maîtriser les techniques innovantes. Mais combien de parents aujourd'hui en sont encore à penser qu'on ne peut « réussir dans la vie » en travaillant de ses mains ? Là encore se pose une question-clef de notre siècle, le retour à une forme d'équilibre. Comme le souligne David Goodhart dans son nouveau livre, *Head, Hand, Heart* (Allen Lanc, 2020), le monde du travail se divise entre ceux qui utilisent avant tout leur tête – leurs capacités d'analyse et d'abstraction – dans l'exercice de leur profession, ceux qui font appel à leur cœur – c'est-à-dire à leur intelligence émotionnelle, à leur empathie – et ceux qui ont besoin de leurs mains – d'une dextérité manuelle ou d'une force physique. Depuis les années 1970, toutes les sociétés occidentales ont valorisé à outrance les élites surdiplômées, qui font appel à leurs compétences cognitives, aux dépens des deux autres catégories. Mais pour surmonter les crises majeures que nous traversons, et pour retrouver une société véritablement démocratique, il nous faudra sortir de cette absurdité et redonner un statut et une dignité à tous les travailleurs.

Enfin, cessons de répéter que « l'on n'y peut rien ». Les fatalistes n'ont jamais changé le monde ! Chacun d'entre nous peut, à sa place, participer à la construction d'un monde du travail plus humain et plus juste, plus fraternel et plus équitable. Le doute, c'est le début de la défaite, et toute victoire est d'abord collective. J'espère que nos organisations syndicales, essentielles dans notre équilibre démocratique, évolueront dans ce sens, en abandonnant certains verrous idéologiques pour se mettre au

L'équilibre est un courage

service véritable des ouvriers, des salariés, des cadres, afin de construire un monde du travail où la personne sera remise au centre des préoccupations, au service du bien commun.

Comme souvent, dans le travail comme dans la vie, l'herbe nous semble toujours plus verte à côté. Méditons cette phrase pleine de sagesse de saint Augustin : « Le bonheur, c'est de continuer à désirer ce que l'on possède. »

Chapitre 3

L'Homme et la nature

« Quel monde allons-nous laisser à nos enfants ? » Cette question taraude beaucoup de Français et je l'entends si souvent. Comment envisager une croissance – démographique comme économique – qu'on pose comme infinie dans un monde par essence fini ? Comment préserver les conditions de vie de l'humanité et le trésor dans lequel nous avons la chance de vivre ? Georges Pompidou disait déjà en 1971 : « L'emprise de l'homme sur la nature est telle qu'elle comporte un risque de destruction de la nature elle-même. » Face à ce sujet, deux écueils me semblent à éviter : l'idéologie ou la myopie ; et deux principes doivent guider notre action : la responsabilité et l'équilibre.

Je crois au dérèglement climatique. J'en ai observé les multiples effets de par le monde. Dans le désert sahélien, au Mali, au Niger et au Tchad notamment, la hausse des températures a entraîné la disparition de points d'eau : les populations sont contraintes de partir pour survivre.

L'équilibre est un courage

Ces migrations accélèrent les conflits, car ces nouvelles populations s'installent là où elles peuvent, déséquilibrant les fragiles équilibres ethniques ancestraux. Comme chef d'état-major des armées, j'ai dû en gérer les conséquences.

La plupart des enquêtes d'opinion montrent une prise de conscience des Français, soucieux de préserver l'environnement. Un sondage Elabe, Véolia, *La Tribune*, réalisé en novembre 2019, révèle que 85 % des Français se disent préoccupés par les questions environnementales, dont 54 % très préoccupés. Les mobilisations en faveur de la sauvegarde de notre planète, initiées notamment par les plus jeunes dans tant de pays, ont été spectaculaires depuis quelques années.

Certains affirment que la Terre est certes entrée dans un cycle chaud, un des nombreux cycles climatiques qu'elle a connus au cours de sa si longue histoire, mais que nous n'avons pas la certitude que l'action de l'Homme en soit responsable. Sauf que l'accélération folle de nos modes de vie en matière énergétique a changé la donne de manière tout à fait inédite et qu'il existe un consensus de la communauté scientifique internationale pour reconnaître que ce dérèglement n'est pas semblable aux précédents et que son origine est largement due aux activités humaines. C'est pour cela qu'ils ont baptisé notre ère « l'anthropocène ».

Il m'est arrivé l'été, par forte chaleur, de prendre le frais un soir de nuit étoilée. J'ai assisté au ballet incessant des scintillements mobiles, non pas des étoiles filantes, mais des avions dans le ciel. J'ai pensé au ciel de mon enfance où de temps en temps, avec un peu de chance, au même endroit et à la même heure, je voyais passer une seule petite lumière. Le monde a tant changé ! Tout cela ne peut pas être sans conséquence, alors que les avions ne sont pas l'activité la plus violemment polluante et destructrice de notre planète. Mais tous ces voyageurs qui contribuent à accroître l'effet de serre ont-ils vraiment besoin de cette frénésie d'allers et retours ? J'ai fait le même exercice un soir de printemps confiné, dans un silence total et par un ciel étoilé magnifique et immobile, sans aucun avion, et je me suis dit que rien n'était irréversible.

Lors de cette période de confinement, le télétravail, en dépit de ses limites, a révélé ses atouts et nous nous sommes habitués à un nouveau mode de fonctionnement à distance. Les outils numériques nous ont permis de préserver un peu de notre vie sociale, de raviver les contacts et l'intérêt que nous nous portons les uns aux autres. Ce mal qui s'est abattu avec brutalité et de manière imprévisible a peut-être provoqué des modifications dans nos modes de vie et de consommation, de nature à encourager le changement de culture indispensable à la préservation de notre trésor naturel.

Pour sauver notre planète, il faudra réguler l'ensemble du capitalisme économique mondial, réexaminer en profondeur les règles et les normes qui le régissent. Les preuves sont écrasantes des conséquences dévastatrices qu'aura sur des milliards d'êtres humains la simple élévation d'1,5 degré de la température moyenne. On estime à un million le nombre d'espèces (sur les 8 millions d'espèces, plantes et bêtes) menacées d'extinction, un chiffre sans précédent, selon un rapport long de 1 800 pages et rédigé par un groupe d'experts de l'ONU, composé de 455 scientifiques. Les océans, qui sont pourtant un « bien commun de l'humanité », sont également menacés. Catherine Chabaud, première femme à avoir fini un tour du monde à la voile en solitaire et engagée dans la préservation des océans qu'elle connaît si bien et sait menacés et ravagés, a eu raison de lancer un appel pour mobiliser l'opinion autour de leur sauvegarde. Les destructions ont principalement pour cause l'activité humaine : surpêche, trafics, braconnages, agriculture intensive, urbanisation, pollutions diverses de l'eau et de l'air. La nature se meurt et elle fait désormais figure de chef-d'œuvre vivant en péril. Pour assurer sa survie dans les siècles à venir, l'homme est confronté à un choix historique. Certains vont jusqu'à dire que l'homme est en train de créer une sorte de monstre climatique.

La dérive financière de notre économie, obsédée par la seule recherche du profit, a conduit à négliger la dimension sociale – nous l'avons évoqué –, mais aussi la dimension écologique. Il est temps de revenir à une forme d'écologie intégrale, que j'appelle de mes vœux. Il faut rendre la production et l'économie circulaires, avec plus de recyclage et moins de déchets. En cela, je soutiens la démarche RSE, que j'ai déjà mentionnée, en veillant à ce qu'elle ait un vrai impact dans les stratégies d'entreprise, bien au-delà des effets de manche, de communication ou de mode. Seule une action de l'ensemble des acteurs, depuis les entreprises jusqu'aux organisations du commerce mondial, pourra changer véritablement notre modèle. C'est un défi gigantesque qui nécessitera du courage et de la persévérance de la part des grands de ce monde, face aux nombreux lobbys cyniques et puissants. Après cette crise sanitaire, connecter la relance économique et la transition écologique est une ardente obligation. Il faudra encourager la vertu et aider ceux qui avancent. J'espère qu'émergera une génération de responsables, femmes et hommes conscients de ces enjeux, convertis à ces problématiques et prêts à conduire un changement que l'opinion appelle de plus en plus de ses vœux.

Comment ne pas vouloir protéger et sauvegarder la nature, quand on contemple la France des paysages, ce pays si divers et si beau que j'ai parcouru au gré de mes affectations militaires et des manœuvres d'entraînement sur le territoire ? La France du Mont-Saint-Michel, celle des calanques de Cassis, des rochers de Rothéneuf, des forêts landaises et de la plaine d'Alsace, des verts pâturages franc-comtois et des sommets alpins enneigés en principe éternellement, des collines gersoises avec leurs champs de tournesols, des vignes bourguignonnes aux couleurs d'automne, du soleil couchant et de la lumière de la Loire, de la puissance de l'océan Atlantique qu'on contemple sur une plage, des couleurs des Antilles et des eaux transparentes de la Nouvelle-Calédonie, de la splendeur des paysages de Corse à couper le souffle, des volcans du Puy-de-Dôme, des pics pyrénéens et de l'infini des plaines du Nord, la France des randonnées vosgiennes et alsaciennes, celle du pays bitchois, des camps militaires de Champagne à perte de vue, des étangs de Sologne poissonneux, des campagnes vallonnées et souvent méconnues d'Île-de-France jusqu'aux marches de la capitale. La France des paysages, celle que décrit si bien Denis Tillinac, quand il vante le bonheur de vivre au milieu des champs, est intimement liée à la poésie française et à notre patrimoine littéraire inestimable et si envié à l'étranger, car contempler, c'est habiter poétiquement. Albert Einstein l'exprimait à sa façon : « La joie de contempler et de comprendre, voilà le langage que me porte la nature. »

Je ne crois pas à la disparition de cette France-là ni à son irréversible destruction. Je reste confiant et crois en la capacité de l'Homme à rebondir, tant qu'il est encore temps, pour conserver ce trésor national, ces paysages éblouissants, ce patrimoine hors du commun. Des petites lumières s'allument en ce sens, dans cette nuit épaisse, notamment dans la jeune génération, qui ne veut plus se voiler la face et participer à cet enterrement collectif. « Douce France, cher pays de mon enfance... »

L'Homme et la nature

La question environnementale se pose à nous plusieurs fois par jour, lors de chaque repas. L'alimentation redevient une préoccupation commune. De plus en plus de consommateurs se soucient de la traçabilité des produits, s'orientent vers des produits biologiques. La permaculture se développe, un retour au bon sens d'autrefois, aux techniques ancestrales de culture, mais avec les outils modernes. On gagnerait sur ce plan à observer à nouveau nos monastères, qui, comme au temps des cisterciens, reprennent un temps d'avance en matière de recherche agricole. L'abbaye de Boulaur dans le Gers vaut le détour et en est une illustration. La petite trentaine de moniales a retrouvé les recettes d'autrefois pour cultiver les légumes et les fruits, en valorisant les nouvelles techniques de permaculture et en reconstituant la nouvelle grange du XXIe siècle. Je recommande les confitures et le fromage qui en sont le résultat.

La gastronomie française, fleuron mondialement admiré de notre patrimoine, indissociable de notre identité et du génie français, est aussi une forme d'écologie à sa façon. J'ai été frappé d'entendre des chefs étoilés me parler de questions écologiques : connaître les producteurs, aimer leurs produits, privilégier les saisons et les circuits courts, se méfier des ajouts de chimie inutiles, tout cela fait partie de leur quotidien. Il n'est pas normal que la moitié des fruits, des légumes et de certaines viandes soient importés. Ces produits sont par ailleurs soumis à des normes moins exigeantes que celles qui sont imposées

L'équilibre est un courage

aux producteurs français. Il faut reconstruire et garantir la souveraineté alimentaire de la France, en relocalisant les forces productives. Cela se fera dans la durée, en respectant les équilibres économiques et environnementaux. Lors du confinement, les Français se sont rués vers les produits alimentaires, craignant une éventuelle pénurie. Si elle a été évitée, la crainte qu'elle a suscitée a permis de prendre collectivement conscience de la nécessité de notre souveraineté alimentaire. Cette période a aussi rappelé combien les restaurants, les bars, les cafés se trouvent au cœur de nos vies et de notre culture. Leur fermeture brutale a mis beaucoup d'entre eux en grande difficulté malgré les aides de l'État.

Pour réconcilier l'Homme et la nature, il faut en priorité réconcilier la société et ses paysans. J'ai été élevé à la campagne, en Vendée, au contact des agriculteurs, et souvent quand j'étais enfant, pendant les vacances scolaires, j'allais dans les champs avec eux pour les aider. Ils m'ont inculqué le rythme des saisons, leur bon sens ancré dans l'observation et le respect de la nature. Ils m'ont appris la modestie devant les aléas climatiques et l'art de la patience entre le moment où l'on sème et celui de la récolte. Ils m'ont enseigné, lors des battages et des moissons, l'entraide et la vraie fraternité, les discussions au coin du champ, le tracteur encore en marche, pour prendre des nouvelles du grand-père malade. Ils m'ont donné le goût du terroir et de l'enracinement. Ils m'ont surtout appris à écouter la nature, à identifier les oiseaux,

L'Homme et la nature

à combattre les nuisibles, à différencier les arbres et les plantes, à protéger les abeilles. Ils m'ont appris à aimer la nature et à la respecter. Aujourd'hui, il est paradoxal de constater cette incompréhension entre les agriculteurs et beaucoup de nos concitoyens, les uns ordonnant la nature et évitant les jachères et les autres leur reprochant d'abîmer nos terres par la pollution.

Cet « agribashing » est malheureusement compréhensible, quand on observe les ravages d'une forme d'agriculture intensive, quand on voit le purin déversé dans les rivières, les nitrates infiltrer les nappes phréatiques et les pesticides polluer les champs, la faune et la flore ; sans parler des épandages aux odeurs pestilentielles à toute époque de l'année, sauf parfois au creux de l'hiver. Je ne reconnais plus les paysans d'autrefois, mais je vois des jeunes agriculteurs dans des engins énormes, climatisés, l'ordinateur à la main, qui calculent la dose des produits à épandre, lancés dans une agriculture productiviste. Je les vois arracher les dernières haies pour accroître la surface et le rendement à l'hectare, déséquilibrant encore un peu plus l'ordre naturel et ruinant les efforts louables des chasseurs cherchant à repeupler le gibier. Je les vois courir après le temps et le rendement. Je les vois malheureux et très seuls souvent face à leurs difficultés et leurs emprunts. Je les vois refaisant leurs comptes et additionnant les subventions européennes qui les font vivre souvent mieux que leur propre chiffre d'affaires. Je les vois au bord de la déprime et du dépôt de bilan, après

L'équilibre est un courage

avoir tout essayé et diversifié au maximum leurs activités. Je les entends se plaindre avec raison des tracasseries administratives qui les contraignent à passer parfois plus de temps sur l'ordinateur que sur le tracteur, de la folie des normes qui les accablent. Je les trouve bien courageux. Ils ne ménagent pas leur peine, loin, très loin des trente-~~cinq~~ heures par semaine, week-ends et jours fériés non chômés. Avec le dérèglement climatique, ils souffrent d'autant plus. Ils ne représentent plus qu'à peine 3 % des Français actifs, exténués, endettés et insultés. Ils méritent d'être aidés et surtout aimés pour ce qu'ils sont et ce qu'ils font pour nous. C'est ainsi, pour ceux qui s'égarent, qu'ils reviendront dans le droit chemin. Sinon, comme me le disait récemment un ami ancien agriculteur : « Pierre, le progrès est en train de nous tuer. »

Jusqu'où ira-t-on en chantant cette rengaine du progrès ? Comment fera-t-on quand il n'y aura plus de paysans au pays ? Un peu comme la situation en matière de santé, où il y a des territoires sans médecins ; de sécurité, où il y a des territoires interdits à la République ; d'emploi, où il y a des territoires sans travail. Jusqu'à quand va-t-on, au niveau européen, continuer cette politique de myopie collective qui finira par créer des territoires sans paysans ? « Plus personne ne comprend rien à la PAC » (politique agricole commune, menée par l'Union européenne). Le ministre de l'Agriculture lui-même le déclarait dans une interview le 22 février 2019. Et pourtant, la PAC représente 45 % du budget de l'Union européenne,

L'Homme et la nature

soit environ 50 milliards d'euros. Sa renégociation, prévue pour le début 2021, s'annonce déterminante pour le futur de nos paysans, de nos paysages, de notre alimentation et de notre souveraineté. On oublie souvent de prendre en compte ce qu'on appelle les « externalités négatives » : en réalité, nous payons trois fois notre nourriture. La première fois, à travers les impôts qui financent les aides à l'agriculture, la deuxième chez les commerçants et la troisième à travers les coûts sociaux et sanitaires des conséquences de la malbouffe sur notre santé. C'est l'ensemble de ces coûts qu'il faut considérer pour changer en profondeur le système et prendre conscience des moyens dont nous disposons pour le faire. Là encore, il faut sortir de notre approche comptable et ministérielle.

L'agriculture française doit muter vers la production bio et l'agro-écologie. Il faut impérativement aider les paysans dans cette transition, les accompagner dans la durée, sans les braquer. La priorité doit être de favoriser la production qualitative, plutôt que quantitative. Nous devons aussi diminuer, puis supprimer l'utilisation de produits phytopharmaceutiques dangereux. Le glyphosate est sans doute le pesticide dont on a le plus entendu parler et dont on a programmé, à longue échéance, la suppression, mais la liste des produits toxiques utilisés est malheureusement bien longue. Ces produits sont toxiques pour la nature et les consommateurs, mais d'abord pour les agriculteurs eux-mêmes, qui y sont le plus exposés. Paul François, ce paysan gravement intoxiqué par un engrais, et qui a gagné

L'équilibre est un courage

son combat judiciaire contre la firme Monsanto, témoigne sans relâche du risque que prennent, souvent sans le mesurer précisément, les agriculteurs au contact de certains produits phytosanitaires. Ces produits qui permettent des rendements optimisés à moindre coût se retrouvent dans la nature et, souvent, dans nos assiettes. Sans aider la recherche à trouver des solutions alternatives, sans accompagner les agriculteurs à réussir une transition efficace, nous ne parviendrons pas à nous passer de ces pesticides. C'est une question de santé publique, mais aussi économique : nos céréaliers, nos viticulteurs, nos producteurs de lait rapportent un excédent commercial de 6 milliards d'euros par an. Là encore, sans une vision stratégique à long terme mise en œuvre avec équilibre et courage, il n'y aura que des invectives, des grands discours et aucun changement sur le terrain.

Il en va de même avec la question animale. Comment ne pas s'émouvoir des vidéos choquantes d'abattoirs ou d'élevages intensifs dans lesquels des animaux sont traités comme des choses, avec une violence épouvantable ? Leur diffusion a soulevé une vague d'indignation et une prise de conscience de la maltraitance animale. Là encore, l'équilibre est un courage. Car la solution ne peut être d'aller vers la violence, l'invective, le vandalisme des boucheries, des fromageries, des élevages, par des militants végans radicaux. En revanche, le gouvernement peut davantage accélérer les profonds changements indispensables dans les élevages intensifs, refuser l'importation

L'Homme et la nature

de produits alimentaires dont on ne peut tracer l'origine ni les conditions de production. Il faudra sans doute finir par mettre en cohérence les idées et les actes au quotidien : réduire notre consommation de viande et de produits laitiers, consentir à payer un peu plus cher des produits de plus grande qualité éthique et sanitaire.

Réconcilier notre industrie et la nature me semble aussi essentiel. Il s'agit de produire autrement en réduisant les pollutions de l'air, en valorisant le recyclage des matériaux, en diminuant les besoins énergétiques. Privilégier les produits durables, réutilisables, réparables, en usage partagé si possible, constitue un objectif vertueux et atteignable. Évidemment, la recherche permanente de la diminution de l'émission de gaz à effet de serre sera primordiale, le bilan carbone taxé et le plastique évacué.

Et puis, chacun d'entre nous, par son comportement, tient un rôle dans le retour à l'équilibre naturel. Depuis trois ans, je cultive un petit potager, avec un plaisir immense, j'apprends la réutilisation des déchets, la fabrication du terreau, la permaculture ; c'est une école de la vie. On estime que chaque Français jette 100 € de nourriture par an. La lutte contre ce gaspillage est en cours. Heureusement !

En résumé, il faut revenir le plus possible à l'équilibre naturel ; voilà la véritable écologie, celle qui ne verse pas dans l'idéologie, dans les postures et les oukases qui parfois peuvent nuire à la cause défendue. Le remède ne doit pas être pire que le mal et les changements nécessaires ne doivent pas être vécus comme une punition. Par exemple, les Français sont exaspérés de voir leurs paysages défigurés par les éoliennes. Cette bascule brutale résulte d'un choix politique sans nuances après des années d'hésitation, sous le poids de lobbys puissants. Je comprends bien la nécessité d'amorcer une transition énergétique en privilégiant des énergies renouvelables, mais là aussi il faut savoir raison garder. Ces pylônes de béton, hauts de 200 mètres, défigurant nos paysages, ne sont pas la solution miracle. Pour fonctionner, les éoliennes ont besoin de turbines à gaz en cas d'absence de vent, et ces installations ne peuvent être recyclées. Elles ne sont pas économiques, car les pales ne tournent qu'en moyenne 25 % du temps et les coûts de production ne sont pas avantageux, contrairement à bien des idées reçues. Enfin, les éoliennes ont une durée de vie moyenne d'une vingtaine d'années, donc ne peuvent même pas être considérées comme durables. Comment préserver à la fois l'écologie et l'esthétique de nos paysages ? Comment défendre la faune et la flore alors que ces machines les détruisent ? Pourquoi ne pas privilégier le potentiel hydro-électrique de la France, avec 74 fleuves, plus de 400 rivières, 1 700 canaux et près de 1 300 torrents ? Ce potentiel est évalué à 25 000 mégawatts, soit trois fois celui de l'éolien.

De la même manière, l'usage d'huile de palme comme biocarburant permet de réduire les émissions de CO_2, mais entraîne en revanche une déforestation rapide en Asie du Sud-Est, qui met en danger la survie d'espèces sauvages comme les orangs-outangs. Dans son livre *La Guerre des métaux rares* (Les Liens qui Libèrent, 2018), Guillaume Pitron explique qu'en « nous émancipant des énergies fossiles, nous sombrons en réalité dans une nouvelle dépendance : celle aux métaux rares. Graphite, cobalt, indium, platinoïdes, tungstène, terres rares, ces ressources sont devenues indispensables à notre nouvelle société écologique (voitures électriques, éoliennes, panneaux solaires) et numérique (elles se nichent dans nos smartphones, nos ordinateurs, tablettes et autres objets connectés de notre quotidien). Or les coûts environnementaux, économiques et géopolitiques de cette dépendance pourraient se révéler encore plus dramatiques que ceux qui nous lient au pétrole ». Jean-Pierre Le Goff va jusqu'à affirmer que « l'écologie participe des nouvelles formes de spiritualité diffuses qui se sont répandues dans les sociétés démocratiques déchristianisées et en crise d'identité ». Il ne faudrait pas que l'écologisme devienne une nouvelle religion, car le *vert* ne serait qu'à moitié vide.

En réalité, le respect de la nature devrait nous amener mécaniquement à une forme d'écologie humaine intégrale. L'homme et la nature sont intimement liés. Comment pourrait-on imaginer de défendre la flore et la faune, en dégradant la place de l'homme ? Comment pourrait-on imaginer d'aller vers le progrès en asservissant l'homme à une quelconque technique ? Après avoir largement commencé à détruire la planète, allons-nous continuer à abîmer notre humanité ? L'homme se doit de s'incliner devant la nature, avant que cette dernière ne se rappelle à lui lors de catastrophes naturelles. De la même manière, l'homme doit s'imposer des limites éthiques, pour le bon fonctionnement de notre société. La marchandisation des animaux et des plantes pour le bien-être des pays nantis ne doit pas justifier tous les trafics. Il en est de même pour la personne humaine, qui doit être respectée au plus haut point, dans nos sociétés dites avancées.

De ce point de vue, nous n'avons sans doute pas suffisamment observé l'impact du progrès technique, qui nous rend des services dont nous nous passions autrefois. Nous vivons dans un environnement climatisé et souffrons de tout écart important de température ; nous devons faire du sport pour compenser notre absence d'exercices physiques ; nous nous affalons le soir devant notre téléviseur et serions morts d'ennui sans avoir des images sur nos écrans, etc. D'où vient que nous perdions tant des facultés qui furent essentielles à la survie, voire à l'épanouissement de l'humanité, à mesure même que nous développons les techniques qui permettent de nous en passer ?

Prenons garde aujourd'hui que nos outils deviennent des prothèses, ce qui est déjà grave, mais des prothèses qui compensent les handicaps qu'elles créent, ce qui est fou. Nous souffrons de solutions trouvées à des problèmes

L'Homme et la nature

que nous avons inventés. L'adage dit qu'« on n'arrête pas le progrès » ; le bon sens ajoute aujourd'hui qu'il faut contrôler et maîtriser le progrès.

Il appartient au législateur, sur ce plan, de mettre des limites, sans tomber dans une quelconque idéologie, en suivant la voix du bon sens et de la fraternité humaine authentique. J'aurais souhaité par exemple que le projet de loi relatif à la bioéthique puisse être étudié et débattu en toute sérénité, et non pas avec un vote le 31 juillet à l'Assemblée nationale en présence de seulement quelques dizaines de députés, en plein contexte de crise sanitaire, économique et sociale. L'enjeu anthropologique de ces sujets, qui conditionnent la société dans laquelle vivront nos enfants, le mérite.

Il en va de même pour le respect de toutes les formes de handicap. D'heureuses initiatives ont été prises ces dernières années, mais le chemin est encore long pour le respect des droits fondamentaux, en particulier celui de la dignité humaine de par le monde. Il ne suffit pas de la consacrer dans les textes. Elle doit être incarnée dans les actes, en bannissant toute dégradation ou tout asservissement de la personne humaine. Nous assistons à un paradoxe entre le recours souvent incantatoire aux droits de l'homme et le niveau de violence physique et verbale de nos sociétés.

On juge la qualité d'une civilisation à sa capacité à respecter les plus faibles, les plus fragiles, dès leur naissance et jusqu'à leur mort, dans la dignité et l'affection. Il y a encore tant à faire pour aider les enfants victimes d'un déficit physique ou psychique, les adultes en situation de handicap passager ou définitif, à la maison et au travail. De la même manière, l'allongement de la vie ne s'est pas accompagné d'une organisation suffisante au profit des personnes dites du quatrième âge, parfois dans la misère, souvent dans l'isolement ou la solitude. Vaste chantier sociétal, sur lequel il est urgent d'avancer, en mettant en place des solutions localement adaptées d'aide à la personne et en construisant des établissements d'hébergement pour les personnes âgées dépendantes (Ehpad) en nombre suffisant. Par nature, chacun a le droit à une existence libre et digne. Chacun a ses spécificités et notre société doit tout mettre en œuvre pour aider toute personne à sa propre réconciliation avec elle-même.

Je me réjouis de constater le souci grandissant de lutter contre la souffrance animale, de respecter de mieux en mieux les animaux, en luttant notamment contre les trafics illégaux. Je demande simplement que ces égards ne soient pas inférieurs à ceux consentis vis-à-vis des femmes et des hommes qui composent notre humanité. Il m'arrive pratiquement tous les jours de prendre le métro. J'assiste quotidiennement à des scènes surréalistes, des mères de famille avec une poussette qui cherchent à rentrer dans le wagon dans l'indifférence totale des voyageurs, parfois même plus attendris par un caniche que par un bébé, des femmes enceintes ou des personnes âgées à qui nul ne

L'Homme et la nature

laisse une place assise. Quand l'homme ne se soucie plus de l'autre, surtout le plus vulnérable, il y a danger. Quand les patients deviennent des clients, la médecine se déshumanise. La nature n'est plus domptée, mais abandonnée à son libre cours. La civilisation est là pour apporter cette maîtrise, au service de l'homme. La société est là pour l'organiser, en réconciliant l'homme et l'ordre naturel. Nous changeons d'époque et l'encyclique « Laudato si » du pape François, parue en 2015, soulignant l'importance de l'environnement au sens large, a rencontré un immense succès dans le monde entier. La pandémie du coronavirus doit aussi accélérer cette réflexion. La nature s'est rappelée à nous en nous confrontant à notre propre fragilité et aux limites de notre modèle de développement échevelé. Il faut poser les fondations d'un nouveau modèle, construire de nouvelles façons de produire, des changements de consommation et de mode de vie, un nouvel équilibre entre la tradition et la modernité.

Chapitre 4

Tradition et modernité : le fil du temps réconcilié

Depuis que je suis retourné à la vie civile, le spectacle de la vie parisienne aux heures de pointe ne cesse de me fasciner comme de me navrer : une meute de gens stressés et pressés – chacun isolé avec son portable –, qui n'échangent ni une parole – ce n'est pas nouveau –, ni un coup d'œil. « J'entendrai des regards que vous croirez muets. » Croiser le regard du voisin, c'est risquer un comportement incongru, potentiellement mal compris et qui peut vous valoir une agression pour réponse. On court dans les couloirs pour attraper le train, pour ne pas perdre de temps, pour courir tout simplement, parce que tout le monde court. Si vous marchez normalement, vous serez bousculé par le flot des réfugiés du temps court.

Comment réconcilier la personne avec le temps ? Comment inventer une nouvelle forme d'écologie du temps ? Il est essentiel de ralentir. De reconquérir la maîtrise de notre temps, cet espace de liberté indispensable à notre bonheur. J'évoque souvent dans mes conférences la nécessité de contrôler son agenda, de se poser pour réfléchir, du devoir de s'asseoir.

Certains auraient tout intérêt à le faire, plutôt que de fuir au travers d'un emploi du temps démentiel et d'horaires dont les plages ne permettent rien d'autre que de travailler sans cesse. Ils oublient l'essentiel de la vie : l'équilibre entre la vie professionnelle et le reste. Ils oublient *la force du silence*, pour reprendre le titre de l'excellent livre du cardinal Sarah et de Nicolas Diat (Fayard, 2016). D'autres, à l'inverse, attendent la fin de la semaine avec impatience, démotivés et cherchant à faire le minimum au travail. Eux aussi, à leur manière, ont perdu le sens du temps. Ils en ont, mais, bien souvent, n'ont pas suffisamment d'argent pour l'occuper comme ils le souhaiteraient. Et ils ont le temps d'envier ces modes de vie qu'ils contemplent sur leurs écrans sans y avoir accès, de regretter et de râler.

Ces deux catégories de personnes sont malheureuses, les unes par stakhanovisme qui étouffe, les autres par oisiveté, mère de tous les vices ; les unes angoissées à l'idée des maux qui risquent de leur tomber dessus sans jamais advenir, les autres résignées et malades de fatalisme. Il nous faudrait collectivement remettre de l'équilibre entre les deux, d'autant plus que souvent les premières occupent des emplois de dirigeants et les secondes des postes d'exécution. Le fossé, là aussi, se creuse. « Notre État-providence a engendré une égalité injuste », dit Denis Olivennes dans son dernier livre, *Le Délicieux Malheur français* (Albin Michel, 2019). Cela vaut aussi pour le temps de travail.

En réalité, notre société tend vers un horizon temporel très plat et instantané. Or, tout homme, pour être heureux, a besoin de se projeter dans l'avenir, de former des projets de long terme, de nourrir des rêves, à défaut de les réaliser, mais sans se couper de ses racines. En 1981, François Mitterrand avait compris cela, et Jacques Séguéla a eu cette trouvaille pour la campagne présidentielle, quand il imagina l'affiche portant le slogan « la force tranquille », montrant le candidat Mitterrand regardant loin devant, avec en arrière-plan un village de France. On n'entraîne pas les gens en regardant dans le rétroviseur, mais par un équilibre entre la tradition et la modernité. La nostalgie ou, pire, le regret ne mobilisent ni les énergies ni les foules. « Pour exécuter de grandes choses, il faut vivre comme si on ne devait jamais mourir. » Vauvenargues le disait déjà au début du XVIIIe siècle.

On a perdu les points d'ancrage et, comme chacun le sait, en escalade, il faut au moins trois points d'appui pour pouvoir grimper. Sinon, on a toute chance de tomber rapidement. Tout jardinier sait par ailleurs aussi que la plante, une fois en terre, n'est considérée comme vivante que lorsque les racines se développent. Sans racine, pas de récolte en perspective : c'est vrai pour les légumes et les arbres fruitiers. Et il faut du temps pour que cela pousse, ainsi qu'un équilibre entre sécheresse et

L'équilibre est un courage

humidité, soleil et ombre. Le jardinage est une école de vie ; une école de silence aussi, au contact direct de la nature, dans un dialogue respectueux. L'expérience du récent confinement a été intéressante. Pas un bruit de moteur ou presque. Pas d'avions dans le ciel. Le retour progressif du silence brisé par le chant des oiseaux préparant leur nid ou nourrissant leurs petits. L'explosion de la nature en couleurs, en bourgeons et en silence.

Les armées sur ce plan me semblent être un bon modèle de maîtrise du temps. Les militaires savent d'abord que la victoire tactique peut se terminer en défaite stratégique. En Libye, par exemple, nous avons gagné la guerre en 2011 et nous avons perdu la paix, car ce pays a deux gouvernements et est en prise avec la violence continue depuis cette période. Les armées ont la culture du temps long et non celle du provisoire. Un programme d'armement – de sa conception à son démantèlement – dure environ 50 ans et notre système de planification prévoit les perspectives d'engagement à 10 ans au moins. La loi de programmation des moyens militaires s'étale de 2019 à 2025. Le temps politique est beaucoup plus court. Il se soucie souvent du prochain projet de loi, dans quelques mois, et de la dépêche d'agence de presse de l'après-midi. En tout état de cause, il ne se projette pas suffisamment au-delà de l'horizon du quinquennat.

Et puis, si l'on pousse plus loin le raisonnement, il faut réconcilier cette opposition caricaturale entre ceux

Tradition et modernité...

qui privilégient la tradition, qui seraient des conservateurs étroits d'esprit, selon le dogme politiquement correct d'aujourd'hui, et ceux qui estiment faire partie des forces de progrès, qui seraient naturellement dans la modernité. Comment peut-on construire l'avenir sans savoir d'où l'on vient, et comment peut-on se complaire dans la nostalgie, si ce n'est pour se projeter vers l'avant ? L'armée réussit bien cette synthèse entre la tradition et la modernité. Dans la première semaine, généralement dès les premiers jours, les jeunes recrues visitent la salle d'honneur du régiment, de la base aérienne ou navale pour connaître l'histoire de l'unité dans laquelle ils ont l'honneur de servir. Ensuite, ils rencontrent assez vite des anciens combattants qui leur expliquent les traditions de l'unité et son historique. Quand on prend le commandement d'une formation militaire, quelle qu'elle soit, on sait que c'est pour une durée déterminée et que, derrière soi, il y aura un successeur, qui assumera la suite. Les militaires, de garnison en garnison, apprennent modestement à ne pas être propriétaires de leur responsabilité. Ils savent qu'ils sont de passage, au service de la France.

Cela n'empêche pas les armées d'être en pointe sur toutes les technologies et parfois même en avance sur certaines techniques duales (civiles et militaires). La tradition et la modernité constituent un creuset efficace, qui permet d'aller « au-delà du possible », cette belle devise du 13e régiment de dragons parachutistes : la première donne les racines qui stabilisent et assurent l'assise naturelle ; la seconde fournit l'élan pour avancer et l'adaptabilité face aux imprévus.

L'arbre qui résiste dans la nature est celui qui est planté près des eaux et qui étend ses racines vers le courant, en l'occurrence le patrimoine de nos anciens. Quand la chaleur arrive, il résiste à la canicule et continue à étendre son feuillage alentour pour faire bénéficier de son ombre. Le progrès seul est une plénitude matérielle, mais un vide humain. Il ne suffit pas pour résister aux tempêtes du quotidien. La vraie modernité trouve sa source dans le bon sens, qui lui-même est souvent plus développé dans la France profonde que dans les cercles dits « de progrès ». Innover est souvent et tout simplement remémorer.

Sur ce plan, nos nations doivent mettre un terme à la guerre qu'elles mènent contre leur histoire. L'homme moderne s'est peu à peu désolidarisé de son passé, qui ressurgit inlassablement. La France est d'ailleurs en tête de peloton pour la repentance permanente. On construit de grandes choses sur la fierté, mais pas en sortant de sa propre histoire pour édifier un monde nouveau. Mieux vaut des modèles et des héros pour guider sa vie. L'homme meurt, mais le héros ne meurt jamais. Ce qui meurt de l'homme est la matière ; ce qui lui survit est grandeur et sacrifice. C'est ainsi que l'on fait prévaloir, selon le mot de Pascal, ce qui, en l'homme, « passe infiniment l'homme ». Nous sommes en cours de perdre notre passé ou, ce qui revient au même, le mode d'emploi du passé.

Tradition et modernité...

Le premier point est de reconnaître qu'il est ce qu'il est et ne peut être réécrit ni dans un sens ni dans l'autre. Le deuxième, c'est que nous en sommes les héritiers et que, là encore, on ne saurait rien y changer. Notre civilisation a des racines judéo-helléno-chrétiennes, il est absurde de vouloir l'oublier ou, pire encore, le nier. Le troisième, c'est que nous devons assumer ce passé. C'est-à-dire le prendre pour ce qu'il fut, en tirer les enseignements, et ne jamais oublier que chaque fait ne s'explique que dans son temps et que la continuité est indissociable de son point d'arrivée : le présent. Chaque partie ne prend son sens que dans le tout. L'histoire ne se vit ni dans le nationalisme, ni dans le chauvinisme, ni dans le culpabilisme, mais dans le patriotisme, tout simplement.

En cela, les commémorations ne sont pas des pertes de temps inutiles. Elles maintiennent vivant le feu sacré qui animait nos anciens, lesquels ont sacrifié leur vie pour notre liberté. Elles pourraient aussi être une source inépuisable d'humilité pour ceux de notre monde qui se croient parfois immortels. Les pierres du passé sont vivantes. Elles nous disent qui nous sommes. Il y a une actualité de l'histoire. Rien de ce qui nous a précédés ne nous est étranger, ni n'est sans influence sur nous. D'ailleurs, en Libye, en Syrie, au Sahel, nous assistons en quelque sorte à une revanche du temps long sur les frontières du temps court. Ce qui se passe aujourd'hui prend en effet ses racines il y a de nombreux siècles. La résurgence de la Cyrénaïque, de la Tripolitaine et du

L'équilibre est un courage

Faizan nous ramène par exemple à un classique de l'histoire romaine.

Je me rappelle mon intronisation il y a une petite dizaine d'années dans la Confrérie des chevaliers du Tastevin, dont l'objet social depuis 1934 est de promouvoir le vignoble bourguignon dans le monde. Les dîners réunissent plusieurs centaines de convives d'origines et de milieux divers autour de musiques traditionnelles, de chants, de bons plats et d'excellents vins, dans le cadre magnifique du château du clos de Vougeot. Cette alliance de la tradition et du temps présent, loin de la pression du temps quotidien, montre qu'il est possible aujourd'hui encore d'être de son temps, tout en étant un trait d'union avec le passé. Chaque dîner réconcilie les convives avec leurs anciens, sans pour autant souffrir de ringardise ou de décalage par rapport à notre époque. In vino veritas !

Et puis, notre patrimoine est une part de l'âme de notre patrie. Le lieu est le lien. Dans les années 1970, l'émission à succès « La France défigurée » du journaliste Michel Péricard militait pour la préservation du cadre de vie français, en dénonçant l'invasion du béton, de la publicité, de la tôle, des centres commerciaux et des barres HLM dans les paysages du pays. L'enlaidissement de la France est un risque pour la cohésion sociale, car je crois, comme chacun sait, que « la beauté sauvera le monde ». Le combat des années 1970 est loin d'être terminé. Le contraste est de plus en plus frappant entre

Tradition et modernité...

des centres-villes qu'on restaure à grand soin et à grands frais et dont la beauté subjugue les touristes, et les zones périurbaines, avec leurs centres commerciaux, leurs panneaux publicitaires et leurs ronds-points, identiques où qu'on se trouve en France, ou encore les mêmes éoliennes qui défigurent des paysages magnifiques.

Notre patrimoine est le fil rouge qui nous relie à notre histoire. Et cette France éternelle, cette France fière de son patrimoine et de son histoire, qui assume toutes les strates de son passé, y compris les plus douloureuses, est une nation singulière. Je crois au génie français et je me dis qu'il n'est pas mort. Son visage sera sans âge, si nous sommes unis pour éviter le piège de la division entre le progrès et l'héritage. Nos enfants seront nos racines, surtout s'ils se tournent vers les autres. La réconciliation est d'abord un état d'esprit.

Chapitre 5

La vraie richesse est chez les autres

Et si, finalement, le principal sujet était tout simplement de réconcilier l'homme avec lui-même ? Avec ses propres pauvretés, ses insuffisances, sa violence, son individualisme, son orgueil aveuglant. Nul ne se nuit plus que soi-même. C'est en partie la thèse de Patrice Franceschi dans son livre *Éthique du samouraï moderne* (Grasset, 2019), qui prône un « humanisme combattant » en quittant cette fausse liberté qui fabrique plutôt des moutons que des lions. « Mieux vaut cent moutons menés par un lion que cent lions menés par un mouton. » Il est vrai que le prêt-à-penser actuel empêche souvent de penser par soi-même. Le paradoxe est là : un individualisme forcené qui éclipse le sens de l'intérêt général et une absence de personnalité individuelle noyée dans le mimétisme, voire le fatalisme.

On se souvient pourtant de l'élan de générosité suscité par l'entrée en confinement lors de la crise du coronavirus à la mi-mars dernier. Chacun redécouvrait ce qu'il avait perdu ou oublié : le croisement de regard, la joie de l'échange, la fécondité de la rencontre. Chacun était contraint de rentrer en lui-même, allant à l'essentiel, oubliant les caprices de l'accessoire. Le pain n'était pas frais, mais on était en vie. Il me revient tous ces gestes de solidarité de voisinage, d'entraide entre les générations, d'applaudissements des personnels de santé tous les soirs à 20 heures. Des choses simples, vraies, authentiques. La réapparition de la mort dans notre quotidien a ramené l'homme à sa juste place : de passage sur cette terre. Le confinement a remis en première ligne la nécessaire conciliation entre la revendication de la liberté individuelle et l'exigence de sécurité pour soi et pour les autres, en ramenant au premier plan les notions de vie et de mort. Il nous a rappelé l'importance des valeurs sûres d'une France en crise : le cercle familial, la charité de voisinage, la protection nationale. Le mythe d'une toute-puissance prométhéenne s'est effondré face à la réalité de notre condition de mortels. La « distanciation sociale » – une expression impropre, car traduite littéralement de l'anglais – imposée par le virus nous a fait redécouvrir le bonheur de la proximité ; la communication à distance nous rapprochait les uns les autres. Je pense d'ailleurs que l'expression « distanciation physique » aurait dû prévaloir, car, par nature et par vocation, une société tisse du lien social et ne peut pas accepter de créer de la distance.

Il est urgent de redonner de la perspective à long terme et de recréer une unité de vie entre les convictions, les

La vraie richesse est chez les autres

paroles et les actes. Il est urgent de remettre la personne en cohérence avec elle-même, de chercher à s'entendre au lieu de s'étendre. Et cela exige de chacun qu'il capte la source intérieure au service des autres pour insuffler le sens de l'action. J'arrive à l'âge où les vanités s'effacent peu à peu devant la vérité, peut-être à l'aube du grand voyage où il faudra rendre des comptes. Cette introspection passera d'abord dans la relation avec les autres. Je le dis souvent aux jeunes : « Si tu es empêtré dans tes difficultés, ton mal-être, tes doutes, décentre-toi et ouvre-toi aux autres. Va les aider et leur parler. On a plus de plaisir à donner qu'à recevoir. » Le vrai bonheur se trouve chez les autres. La vraie richesse est là. Vaincre la haine de soi passe par l'amour des autres. Voltaire l'exprimait déjà à sa façon : « Le bonheur est souvent la seule chose qu'on puisse donner sans l'avoir, et c'est en le donnant qu'on l'acquiert. » La solidarité ne se décrète pas ; elle se vit au quotidien, car le plus beau jour est d'abord aujourd'hui.

J'espère tout simplement que ces semaines de confinement et d'isolement, et ces moments où notre monde a redécouvert sa finitude et sa fragilité, auront permis à chacun de réfléchir dans la tempête et de redécouvrir les joies simples de la famille, le bonheur de la fraternité, la patience, la générosité.

La France est un pays où la générosité se situe à un niveau moyen. Les chiffres de 2015 montrent que les dons et legs aux associations et fondations représentent environ 7,5 milliards d'euros, soit 0,3 % du PIB, contre plus de 1 % au Canada et 1,5 % aux États-Unis. On voit bien quelques pics liés à des événements, comme par exemple l'incendie de Notre-Dame de Paris, mais, globalement, on doit pouvoir mieux faire pour aider tous ceux qui en ont besoin, en fonction de nos sensibilités et de nos appétences. Les blessés ou les orphelins militaires et leurs familles, par exemple, constituent une belle cause à soutenir. Que de souffrances à soulager et de joies partagées !

S'ils gagneraient à se montrer plus généreux de leur argent, les Français donnent de leur temps et de leur énergie. Une étude réalisée en 2019 par France bénévolat révèle que 20 millions de Français se mettent au service des autres, que ce soit au plan politique, religieux, associatif, syndical, sportif ou municipal. Ce chiffre est très encourageant. Il mérite d'être mieux connu, surtout par tous ceux qui basculent progressivement dans la désespérance et la sinistrose. La France est riche de belles personnes. Regardez l'association Lazare qui propose des colocations partagées entre des bénévoles et des personnes de la rue. Magnifique vision de ces jeunes qui donnent une année et parfois plus de leur vie pour les autres. L'un d'entre eux me disait : « Nous ne sommes pas appelés à réussir, mais à être fidèles, fidèles à notre engagement de servir les autres. » On peut nous prendre ce que l'on possède, pas ce que l'on donne.

La vraie richesse est chez les autres

Dans ma carrière militaire, j'ai connu de multiples expériences de commandement et j'ai pu expérimenter dans les moments difficiles ce que signifie la fraternité authentique. Pas celle du coin de la rue avec le voisin, mais avec celui que l'on ignore, voire celui que l'on n'aime pas. Au combat, l'ennemi à 300 mètres est une cible ; à 3 mètres, c'est un homme. C'est un sous-officier des forces spéciales qui me l'a dit à l'hôpital Percy un jour où j'allais le visiter, lui qui venait d'être évacué du désert sahélien après un combat héroïque contre des terroristes, combat qui s'était terminé au corps-à-corps et qui lui avait valu de graves blessures. Peut-être que dans ces moments-là, sur le terrain et à Percy, on est loin du paraître, des costumes de scène et des plafonds à fresque des palais nationaux. Il n'y a rien de plus grand que de donner sa vie pour les autres.

Ainsi se recréera le tissu social, notre creuset national, par l'estime des autres, au service du bien et du commun, du bien commun tout simplement. Les Gilets jaunes, d'une certaine manière, préfiguraient en novembre et décembre 2018 ce besoin de se rencontrer sur les ronds-points improvisés. Nous devons absolument remettre de la proximité, du dialogue et de la considération mutuelle, du sentiment. Le ressenti ne ment que rarement. L'amour se lit au quotidien dans l'attention que l'on porte aux autres.

Nos sociétés avaient aussi pris l'habitude d'ignorer la mort, à tel point que l'on parle d'avis de décès ou de disparition, rarement de mort. Et pourtant, la mort fait partie de la vie. Nous devons réapprendre à la domestiquer, à défaut de la maîtriser. Cette crise sanitaire nous en donne l'opportunité, car la peur est toujours mauvaise conseillère. Là encore, les militaires, qui côtoient parfois de très près la mort et apprennent en opération ou à l'entraînement à vivre avec, peuvent apporter leur témoignage et diffuser de la sérénité et de la confiance. Servir jusqu'au sacrifice suprême, si nécessaire, est leur vocation et leur honneur.

Certains mots, comme « servir », ont quasi disparu de notre vocabulaire et pourtant ont façonné notre civilisation. C'est pour cela que j'ai tenu à ce que ce verbe, si puissant, soit le titre de mon premier livre. La solidarité et le sens des autres sont essentiels, surtout à l'égard du plus petit, du plus fragile, celui qui ne peut pas se défendre, celui qui souffre en silence. Il ne faut jamais oublier le parcours de vie, qui passe par trois étapes successives, plus ou moins longues et qui constituent une boucle : la dépendance et la confiance au début de son existence, l'indépendance et parfois l'ingratitude à la fin de l'enfance et l'interdépendance à l'âge adulte, qui ramène progressivement à la dépendance physique chez les aînés. Cela remet les idées en place et incite à la nécessaire humilité de sa propre action sur cette terre. Nous ne sommes pas là dans un de ces sujets périphériques dont nos sociétés raffolent, mais bien dans l'essentiel.

La vraie richesse est chez les autres

Frédéric Mazzella, le créateur de l'entreprise BlaBlaCar, un vrai succès français, exposait dans une interview le facteur clef de sa réussite : « le plaisir d'apprendre ». Il continuait en disant : « J'adore cette citation de Galilée : "Je n'ai jamais rencontré d'homme si ignorant qu'il n'ait quelque chose à m'apprendre." Ceci implique l'ouverture aux choses et aux gens. » Là est la bonne direction. Dans mon passé militaire, j'ai observé que la somme de l'intelligence des équipes est généralement supérieure à l'intelligence du chef.

Combien de fois ces derniers mois ai-je reçu des témoignages de salariés qui regrettaient de ne jamais être tout simplement remerciés au travail. Combien de managers considèrent normales les actions de leurs salariés et en ce sens ne les remercient jamais. J'ai rencontré récemment une stagiaire dans une start-up parisienne à qui son manager n'avait jamais dit merci, alors qu'elle bossait depuis des mois largement plus que le contrat l'exigeait – plutôt bien, d'ailleurs, semble-t-il – et qu'elle était payée 900 € net par mois. Ce mot, « merci », a disparu. On apprend de moins en moins aux enfants à le prononcer et c'est une erreur. Ce mot est essentiel dans la vie et un enfant dès son plus jeune âge le comprend et est parfaitement capable de le faire, d'abord d'un signe de la main, puis par la parole.

La gratitude est une vertu qui rend heureux, apaise. Elle est l'antichambre de la joie, cette joie profonde de faire plaisir ; cette joie du merci donné ou reçu ; cette joie qui donne du poids. Elle est aussi le signe de l'humilité. Elle est l'inverse de la mesquinerie, des bassesses humaines et du jugement permanent des autres. Eleanor Roosevelt a dit un jour avec beaucoup de justesse : « Les grands esprits discutent des idées ; les esprits moyens discutent des événements ; les petits esprits discutent des gens. » La grandeur d'âme et la magnanimité élèvent. La critique des autres aigrit. Il faut chercher l'inflexibilité avec les puissants et la miséricorde avec les faibles.

Et puis, il y a le pardon, là aussi celui donné et celui reçu : ni l'un ni l'autre ne sont faciles. La femme ou l'homme qui pardonne comprend qu'il y a une vérité plus grande que lui ou qu'elle. Il quitte le balcon de sa vie. Combien de querelles, de haines, de violences pourraient être évitées si cette culture du pardon revenait dans notre société. Le pardon n'est pas l'oubli, mais la force de caractère qui neutralise souvent bien des conflits. Il est bien souvent l'antichambre de la paix.

Dans ma vie professionnelle, j'ai toujours remarqué que la plus grande difficulté pour un responsable est de gérer les conflits humains. Tous les capitaines d'industrie le disent ; les patrons de PME aussi. Il semblerait que la politique ne fasse pas exception. C'est une litote ! Chaque fois que j'ai réussi à surmonter ma colère et ma rancune en pardonnant à l'autre, qu'il soit mon supérieur, mon alter ego ou mon subordonné, j'en suis ressorti grandi.

La vraie richesse est chez les autres

Un jour, il y a quelques années, il m'est arrivé d'inviter à déjeuner un journaliste qui avait dit une contre-vérité et proféré une attaque très personnelle contre moi. Finalement, il fut plus gêné que moi. Nous nous sommes quittés en excellents termes, ce qui est une preuve d'intelligence de sa part. Le plus intelligent cède et personne ne peut se prétendre parfait ou sans défaut. Si quelqu'un ne le croit pas, ce n'est pas bon signe.

Le pardon nourrit la bienveillance, la miséricorde, la concorde, plutôt que la rancœur, le cynisme ou l'orgueil. Le pardon aide à formuler les désaccords, sans que cela se transforme en guerre. C'est une disposition d'esprit qui procure la sérénité nécessaire quand on est offensé. Il aide à confronter les points de vue et à échanger. Le sens des responsabilités en découle, plutôt que l'appât du pouvoir et du gain. Le désintéressement, qui n'est pas la naïveté, arrive en prime, car la joie du pardon est plus forte que l'intérêt. Et la joie suppose toujours un autre ; elle est toujours reçue. La fidélité en est le fruit et s'est perdue en route dans notre société de l'instant et du bien-être. Elle s'appuie sur la patience avec soi-même et avec les autres. L'honnêteté va de pair et, quand on voit le spectacle de nos dirigeants ces dernières années, il y a de quoi être inquiet. Il ne faut jamais mentir aux autres et ne jamais se mentir à soi-même.

Tous ces mots ne sont pas des signes de faiblesse, de démagogie, de laxisme. Au contraire, ils pavent le chemin

L'équilibre est un courage

d'une vraie réconciliation, dont notre société a cruellement besoin. Plutôt que l'assistance, je préfère l'exigence. Plutôt que l'agressivité, la politesse. Plutôt que le « je-m'en-foutisme », le civisme. Avec l'humanité, il faut aussi la fermeté. « La mesure de l'amour, c'est d'aimer sans mesure. » Le père Pédro, figure charismatique de la lutte contre la misère à Madagascar, aime ses pauvres, pour lesquels il donne sa vie : « Aider sans assister. Car assister, c'est encore dominer et laisser vulnérable. On vous aime trop pour vous assister. Conduire vers l'autonomie, c'est cela, aimer. C'est cela, aider. » C'est cela : être chef, aurait dit Lyautey : « Je n'ai pas de doctrine. Je ne connais que l'action, que l'homme, que cette pâte humaine que le chef doit savoir animer avec cœur, par l'action créatrice et sociale. »

Le métier de soldat a ses grandeurs et ses servitudes. Il a une force, celle de faire grandir, car la finalité du soldat est haute : donner sa vie pour son pays si nécessaire. Je repense à cet instant, au retour d'une opération, quand, la gorge serrée, on aperçoit au loin sa femme et ses enfants qui attendent après plusieurs mois d'absence le mari, le père, après avoir espéré ne jamais connaître la visite de l'officier supérieur en grande tenue, venu annoncer la mauvaise nouvelle. Ces moments élèvent vers la grandeur de la vocation militaire ou la petitesse de notre vie. Ils relativisent tous nos problèmes matériels, les contrariétés de la vie quotidienne, les difficultés relationnelles avec tel ou telle. On est en vie tout simplement et la vie est belle

La vraie richesse est chez les autres

quand elle est donnée. Souvent, loin de France, en opération, je pensais aux Français, à la chance qu'ils ont de vivre dans ce pays de liberté, de grande beauté et de paix, qui manque tant de fraternité. En Afghanistan, il m'est arrivé de voir des enfants pieds nus dans l'immensité des plaines enneigées marcher des kilomètres pour aller au village le plus proche chercher un peu de nourriture pour leur famille. Je mesurais alors la chance d'être français. Oui, la France est belle. Dommage que les Français ne le sachent pas toujours.

Conclusion

Ce livre est un appel au calme, qui a tenté de donner des points de repère pour réparer la France en panne dans cette période si tourmentée. Dans le tumulte des mécontentements actuels, retrouvons le sens de l'harmonie ; quittons la cacophonie des communiqués et des lois pour reconquérir la symphonie des cœurs. Cultivons la paix, ce bien si précieux, que l'on chérit si souvent trop tard, quand on l'a déjà perdu. Ce trésor, qui produit la délicatesse, le respect, le service, la ponctualité, la sobriété, la juste place de chaque chose. Nous sommes en paix depuis soixante-quinze ans. Dans l'histoire de notre pays depuis la Révolution française, c'est une première qui mérite chaque jour d'être savourée et protégée.

Cette paix est fragile. Il est temps de réformer ce qui le mérite, restaurer ce qui est abîmé, transformer ce qui est immobile, recoudre ce qui est déchiré. Il est temps de réparer tout simplement. Il reste à façonner, repenser, refonder notre pays à partir des insuffisances illustrées

L'équilibre est un courage

par cette crise sanitaire, économique, financière et sociale. Face à l'adversité, rien ne sert de nier le réel ; il faut le sublimer ensemble vers le bien commun, en mettant nos ego au service des autres et non les autres au service de nos ego. La vie n'a de valeur que si l'on a la valeur de l'affronter. Un risque consisterait à prôner une refondation qui ne serait qu'un relookage de façade, qui ne s'attaquerait pas aux fondations des murs porteurs et, en réalité, ne s'occuperait que de l'enduit extérieur, comme si rien d'essentiel ne s'était vraiment passé ; le risque de réinventer l'eau tiède. C'est pourquoi l'heure des chefs a sonné pour changer de logiciel et remettre notre monde à l'endroit ; l'heure du déconfinement mental est arrivée. Cela nécessitera en priorité deux qualités chez nos dirigeants : l'authenticité et le courage. L'authenticité convainc en profondeur et entraîne avec enthousiasme, loin de toute séduction cosmétique comme du double discours. Celui des tribunes officielles et de la comédie humaine, le verbe haut ou celui des conversations en tête-à-tête à la brasserie du coin, en chuchotant et en regardant du coin de l'œil pour s'assurer que personne d'autre n'entend. Le courage permet d'assumer les risques. Le courage conduit à l'équilibre, quitte à aller à contre-courant pour prendre les décisions adaptées. Le courage de dire la vérité, en tout cas sa vérité. Le courage de décider au risque de déplaire. Le courage de quitter la médiocrité du quotidien pour rejoindre les hauteurs nécessaires qui élèvent le cœur et l'esprit. Le courage qui neutralise la peur, qui dissout le doute, qui indique la direction et suscite l'adhésion.

Conclusion

Discorde d'un côté, concorde de l'autre, le choix des mots n'est pas innocent. Et l'adage romain selon lequel « concorde construit et discorde détruit » permet de faire comprendre à quel point l'enjeu est décisif. Il est temps de ré-atteler l'organisation de la Cité à la concorde et de quitter le chemin des affrontements partisans. C'est dans la paix que le peuple est le plus à même d'accéder à la prospérité. C'est dans la concorde qu'il est le plus à même de vivre en sécurité.

Le mercredi 25 mars dernier, alors que nous étions en plein confinement, j'étais chez moi, en Vendée, et vers 19 h 30, j'ai entendu au loin les cloches de mon village qui sonnaient à toute volée pour la fête de l'Annonciation, en signe de fraternité et d'espoir commun face à la pandémie. Une grande émotion m'a envahi. À cet instant, toutes les cloches de France résonnaient de l'espérance d'un peuple uni face à l'adversité et à la mort de nos concitoyens. Je pensais à la France et à son histoire. Je pensais aux cloches qui avaient sonné de la sorte pour les victoires napoléoniennes, la mort de Victor Hugo, l'armistice de 1918, la libération en 45. Je pensais à notre petitesse d'hommes et à la grandeur de la France. Je pensais à sa vocation dans le monde. Je pensais que ces cloches pourraient symboliser une forme de réveil collectif. Je pensais à notre civilisation qui ne doit pas mourir. Je pensais au monde d'après qu'il va nous falloir reconstruire. Je pensais à la fin du confinement, en espérant que le monde saurait en tirer les leçons : le goût de partager et respecter la terre, la prise de distance, la beauté et la profondeur du silence.

À travers ces lignes, je n'ai eu d'autre but que de transmettre ce que j'ai appris et de participer modestement à la transformation de notre culture collective, en particulier auprès de notre belle jeunesse, qui est l'avenir de la France. Toutes celles ou tous ceux qui voudraient me prêter une quelconque intention cachée se trompent. Je revendique le droit, comme tout citoyen, de penser et de faire part de mon expérience, sans polémique et sans agresser quiconque. D'autant que je connais l'ampleur de la tâche, ayant eu l'opportunité de servir au cœur de l'État pendant mes dix dernières années de carrière militaire.

Les grandes époques de notre civilisation ont toujours été celles qui ont mis en premier le souci de l'autre, avant le culte de l'individu. Le bien commun est beaucoup plus que la somme des biens particuliers. Il nous faut réconcilier l'amour et l'autorité. L'amour n'est pas aimé et l'autorité non plus. Pardonnez-moi cette comparaison footballistique – on ne se refait pas –, mais le football aussi est une excellente école de vie. À la tête de l'équipe de France, Raymond Domenech sélectionnait les meilleurs joueurs, mais il n'a jamais pu en faire un groupe de gagneurs, car certains d'entre eux étaient des stars qui se considéraient comme telles, sans imaginer que leur principale valeur tenait d'abord au fait d'appartenir à une

Conclusion

équipe. Ils oubliaient ce proverbe africain plein de bon sens : « Si tu veux aller vite, pars seul ; si tu veux aller loin, pars accompagné. » Didier Deschamps a sélectionné la meilleure équipe et non pas forcément les meilleurs joueurs français au classement du Ballon d'or. Sa stratégie était avant tout collective et il a décroché la Coupe du monde. Il aime ses joueurs, qui le lui rendent bien. Il sait faire preuve d'autorité en les choisissant.

Et surtout, il faut cesser cette violence verbale qui précède toujours la violence physique. Partout les cœurs sont divisés dans notre monde en désarroi. Il faut cesser d'être par principe transgressif et impulsif. Osons la bienveillance, plutôt que la médisance et, pire, la calomnie ! Cultivons le dialogue, la capacité à se parler sereinement et sans agression, surtout en cas de désaccord. Plutôt que de dévisager les autres, essayons d'envisager avec eux. J'ai le sentiment – et j'espère ne pas me tromper – que la majorité des Français attendent et espèrent cette paix, qui produira une autorité ferme et humaine. Retrouvons les racines communes qui ont fait notre nation. Quittons nos réflexes communautaristes, qui nuisent à la cohésion. Ressoudons la communauté nationale. Tournons-nous ensemble vers l'avenir pour apporter notre pierre à l'édifice, avant que les générations suivantes ne poursuivent la tâche. Le progressisme, cette nouvelle religion, devrait revenir aussi au bon sens, plutôt que de le qualifier, un brin méprisant, un brin agressif, de conservatisme. La paix n'a pas de prix. Peut-être assistons-nous à la fin d'un monde,

L'équilibre est un courage

mais ce ne sera pas encore la fin du monde. Socrate, dans sa sagesse, disait qu'avant de parler il fallait passer sa pensée dans trois tamis successifs : celui de la vérité pour répondre à la question « est-ce vrai ? » ; celui de la bonté, « est-ce bon ? » ; celui de l'utilité, « est-ce utile ? ».

« Il faut rire de peur d'être obligé d'en mourir. » Même si, malheureusement, on naît pour mourir, la tristesse est un vice. L'humour est un excellent anticorps pour la santé et fournit le recul nécessaire par rapport aux difficultés de la vie, plutôt que la colère, qui n'est pas bonne pour les coronaires. Quand règne la tristesse, que nous libérions la joie, avec constance et en toute circonstance. André Malraux, toujours très philosophe, l'exprimait à sa façon : « Une vie ne vaut rien, mais rien ne vaut une vie. »

Recherchons une vraie réconciliation, car la situation l'exige à l'extérieur comme à l'intérieur du territoire. Bannissons les diviseurs que sont toujours les petits chefs et privilégions celles et ceux qui unissent et rassemblent en recherchant les points de convergence. Quittons le clientélisme politique pour prendre le parti de la France. « Mon général, ça suffit, cette chienlit ! » me lancent beaucoup de personnes exaspérées et jusque-là silencieuses, en particulier celles qui appartiennent à la classe moyenne, celle qui paie ses impôts sans sourciller et ne voit aucune amélioration de sa vie quotidienne en dépit des promesses depuis cinquante ans ; celle qui va au travail, y compris les jours de grève de la RATP, à pied, à

Conclusion

vélo ; celle qui incarne la France qui se lève tôt et bosse, la France qui prend le train et supporte inlassablement les retards de la SNCF ; celle « qui souffre et meurt sans parler », comme le disait Alfred de Vigny dans *La Mort du loup*. C'est la phrase de Colbert à Mazarin dans la pièce d'Antoine Rault *Le Diable rouge* : « Des Français qui travaillent, rêvant d'être riches et redoutant d'être pauvres ! c'est ceux-là que nous devons taxer, encore plus, toujours plus ! Ceux-là ! Plus tu leur prends, plus ils travaillent pour compenser... c'est un réservoir inépuisable. » Ces Français de la classe moyenne, qui ne sont ni les riches avec les revenus de leur patrimoine, ni les pauvres avec les aides sociales, et qui sont souvent les oubliés de nos politiques publiques. Ces Français qui se sentent lésés, coincés entre les bénéficiaires de la redistribution sociale et les rentiers tirant avantage du libéralisme et de la mondialisation. Ces Français qui voient leurs dirigeants englués dans la complexité du monde, loin, très loin de leurs préoccupations quotidiennes, pourtant lourdes à porter. La confusion détruit la communion entre les personnes.

À cette France fracturée, inquiète et désabusée, nous devons redonner le souffle qu'elle a perdu et faire repartir le feu sous la cendre. Nous devons concilier et réconcilier les principes et les valeurs qui nous unissent et font de notre pays une nation, et de nos concitoyens un grand peuple. Nous devons aussi répondre vite et concrètement aux aspirations légitimes. Ainsi nous sortirons de l'hiver français et dissiperons la nuit actuelle dans laquelle nous vivons trop souvent. « Entre possible et impossible, deux lettres et un état d'esprit », disait le général de Gaulle. La transformation collective et le sentiment d'appartenance à notre nation contribueront au bonheur individuel. Le printemps français est possible. En mars 1964, le même général de Gaulle déclarait aussi en parlant avec Alain Peyrefitte de la France et de sa vocation : « Pour la France, la grandeur, c'est de s'élever au-dessus d'elle-même pour échapper à la médiocrité et se retrouver telle qu'elle a été dans ses meilleures périodes. ».

« L'avenir appartient à ceux qui rêvent trop », chante Grand Corps Malade. Il n'est pas encore interdit par la loi de rêver et de s'émerveiller ! L'émerveillement est certainement une école de la vie, dont nous avons bien besoin dans ce monde de brutes, d'idéologues et parfois de manichéens. Je n'ai jamais désespéré de l'avenir, fruit de notre volonté. Tout change dès lors que nous prenons conscience de servir un but qui nous dépasse. Ce fut le cas des pompiers de Paris dans la nuit du 15 au 16 avril pour sauver Notre-Dame. Ce fut le cas de tous nos personnels soignants en première ligne et qui ont donné sans compter pendant tant de jours et de semaines. Mais il faut aller plus loin pour retrouver l'audace et réformer la France ; pour la moderniser et l'adapter à notre monde qui se transforme à très grande vitesse ; pour la réparer ; pour retrouver notre rêve commun. Je suis sûr que la jeune génération relèvera le défi, car elle ne sera pas rivée au système actuel, et parce que je sais qu'elle veut

Conclusion

s'engager pour autre chose qu'un bon salaire ; elle veut donner du sens à sa vie. Il existe aujourd'hui une soif extraordinaire de faire une communauté, d'être un peuple.

Pour rassembler, il faut d'abord ressembler, ce qui ne signifie pas uniformiser. Nul ne peut contraindre un peuple à avancer dans la direction qu'il ne souhaite pas. Les grands hommes de l'histoire de France incarnaient le peuple de France, qui se reconnaissait en eux. Ils étaient la rencontre entre des personnes et des événements. Ils étaient artisans de sens et ont toujours été des hommes d'unité, des traits d'union entre les diversités, loin des artifices d'appareil ou des combinaisons politiciennes. Je pense par exemple à la phrase de Georges Clemenceau, l'homme de « l'union sacrée » : « Il faut savoir ce que l'on veut. Quand on le sait, il faut avoir le courage de le dire ; quand on le dit, il faut avoir le courage de le faire. » Je suis sûr que dans notre pays des femmes et des hommes qui ont ce courage existent aujourd'hui. J'espère que ces lignes pourront les aider à se révéler, sur cette ligne de crête entre l'unité et la diversité.

La France, dans les plis du manteau de l'histoire, est un grand pays et peut continuer à l'être si elle le veut et si elle évacue le doute, qui est le début de la défaite. « La France est un paradis peuplé de gens qui se croient en enfer... Le virus du fatalisme possède son gel hydroalcoolique : la volonté. » Sylvain Tesson a raison. Arrêtons d'aimer nous détester. Nos entreprises, nos ingénieurs,

L'équilibre est un courage

notre jeunesse, notre histoire, notre culture, notre langue, notre influence dans le monde sont des joyaux qu'il nous faut valoriser pour construire un nouveau récit national. Ils font l'admiration du monde entier. Halte au pessimisme et au déclinisme. Halte à la nostalgie excessive ou à la promotion du progrès attrape-tout ! Halte à la division ! Halte au feu tout simplement ! Tournons le dos au renoncement. Retrouvons le chemin de l'unité et de l'espérance qui ont toujours fait la grandeur de la France.

Table des matières

Halte au feu !... 11

Première partie
Les trois France

Chapitre 1. La France oubliée
  et les souffrances des Gilets jaunes............... 27
Chapitre 2. La France exclue
  et le séparatisme des cités............................ 39
Chapitre 3. La France aveuglée
  et l'omniprésence des cols blancs................ 53
Chapitre 4. Trois France qui s'ignorent,
  se jalousent et se critiquent........................ 63

Deuxième partie
Les cinq déséquilibres

Chapitre 1. Le monde instable 71
Chapitre 2. La révolution technologique 79
Chapitre 3. Les limites d'une mondialisation heureuse... 83

L'équilibre est un courage

Chapitre 4. Les démocraties occidentales en péril......... 89
Chapitre 5. La crise sociétale.. 101

Troisième partie
Toute réconciliation passera par notre jeunesse

Chapitre 1. Aimer la France 111
Chapitre 2. Accompagner les talents............................... 119
Chapitre 3. Les parents, premiers éducateurs 135
Chapitre 4. L'intergénérationnel vaut mieux
               que le mythe du nouveau monde............... 139
Chapitre 5. Le sport, facteur d'intégration et d'unité.... 145
Chapitre 6. N'ayons pas peur 151

Quatrième partie
Unité nationale

Chapitre 1. Rétablir la confiance
               entre les dirigeants et le peuple................... 159
Chapitre 2. Le social et l'économie ensemble 177
Chapitre 3. Pas de régalien sans social
               et pas de social sans régalien 195
Chapitre 4. La nation et ses médias................................ 209
Chapitre 5. Pour une complémentarité public-privé 215
Chapitre 6. La vocation singulière de la France
               dans le monde... 221
Chapitre 7. Arrêtons d'opposer Europe forte
               et France souveraine..................................... 229

Table des matières

Chapitre 8. La rencontre essentielle :
               Foulards rouges et Gilets jaunes 237
Chapitre 9. Réconcilier les cités et la République 243

Cinquième partie
La personne au centre des préoccupations

Chapitre 1. L'Homme ne doit pas organiser
               sa propre éviction 259
Chapitre 2. (Re)trouver le bonheur dans le travail 269
Chapitre 3. L'Homme et la nature 281
Chapitre 4. Tradition et modernité : le fil du temps
               réconcilié 301
Chapitre 5. La vraie richesse est chez les autres 311

Conclusion 323

Cet ouvrage a été imprimé en France par
CPI Firmin-Didot
16 rue Firmin Didot
27650 Mesnil-sur-l'Estrée (France)

pour le compte des Éditions Fayard
en septembre 2020

Composition et mise en pages Nord Compo à Villeneuve-d'Ascq

 Fayard s'engage pour
l'environnement en réduisant
l'empreinte carbone de ses livres.
Celle de cet exemplaire est de :
1,400 kg éq. CO₂
PAPIER À BASE DE   Rendez-vous sur
FIBRES CERTIFIÉES   www.fayard-durable.fr

Pour l'éditeur, le principe est d'utiliser des papiers composés de fibres naturelles, renouvelables, recyclables et fabriquées à partir de bois issus de forêts qui a doptent un système d'aménagement durable.
En outre, l'éditeur attend de ses fournisseurs de papier qu'ils s'inscrivent dans une démarche de certification environnementale reconnue.

N° d'édition : 11-3617-3/1 - N° d'impression : 160053